JN024495
戦国時代《せんごくじだい》に
三
宇宙要塞《うちゅうようさい》でやって来ました。
横蛍
イラスト　モフ

パメラ
アーシャ

メルティ
ケティ
織田信長

千代女
ジュリア
お清
リリー

戦国時代《せんごくじだい》に宇宙要塞《うちゅうようさい》でやって来ました。 三

横蛍
Illustration　モフ

新紀元社

目次

これまでの物語

VRMMO「ギャラクシー・オブ・プラネット」が終了することになり、ゲーム内の仲間に別れを告げた一馬。そのままログアウトするはずが、目を覚ますとそこは戦国時代！　織田信長と出会った一馬は、自らの知識と実体化したアンドロイドたちの技術と知能を駆使して、戦乱の世を生きることに。信長の家臣となり、牧場と工業村の建設にも着手した一馬たちが作る品々は、人々の間で大評判になり、一馬たちは重要な存在になっていく――。

登場人物

「ギャラクシー・オブ・プラネット」の世界から戦国時代へやって来た者たち

セレス

クールで真面目な性格で敵には厳しい、戦闘型アンドロイド。

ケティ

医療型アンドロイド。無口だが、本当は感情豊かで食いしん坊。

エル

一馬が初めて創った万能型アンドロイド。優しくて癒やし系。

久遠一馬

リアルではアラサーの男だが、ゲームのアバターのまま実体化し戦国時代へやって来た。

メルティ

小悪魔風お姉さんタイプの万能型アンドロイド。絵画が得意。

ジュリア

戦闘型アンドロイド。宇宙要塞では戦闘部のリーダーだった。

リリー

動植物の育成や品種改良が得意な、技能型アンドロイド。

パメラ

明るい性格の医療型アンドロイド。ツインテールが特徴。

リンメイ

技能型アンドロイド。技術研究や開発生産が得意。

戦国時代の人々

滝川一益

通称、彦右衛門。武芸と鉄砲が得意。

滝川慶次郎

変わり者で型にはまらない男。

織田信秀

織田弾正忠家の当主。信長の父。

織田信長

尾張、織田弾正忠家の嫡男。一馬を家臣にする。

序章　統治の改革と予期せぬ訪問者

side：久遠一馬

昨年の夏の終わりに戦国時代にやって来たオレたち。季節は巡り、初めての梅雨を迎えている。

オレはこの時代で生まれた人間じゃない。戦国時代から遥か未来の時代に生まれたんだ。

フルダイブ型仮想空間にて、ＳＦ系ＶＲＭＭＯであるギャラクシー・オブ・プラネットというゲームをしていたオレは、ゲーム内で自ら創り上げた百二十人のアンドロイドと、宇宙要塞シルバーンや多数の艦艇と共にこの世界にやって来た。

ゲーム内のアバターのまま、仮想空間から現実の戦国時代に来てしまったんだ。

紆余曲折の末に宇宙要塞シルバーンを本拠地として、この時代では無人だった小笠原諸島を地上の拠点にして尾張にやって来た結果、織田信長さんの家臣となった。


「動くと危ないですよ」

この日、降りしきる雨を眺めながら膝枕でオレの耳かきをしてくれているのは、戦国時代に来てから妻になってくれたアンドロイドのひとりであり、まとめ役でもあるエルだ。

万能型アンドロイドで、年齢は設定上では十八歳だったが、この世界での仕来りとして正月に数え歳として歳を重ねたので十九歳になる。金色の髪と目をしたスタイル抜群で可愛らしい女性だ。武士となったオレのサポートから、織田家の改革や戦略まで幅広く考えてくれている。

そんなオレとエルのところに混ぜてとでも言いたげに近寄って来たのは、愛犬のロボ。柴犬の子犬だ。

「クーン」

ロボはオレの懐に入り込むと、そのまま満足げに落ち着いた。どうもそこが好きらしい。

「雨ばっかりで体がなまっちゃうねぇ」

隣で刀の手入れをしているのはジュリアだ。戦闘型アンドロイドで、年齢は二十一歳。少しウェーブのかかったブラウンヘアを肩まで伸ばし、派手めの顔立ちとスタイルをしている。接近戦闘を好み、戦国時代を一番楽しんでいるひとりだ。

「座学にはちょうどいい季節ですよ」

そんなジュリアの様子に苦笑いを浮かべているのは、同じく戦闘型アンドロイドのセレスになる。年齢はジュリアと同じ二十一歳。銀髪にクールな切れ長の目をしている。性格は軍人っぽくて、真面目かな。

ふたりはこの一年でウチの家臣となったみんなや、信長さんの悪友と志願した人で結成した警備兵の指導を主に担当している。

今日はそんなみんなが座学のようで、ふたりも暇らしい。

「湿気ってる」

うん？　なんかケティの落ち込んだ声がしたんだが。

「梅雨だもんね。仕方ないよ」

ケティを慰めるように声を掛けたのはパメラだ。

ふたりは昨日焼いた煎餅の残りを食べようとして、湿気ていたらしく落ち込んでいる。

ケティとパメラは共に医療型アンドロイドになる。ケティは黒髪のショートヘアで黒目、年齢は十七歳。小柄でスレンダーなスタイルの女性だ。基本的に無口で抑揚の少ない話し方をするが、本当は感受性が豊かで少し食いしん坊でもある。

パメラは年齢が十七歳。明るい性格をしていて、魔法少女にでもなりそうなツインテールのブロンドヘアに、ほっそりした容姿の女の子だ。

彼女たちは戦国時代では医師として活動していて、ケティはいつからか薬師《くすし》の方と呼ばれ、パメラは光の方と呼ばれている。ふたりの医療行為はこの時代の多くの人を救い、オレたちが受け入れられた最大の理由になっていると思う。

「ねえ、次の紙芝居はどんなものがいいかしら？」

一方、オレたちがこの時代で始めた活動のひとつである、紙芝居の新しいお話を考えているのはメルティだ。万能型アンドロイドで、青い髪をショートボブにしている色気のある女性。年齢は十九歳。人の心理を読み、戦略や作戦立案をすることが得意中の得意で、趣味は絵画を描くことだね。

彼女が描いた紙芝居は、今では織田領で大人気となっている。

　ここにいる以外にもアンドロイドのみんなはいて、オレの妻として宇宙要塞や小笠原諸島や尾張にて活動している。

　ギャラクシー・オブ・プラネットにはSFらしい超技術がいろいろあった。それをオレたちは使えるので、不死ではないが寿命はない。老化もコントロール出来るので、普通に老化することも若返ることも可能だ。久遠一馬としての一生はどうなるかわからないが、それが終わってもオレとエルたちは共に永遠に生きていくことになる。

　尾張に来た当初の目的はほんの少し歴史を見たかっただけだったけど、現在は戦国時代を終わらせて自分たちの居場所というか生存圏をつくることを目指している。

　家族となったみんなと一緒に、この世界で生きていくと決めたんだ。


「殿、上四郡の報告がまとまりました」

　そのままエルたちとのんびりしていると、ウチの家臣のまとめ役である滝川資清さん、通称八郎殿がやって来た。滝川一益さんの親父さんで、近江の甲賀から一族郎党を引き連れてウチの家臣となってくれた人だ。

　戦国時代とオレたちを繋ぐ役割を果たしてくれている凄い人。

「ありがとう。うーん、やっぱりこれからが大変だね」

　資清さんの報告は、先日臣従したばかりである尾張上四郡守護代だった織田信安さんの治めていた、尾張上四郡の報告書だった。

実は信長さんの織田弾正忠家は史実と大幅に変化している。オレたちの影響で昨年起きるはずだった美濃での加納口の戦いと、今年の春に起きるはずだった三河での第二次小豆坂の戦いはなくなった。

代わりに弾正忠家の主家であった織田大和守家との戦が昨年に起こっていて、大和守家を降伏させて下四郡を統一した。そして先日には信安さんの織田伊勢守家が、馬鹿な家臣の暴走をきっかけに臣従したんだ。

この時代では臣従というのは曖昧だ。国境付近の国人なんかは異なる主に両属状態でも珍しくないし、すぐに裏切ることも珍しくはない。

とはいえ、これで織田一族は織田弾正忠家の下に統一されて、今後のことを考えるために資清さんには上四郡の調査を頼んでいた。

滝川家は素破《すっぱ》、元の世界でいう忍びとして働いていた経験があり、この手の調査は得意らしい。

「そろそろ分国法が必要かもしれませんね」

「ああ、分国法か。なるほど」

そのままエルに報告書を見せると、しばし読み込んで新たな統治法について言及した。分国法。その名の通り領国を治める法律になる。この時代でもすでに今川や朝倉など、独自の分国法を制定して領国を治めているところもある。

残念ながら織田家にはそんな法律はないんだ。信秀さんに相談してみる必要があるだろう。

「大変なのはここからだよなぁ」

伊勢守家の臣従によって尾張国内で明確に織田に臣従していないのは、河内を領有する市江島の服部家だ。あそこは伊勢の長島と言われることもある国境沿いなんだよね。あとは独立志向の領主はいるが、形の上では臣従している。

史実では昨年にあるはずだった、加納口の戦いで亡くなるはずの人たちが生きている影響も、じわりじわりと出ていた。

尾張上四郡の犬山城主である、織田信康さんなんかはいい例だろう。彼は信秀さんのすぐ下の弟であり信秀さんとの関係はいいようだが、彼の息子の信清さんは、史実では野心がある独立志向の人だったはず。

しかし現状では信康さんが生きているので、犬山は素直に信秀さんの一族衆に収まっている。

織田弾正忠家が、織田伊勢守家から正式に織田の嫡流を譲られた影響は小さくないだろう。

ただ、上四郡に関しては領地の整理が必要だ。守護代ではない伊勢守家に上四郡をすべて任せてやる必要はない。

「領地替えか。騒がぬか？」

ある程度献策することがまとまったので、オレはエルと共に、政秀さんや重臣の皆さんと上四郡の整理について話している。というか信秀さん。とうとうエルを重臣や一族のいる話し合いの場にまで呼んだね。評定ではないけど。

「騒ぐと思います。ですから領地と引き換えに銭での加増をしてはいかがでしょう？　一時金で多めに払うか、あとは毎年適度な禄を加増してやるかなどがよろしいかと思います」

エルがオレを補足するように説明するが、重臣の皆さんはなにも言わない。腹の内はわからないが、つまらないことで信秀さんの不興を買うようでは、重臣は務まらないんだろう。

「エル殿。領地の代わりに銭で禄を与えるのですか？」

「皆様ならば所領でよいでしょう。裏切りの心配もありませんので。されど伊勢守家の力は、落としておいたほうがよいかと。銭ならばいつでも止められます。街道沿いを押さえれば多めに銭を与えても構いません」

伊勢守家の実入りは変わらないように配慮するが、街道沿いや要所は可能な限り切り離したいんだよね。

どうせ土地を与えても、無難に治めることしか出来ない人たちが大半だからね。銭で加増をすることにより領地替えをして、弾正忠家で尾張全土を統治する体制をつくらないと。

それにしてもエルは、丸め込むのが上手いな。重臣を立てつつ伊勢守家の影響力を落とす名目なら、大きな反対の声はない。いわゆる領地替えの迷惑料を払うって話だからね。

「某は銭など払わずとも騒がぬと思いまするが。大和守家の旧臣の現状は伊勢守家の者たちも知っておろう」

「確かに。いくら先祖代々の領地があっても、それだけではな」

ただ一部の人たちからは、そこまでする必要があるのかとの疑問の声が上がった。確かに今の信秀さんに表立って反発する人はあんまりいないからね。

まあ後々不満を持たれても面倒なんで、銭で不満を抑えて、弾正忠家に取り込むためにエルは献策したんだけど。

尾張でも先祖代々の土地で暮らす国人や土豪が大半だ。彼らを土地から切り離すのは簡単ではない。

それと銭の流通はあるが、農村だと米や麦などの現物での取り引きも普通にあるし、そもそも銅銭の信頼度って、ものによっては微妙なんだよね。古いのから粗悪な銭までいろいろあって。よく言えば自給自足みたいな生活だから、あんまり必要ないって場合もある。まあ武士は戦に備えて、多少なら持っているんだろうけどさ。

「それと統治体制を整えるには、そろそろ分国法があったほうがよいでしょう」

もうひとつ考えねばならないことは分国法だ。

エルの言葉に重臣の皆さんは一瞬止まった。すぐに思い当たらなかったのだろう。

別に元の世界のような法治体制じゃなくてもいいし、今川家とか大内家のような分国法でなくてもいいんだ。

それでも基本的な法は定めないと、今はかなりの部分で信秀さんの裁定が必要になるからね。

「分国法か」

「領地も増えましたからな」

これには反対意見はないらしい。重臣は多かれ少なかれ、清洲併合の後の苦労を知っているからね。勝手な陳情や面倒な陳情に悩まされた人も多いのだろう。

ただ分国法は、きちんとみんなで吟味して制定しないと問題になる。上四郡の整理と同時に考える必要があるだろうね。

数日後、信秀さんは上四郡の整理と分国法の制定を決めた。

上四郡の整理では、オレとエルたちの仕事はほとんどない。それというのも名前を聞いても誰だかわからず、正確な地図もない上に、領地の境界などが曖昧だからだ。

しかも戦国時代名物である血縁祭りが少なからずある。何処の一族で誰と血縁があるかとか、織田弾正忠家の家中との繋がりとか、知らないことが多過ぎて役に立たない。

この作業は文官と重臣の皆さんに任せるしかない。

「それにしても、殿も全域とは思いきったね」

上四郡においては、大和守家の時と同じように検地と人口調査をするべく準備を進めていたが、信秀さんはこれをきっかけに尾張の全域と三河の一部での検地を決めた。

正確には前回やった大和守家の元領地以外の尾張全域と、三河は信広さんの安祥城と水野さんなど、率先してやると言った場所だけの実施だ。そのほかは放置で、美濃も織田家が支援している元守護である土岐頼芸がいるので、当面は目立つことはしない。

どうも清洲の検地と人口調査の報告書が、相当気に入ったみたいなんだよね、信秀さん。

「やるなら今ですからね。さすがに政治的な感性は凄いです」

エルが手放しで褒めるほどの決断だ。相当悩んだんだろうな。

検地には不満もあるらしいが、断ると言えないのが戦国の定めなんだろうね。人の数と作物の取れ高がわからなければ、飢饉の時にどれだけ食料が必要かわからぬだろうと、評定にて堂々と言い切ったのは凄かった。

困っても助けてやらなくていいのかと睨む信秀さんに、誰も反論が出来なかったよ。

領地の状態や人口を、きちんと把握していない武士も多いみたい。個人に年貢を納めさせるというよりは、村単位で納めさせることが一般的らしく、細かくチェックしていないみたいだからね。軽く報告を見た感じだと収穫を隠したり、極端に不正を働いているわけではないと思う。ただ、みんな雑でどんぶり勘定なだけだ。

「飴と鞭が上手いよなぁ」

そうそう、検地で多少不満を感じる家臣がいる中、信秀さんは武芸大会をやると宣言した。これはオレのアイデアなんだよね。優秀な者には褒美を出すと告げると、武士たちの目の色が変わった気がする。

戦での武功は機会が限られているし、武芸大会で活躍すれば褒美を貰えて、さらに次の戦で武功を得られる配置にしてもらえるかもしれない。なにより名誉が得られるからね。

検地と武芸大会をセットにする辺り、信秀さんの政治力の高さを感じる。

「明らかに私たちの価値観や考え方を学んでいます。検地が弾正忠家による統制に繋がるのは明らかですが、流行り病の際に薬と食料を無料で家中にばらまきましたからね。なにかあれば助けてやるのだから従えと。その条件なら謀叛まで起こしませんよ」

学んでいるか。エルの言うように、確かにオレたちの考えを学んでいる気がする。この時代の領地の統治とは違うからね。

それに仏なんて異名は困ると言っていた割に、使える時は使う姿勢は凄い。

「うん？　遊んでほしいのか？」

「クーン」

そのまま検地と人口調査の書類を整理していると、屋敷内で遊んでいたロボが、オレの膝の上に乗って休憩し始めた。

構ってほしいのか、こちらを見つめ尻尾が揺れている。

「よしよし。ブラッシングでもしてやるか」

そんな円らな瞳で見つめられたら、仕事なんて出来ないよ。ロボ専用のブラシを持つと、嬉しそうに尻尾がパタパタと動く。

ブラッシングをしてやると、ロボは目を閉じて気持ちよさげにしているように見える。みんななんだかんだと甘やかすんだよね。

でも、こんな時間も必要だ。


今日も雨だ。毎日のように雨は続く。やむことなく降り続く雨の音にも慣れてきた。

この時代に来て思うのは静かだということ。確かに人の賑わいはあるし、ウチの屋敷には多くの人がいる。

でもテレビやラジオの音もなければ、町を歩けば何処でも聞こえるような音楽も聞こえてこない。音楽があったのは花見や夏祭りの時くらいだ。日常から音楽が消えると、少し物足りなさがある。鹿威しとか水琴窟が権勢者の庭に作られたのが良くわかるね。

「それで出雲守殿。本日の御用件は？」

この日、予期せぬ人がウチを訪ねてきた。望月出雲守さん。近江国は甲賀の国人で、元の世界では甲賀五十三家筆頭とも言われていた望月家の当主らしい。

娘さんと思える十代の若い女性と、家臣が二十人ほどで来ている。

なにをしに来たんだろう？　望月家からは以前に滝川家との縁組を打診されたが、資清さんと話し合い、断ったんだけど。

「是非、久遠様に我らを召し抱えていただきたく、参上致しました」

……ん？　召し抱えて？　なんというかあまりに真剣な表情に、横に控えている資清さんと顔を見合わせた。仕事が欲しいのか？　まさか……。

「仕事が欲しいなら、構いませんけど？」

「いえ、叶うならば仕官をお願い致しまする」

「仕官って、甲賀に所領があるでしょう？　それに信濃にも望月家の本家があると聞きましたが」

この人、いきなりなにを言いだすんだ。望月家は六角家の甲賀衆の一員だろうに。資清さんもビックリしている。小さな所領だったという滝川家とは、さすがに違う相手だ。

「甲賀の所領は某の弟に譲りまする。我らは尾張望月家として分家の上、お仕えしたくお願いに参上致しました」

分家って、そんなに簡単にするものなのか？　所領を弟に譲る？

「信濃に行かないので？　本家は甲斐の武田家に臣従したと聞きましたが」

「甲斐の武田家は、如何になるかわかりませぬ。先頃あった信濃での戦では村上家に敗れておりますれば。禄はいくらでも構いませぬ」

「ウチに来ると滝川家の下になりますよ。申し訳ないけど、誰が来ても八郎殿の下にするのは変わりません。たとえ出雲守殿がどれほどの官位や力があっても。それでもウチで仕官を望みますか？」

いったいなにを考えているんだろう？　確かに望月家ほどになれば、一族はそれなりにいるんだろうけどさ。六角家の命令か？　違うだろうな。

まあウチに仕官したいという話は、よくあることではある。尾張の人にとって余所者の上に素破と下に見られる滝川家が重臣だからだろう。ウチだとすぐに家老になれると思って来る人が後を絶たない。ただ、当然ながら資清さんの上に人を置く気はないんだ。

資清さんは、適任な人がいるのならば自分は下で構わないと言うけどね。オレもエルたちも資清さんの働きには感謝していて動かす気はまったくない。

「結構でございます。仕官が叶うのならば一族を分けて、百名は連れて参りましょう。無論、人質も出しまする。某の娘の千代女を、まずは人質としてお預け致しまする」

わざわざ遠方から来たのに申し訳ないが、こちらの条件は厳しい。にもかかわらず望月さんに迷いはない。どうも事前に周到な下調べをしてきたようだ。

「なぜそこまでして？　六角家でいいではありませんか。管領代様がいる限り、六角家は安泰でしょうに。あれほどのお方は、そうそういませんよ。それに織田と六角家が戦になったら、いかがするんですか？」

「五年もあれば、織田様は六角家に並ぶと某は考えておりまする。それ故に、織田様と六角家が戦になれば、必ずやお役に立てましょう」

いまひとつわからないので、いろいろと質問をしてみる。やはり相当調べた上で考えてきたんだね。まさか滝川家との縁組を断ったら仕官しに来るとは。

同じく同席しているエルに視線を送るが、とりあえず問題はないと頷いている。

「返答は少し待ってください。さすがに出雲守殿の出所や立場を考えれば、私の一存では決められません」

「はっ。心得ておりまする」

望月さん。多分三十代半ばを過ぎた頃か。見た目は切れ者というか、出来る男の雰囲気。結構強そうだしね。

それと娘の千代女さんって、あの武田の渡り巫女を指揮したという逸話のある望月千代女か？　彼女は史実では望月本家に嫁ぐはずなんだけど。

とりあえず、信長さんと信秀さんに報告して対応を決めないと。

確かに忍びは欲しいけどさ。万が一にも六角家の紐付きだと困るんだよね。六角家の現当主は六角定頼だ。史実では織田信長がやったこととして有名な、楽市楽座の前身である楽市令を、初めてやったとも言われていたはず。

戦も強く内政も優れている、元の世界では全盛期の六角家を築いた人だ。

幕府や畿内にも影響力があり、管領代なんて地位に就いているし、今の織田家が一番敵に回しちゃ駄目な人のひとりなんだよね。

side：滝川資清

殿が意外に頑固であられることを知る者は少ない。

わしと倅の久助や、織田の大殿と若様くらいであろうか。本来ならば家老は織田一族から来ていただくほうが、久遠家のためであろう。

すでに尾張の久遠家は織田弾正忠家の次に裕福なのだ。もっともそれは大殿と若様などは御存じのことである。ほかにも土産物や四季の贈り物を受け取っておる者たちは承知のことであろう。

厳しい言い方をすれば、分不相応な銭と力が久遠家にはあるのだ。わしは織田の大殿に疑念を抱かれたらいかがするのかと、一度だけ問うたことがある。

殿のお答えはあっさりしておった。疎まれたら尾張から出て行けばいいと。我ら滝川一族郎党くらいならば、面倒を見るからと言われたら、それ以上はなにも言えなかった。

思えばわしは久遠家、そして本領のことをなにも知らぬと、あの時に悟った。南蛮船をあれほど持ち、交易のために遠方まで船団を派遣出来る久遠家の力をまったく理解しておらぬのだとな。

「出雲守殿。何故わざわざ御自身が尾張に……」

望月家の者たちは、しばらく那古野の屋敷にて滞在させることになった。わしは出雲守殿に面識はない。だが今のうちに真意を確かめておかねばならぬと思い、ふたりだけで会うことにした。

「わしでなくば仕官は叶うまい。地位も所領も捨ててこそ、信じていただけるはずだ」

所領を捨てるは命を捨てるより辛きこと。そこまでして仕官を望むか。

「八郎殿。そなたならば、わしの気持ちがわかるはずだ。貧しき甲賀におっては先がない。手柄を挙げても、所詮は甲賀衆でしかないのだ。六角の御屋形様はともかく、六角家家中でさえ素破・乱破と蔑まれておる」

「出雲守殿ほどになれば……」

「変わらぬ。知っておるか？　六角家中では久遠家を、商人上がりの身分が卑しき者故に、家臣が集まらぬのだと笑っておるのだぞ。久遠家が仕官を断っておることを知りもせずに」

相当探りを入れて考えたらしいな。気持ちはよくわかる。かつて六角家が危機に陥った際に、甲賀衆は鈎の陣にて活躍したのだ。それにもかかわらず素破・乱破と言われておるのだ。されど……。

「本当は信濃の本家に千代女を嫁に出して、縁を深くしようと思うたがな。武田も村上に負けて如何になるかわからぬ。わしは八郎殿の下でいい。八郎殿を脅かす気はない」

「織田家と久遠家を侮るのならば、止めていただきたいと申すつもりでしたがな」

「滝川一族と郎党の子らの元気な姿を見た。あれがほかで得られるのか？　すぐに信じてもらえぬのはわかっておる。だが結果は必ず出す」

決意は固いか。甲賀の領地を捨てたわけではないが、弟に譲った家督と領地が戻るとは思えぬ。受け入れてもよかろう。

わしは久遠家のことで忙しく、忍び衆を束ねることまではなかなか手が回らんのも確かだ。出雲守殿ならば、その辺りは得意であろう。

「わかった。いずれにせよ織田家と六角家が戦をすることは当分あるまいしの。ただし裏切れば、我ら一族の命を懸けて必ず始末する。それだけは忘れんでほしい」

「裏切るほど六角家に恩はない。それに公方様のお守りで大変な六角家を攻める利は、今の織田家にはあるまい」

「確かに……」

「六角家も今が盛りかもしれぬ。御屋形様は確かに天下に名が知られておるが、公方様などいつ敵対するかわからぬのだ。無駄に助けねばいいものを……」

管領代殿のことは誰もが認める。されど公方様は難しきところだな。公方様あっての守護であるはずが、畿内を離れると誰も公方様になど従うておらぬ。

それでも畿内においては、それなりに権威がある。今のところ公方様を脅かす大義名分もない。三好や細川、六角家の争いも、あくまでも公方様の下での争いでしかない。

今のわしならばわかる。六角家は公方様に深入りし過ぎておる。近江の銭と力が公方様のために使われても、六角家にも近江にもあまり見返りはないのだ。

管領代の地位とて、何処まで役に立つのやら。

出雲守殿は、やはり切れ者だ。当面は安易に気を許せぬが、久遠家のお役には立てるであろう。

裏切れば、その時は我ら滝川一族が必ず始末する。その覚悟が伝わればよかろう。

side：久遠一馬

「望月か。聞かん名だな」

「本家は信濃でございます。甲賀にある国人衆の筆頭とも言われておりまするが、そこまで六角家に近いわけではございませぬ」

望月さんのことをどうするかで、信秀さんと信長さんと政秀さんに、オレとエルと資清さんが揃って話し合いをすることになった。

信秀さんと政秀さんは、名前くらいは知っているらしい。ただし名前以上に詳しくは知らないようで、資清さんが説明してくれたけど判断に迷うね。

「力量はいかがなのだ？」

「それは確かかと。某のような者とは違いまする」

信長さんが気にしたのは実力だ。家柄や六角との関係も大切だけど、一番重要なのは実力だからね。最近ウチの考えをますます理解している信長さんらしい。

「この件は、管領代様は御存じなのでしょうかね？」

「知らんはずはなかろう。配下が家を分けるのだ。許しは得たはずだ。されど策ならば少しやり過ぎだな。言いだしたのは出雲守とみるべきであろう」

ふとオレは気になっていたことを聞いてみたが、信秀さんは知らないはずがないと言う。

「左様でございますな。当主が自ら城を明け渡してくるのは、相当な覚悟があってのこと。されど管領代様のことです。伊勢を気にして、織田との伝手を持ちたいとの思惑はあるかと」

政秀さんも現実的に考えて、勝手な行動ではあり得ないとみるか。

六角は南近江が地盤だが、北近江や伊賀や北伊勢を勢力下に置いている。特に北伊勢には海がある。ところがその伊勢湾の制海権と商いは、伊勢から尾張に移りつつあるからな。

家の格としては織田家と比較すると六角のほうが上だ。向こうは佐々木源氏の嫡流であり、南近江の守護と幕府管領代という役職まである。尾張だと斯波家でなければ格下と見られる。

ただ、すでに家の格と権威だけでは解決しない世の中になっている。現時点でそこまで繋がりがない織田家と、ウチに伝手が欲しいと考えても不思議じゃないということか。

「美濃の蝮からも、伊勢守家臣従の祝いの品が送られてきた。ちょうど良かったのであろう」

尾張だと斯波家が守護であることに変わりはない。対外的な外交は今も斯波家が正式に行うが、信秀さんも美濃の斎藤家とか関東の北条家などとは手紙のやりとりはある。

もう元の世界の史実にある織田家じゃないってことか。尾張は現在守護代がいない。今ならば信秀さんが尾張の守護代に就けるが、織田家と斯波家当主である斯波義統さんとの関係も良好なようで、急いで守護代になる必要がまったくないんだよね。

信秀さんが尾張の事実上の支配者になったことに変わりはない。これからどうするのか、周りが気にしないはずもないよね。

「甲賀衆は惣により治めております。良く言えば皆で話し合っておると言えますが、悪く言えば周りを見張っておるようなもの。皆が似たような待遇ならば良かったのでございますが、某があまりに急に立場が変わってしまいましたからな」

六角の策かは、まだ断定は出来ない。でも資清さんは近江の甲賀郡のバランスが崩れたとみているようで、望月家の動きもその一部だと考えているようだ。

甲賀は惣という合議制により治める地域だが、別に民主主義の思想がある時代じゃないしね。時には協力して、時には監視する形で、誰かが強くなるのを潰していたって不思議じゃないか。

つまり、いきなり資清さんを身分に合わない待遇にした、オレのせいでこうなったのか？

なんか史実の観音寺崩れを思い出すな。意外と六角家に対する家臣の忠義は、高くないのかもしれない。忠義は家ではなく、今の当主の六角定頼個人にあるとみるべきか。

史実の織田信長もそうだったんだよね。

六角家は過去の苦しいときには、甲賀に逃げて戦うほどだったが。甲賀の人たちはそんなに家中の地位があるようには見えない。

綻びの可能性は、史実でないところにもあるということか。

「さて、いかがするか」

それぞれの意見が出そろったところで、信秀さんは最後にオレとエルに意見を求めた。

オレは賛成かな。これまでも何人もの仕官希望者と会ったが、望月さんが一番ウチを調べていたみたいだし、確固たる決意があったように思えた。

「何事にも利と損があります。望月家を召し抱えれば、織田家は甲賀衆に深い繋がりを持てるでしょう。断ればそれを失います。懸念はこちらの内情が漏れることですが、多少漏れたとて、当家にも織田家にも大きな損にはならないと考えます」

エルも召し抱えることに賛成か。まあ情報の漏洩は、オレもあまり心配してはいない。オレたちはオーバーテクノロジーである虫型の超小型偵察機で見張りは付けるしね。それにエルたちが情報の扱いで、後手に回ることはあり得ないだろう。

「知られて真似出来る程度ならば、遅かれ早かれ広まるか。確かにあの高炉と言ったか。仕組みを聞いたが、やれと言われても真似ることは難しかろうな」

「はい。なによりも今の管領代様は、敵に回してはなりません」

「よかろう。駄目ならば追い出せばいいのだ。わしが六角家に文を出す。召し抱えるのは、それからだな」

一通り意見が出尽くすと、信秀さんが裁定を下した。もっとも結論はシンプルに考えたようだ。駄目ならば追い出せばいい。まさにその一言で済むのかもしれない。

「領地も広がった。諸国を探る人手が足りぬのも確かだ。そなたたちも引き続き各地の様子を探るのだ。わしも素破を少しは使うておるが、手が足りぬ」

今のところ織田家に大きな問題はない。しかし伊勢守家や大和守家の元家臣なんかが、完全に弾正忠家の家臣として上手くやれているわけではないんだよね。

上手くいっている時はいいけど。今後を考えたら望月さんを雇わざるを得ないよなぁ。


六角定頼から、望月家を召し抱えても構わないとすぐに返信がきたようだ。資清さんも言っていたが、望月家は六角家配下の甲賀衆であるものの、名前が知られている割に六角家との関係は深くないらしい。

史実で六角家六宿老のひとりと言われた三雲家が入る、甲賀二十一家からも漏れていることから、所領を守る程度の義理は果たすが、独自の方針で動く家ではないかとエルは推測していた。

尾張を見てもそうだが、臣従と同盟の明確な違いが曖昧な時代だ。甲賀衆も親六角の二十一家と、そうでない家がいて当然なんだろうな。

「殿、某に千貫は多過ぎまする」

「でも望月家を召し抱えるなら、それなりの待遇で迎えないと。それと滝川家の郎党からも、新たに士分に取り立てるから選んでおいて」

望月家を召し抱えることにしたが、その前にやらねばならないのは滝川家の待遇を上げることだ。

ウチが織田家から貰う禄も、牧場の領地以外に二千貫に上がっている。実はウチの収入は代官職のものや表に出せないものなどに加えて、普通の商いの利益もあるし、そこから上納金を納めてもいるから特殊なんだけどね。

領内で商売する権利とか特権も貰っているから、さらにややこしい。禄としての銭は貰うが、それ以上に上納金を納めているからさ。

甲賀衆筆頭なんていう話もある望月家を、中途半端な待遇には出来ないんだよね。やっぱり。

当然、滝川家はそれ以上の待遇にする必要がある。資清さんを千貫にする以外に、一益さんや益氏さんも禄を上げることにした。

それと今回の滝川家の加増に合わせて、慶次の元服も烏帽子親を政秀さんに頼んだ。慶次はちょっと変わっているけど、その辺は理解してくれているからね。

オレ自身が信長さんの直臣だし、誰がいいかと政秀さんに相談したらやってくれることになった。正式な日時はまだ先だけど。

「他家とウチを比較するのは難しいからね。でも千貫は受け取って。八郎殿がいないと困るから」

「心得ました。しかし殿、銭を千貫も頂くと使い道に悩みますぞ。米なども禄とは別に頂いておりますれば」

「そのうち使うこともあるよ。なんなら慶次みたいに遊べばいい」

「さすがにそれは……」

資清さんと滝川家の加増は、望月家を召し抱えるための措置だ。ただウチと滝川家の関係は変わっていて、米や食料はほとんどウチから支給している。

実はウチと滝川家で食べる米は、宇宙要塞で生産したそこそこ美味しい米なんだよね。信長さんと信秀さんにも献上しているけど。表向きは海外で栽培または手に入れた米ということにしている。

あんまり美味しくないんだよね、この時代の米。たまに食べるのならいいけどさ。

食事に関しては、米以外にもウチで使っている元の世界にあったような調味料なんかは、宇宙要塞で生産して船で運んでいる。

生鮮食材は尾張でウチが一括購入して滝川家などに分配しているし、身分の低い家臣や忍びなどには女衆が班編成の交代で調理して、その後それぞれの家の分を持ち帰ることもしているらしい。後片付けも班交代だそうでありがたいことだね。

資清さんの禄は一族と郎党の禄に使っているけど、食料を支給しているから十分といえば十分か。それに働くと仕事に合わせた報酬はウチからも出している。

実際お金って、意外に使い道ないんだよね。ウチはお金を領内に還元する意味もあり、清貧なお寺なんかに寄進もしているけど。

「そういえば、三河の様子は？」

「近頃は田仕事が忙しい時期ですので大人しいですな。流言も順調に流れておりまする」

「そっか。そのまま無理しないでお願い。三河の領民にも織田は飢えないと教えないとね」

そうそう。駿河の今川家と、今川に従う松平宗家との小競り合いが続いている三河の対策も少しずつ始めていて、今のところは忍びを使って噂を広めてもらっている。

別に嘘は言っていない。賦役などで銭や食料を配って領民が飢えないように、信秀さんが頑張っているると広めているだけだ。

西三河は一向衆も多いからね。生活が楽になるのは宗教ではなく、織田家だと理解してもらわないと。この時代は真実も積極的に伝えないと、伝わらない。

三河の織田領でも紙芝居での宣伝活動をしているが、それと並行して一向宗以外の僧侶や熱田神社と津島神社の神職なんかを派遣する計画も進めている。

三河一向宗である本證寺の懐柔もするけど、織田領の村には紙芝居で広報活動をしつつ、神職と一向宗以外の僧侶を巡回させていくのも必要だろう。

この時代だと領民の不安や悩みを聞く人は必要だからね。

side：松平広忠

夜も更けてそろそろ寝ようかという頃、密かに寝所まで訪ねてきたのは父の代から仕えておる大久保新八郎忠俊だった。

「殿。そろそろ今川とのことを考え直すべきでは？」

「なにを言うのだ。新八郎」

なにやら思い詰めた様子で何用かと思えば、こんな夜更けの寝所でしか話せぬようなことを口にした。岡崎には今川方の与力もおる。それに今川に人質を出した者もまた多いのだ。そのようなことを口にしただけで危ういからな。

「織田は尾張をほぼ手中に収めてしまいました。今川の狙いはそんな織田と当家をぶつけて潰し、三河を我が物とすることではありませぬか？」

「……動けぬのであろう。今川には東に北条がおる」

近頃は新八郎のように、密かに寝所に訪ねてくる者が増えた。皆言うことは同じだ。このまま今川に与していていいのかということ。

私利私欲ではない。松平宗家は存亡の危機なのだからな。当然のことだ。

「竹千代様は信秀の嫡男の近習になったとか。悪い扱いではありますまい。臣従した家臣を守らぬ家に、義理立てする必要はありませぬぞ？」

家中の風向きが変わったのは、軟禁されておった竹千代が信秀の嫡男の近習になったとの噂が広がったことか。うつけとの噂もあるが嫡男の近習は悪い扱いではない。

まして逆らう者の人質など、いつ殺されてもおかしくはないのだからな。今や仏と言われる男。我が家臣の中にも、今川でなくとも織田でいいのではと考える者がおることは仕方なきことか。

「家中には今川に人質を出しておる家も多い。いかがする気だ？」

「織田と戦をしてはいかがでしょう」

「話が見えぬな。織田に臣従する話ではないのか？」

「織田が三河に攻めて来れば、さすがに今川も援軍を出さざるを得ますまい。さすれば人質として駿府におる者らも、多くは援軍として送られてきましょう」

「織田と通じて謀れと？　だが元服すらしておらぬ者や女も人質にはおる。すべての人質を寄越すはずはあるまい？」

「今川に勝ち、将兵を人質とすれば代わりにこちらの人質を返させることも出来ましょう。織田と我らに援軍の三河者が加われば、今川など恐るるに足りませぬ。三河から今川を追い出してみせましょうぞ」

「新八郎。安易に動いてはならぬ。そちの策は悪くはないが、それは織田が自ら動くまで待つべきであろう」

新八郎の策はいささか危うさがあるな。とはいえそこまで考えるほど松平宗家の現状が危ういということか。

本音を言えば、家中ですら今川に心から臣従しておる者は減っておるのだろう。もともと駿河と遠江を治める今川と、尾張すら統一出来ぬ織田を比べて今川に付いただけのこと。

しかし今は矢作川の向こうの織田方を知り、織田が攻めてきたら臣従しようと考えておる者も少なくなかろう。こちらから逃げ出した民でさえも、食わせておると聞くほどだ。

「では、織田に臣従することも……」

「今川が本気で織田と戦わぬのならば、考えねばなるまいな」

確かにそろそろ考えるべき時だ。されど今すぐに決断する気はない。三河を守らぬ今川のために死ぬ気もないが、織田もいまひとつなにを考えておるのか、わからぬところがある。

織田に臣従するのは、最後の手段だ。それに臣従するにしても手ぶらでは笑われるだけだ。大きな武功でも挙げねば、軽く見られてしまうからな。

「殿。ご立派になられましたな」

「そなたたちのおかげだ。ここまでくれば、今川でも織田でも構わぬ。家を守り残せるならな」

新八郎はわしの言葉に驚いた顔をした。当然だが、わしは今川を疑うような素振りは見せておらぬからな。

父が成した三河の統一をわしもずっと夢に見ていた。

されど夢に見るだけでは駄目なのだ。聞けば聞くほど織田の領地は安泰だ。無論のこと今川も戦になれば強かろう。

だが織田もまた戦は強いのだ。いずれが勝つか、よく見極めねばならん。

side：久遠一馬

望月家一行は千代女さんを残して、引っ越しのために一旦甲賀に帰った。人質は要らないって言ったんだけどね。臣従の証しとして残したいと言われて断りきれなかった。

望月家と郎党の住む場所を用意しないとな。

それはそれとして、ウチは現在、尾張の内政で忙しい。

「分国法は難しゅうございますな。せっかくまとまった尾張が割れかねませんぞ？」

「だがここでやらねば、好き勝手する者が後を絶たぬと思うが？」

この日は、清洲城の文官の皆さんと意見を交わしながら物事を進めている。現在の一番の問題は分国法だ。今まで曖昧なまま好き勝手にしていた武士たちに法を守れと言うのだ。反発するのが目に見えている。

しかし織田家に一番必要なのは、分国法の整備と命令系統の法制化だろう。家中と領内の命令書には、すべて信秀さんの朱印を必要とする。これを第一に定めないといけない。信秀さんの朱印がない命令書を発した場合には、厳罰に処するとの文言も入れなきゃ駄目だ。朱印とは判子だ。現状では花押やら署名だけど、信秀さんの負担軽減のために朱印を捺す、朱印状を正式に採用したほうがいい。

そもそも現状の織田家では、領内の税や年貢ですら、慣例はあるが明確な規則がない。実は元来の弾正忠家の領地ですら、立場が曖昧なんだよね。古くから家臣の人もいれば、強いから従っていただけの人もいる。

戦や賦役の際には所領に応じた負担はするが、あとはその領主の裁量に委ねられている。やっぱり中央集権体制じゃないんだよね。

「久遠殿。この目安箱とは？」

「ああ、それは殿に直接訴えるためのものですよ。領民が殿の命を守らぬ国人や土豪を直接訴えることの出来る仕組みです」

それと領民から信秀さんに直接訴える仕組みも必要だ。歴史の授業でも習う目安箱。史実だと戦国時代に北条氏康とかが先にやっているんだよね。

伊勢守家の臣従に繋がったお馬鹿さんの存在が、目安箱設置のいい口実になる。目安箱もちゃんと分国法に書かないとな。勝手に箱を開けたら厳罰にするとか、投書の妨害なんかの罰則は必要か。

ほかにも関所を設ける際には許可が必要だとか、いろいろ分国法の試案は出している。

「久遠殿もなかなか人が悪いですな。この分国法を認めれば、勝手な税の徴収が叶わんことになりますぞ。そこに気付く者が如何ほどおるのやら」

内容はそれほど厳しくはない。別に織田家への上納金を増やせというわけではなく、何事も許可を取るようにするだけだ。

税制の整理は分国法とは切り離して考える。まずは最低限のことと、朱印状を認めさせることが先決だ。

ただ文官からすると、これでも厳しいとみえるのか。

「大和守家の旧臣には酷い者もおるからな。付け届けやら、重臣と婚姻を結ぶためやらで、領民から絞り取っておる。奴らを取り締まる理由は必要であろう」

「そこなんですよね。これを許せば領内が荒れますよ」

「大人しくしておれば、戦場での武功の機会くらい与えるというのに」

分国法とその流れでの家臣の統制強化に、文官衆は当然気付いている。

原因は大和守家の元家臣にある。あそこの元家臣の一部が復権を狙って、重臣の皆さんに付け届けをしたり、婚姻を頼むための資金を領内から無理やり徴収しているんだ。

領民と向き合おうとしている信秀さんの耳にも入って、止めろと激怒されていたけど。

ああ、おかげで家中の結婚も許可制になりそう。

「あの人たちって、妙に上から目線なんですよね。ウチにも仕官してやると言いたげな様子で来ましたよ。お断りしましたけど」

「商人や文官を軽んじておるのであろう。文官や商いがどれほど難しいかも知らん連中だ」

「殿も丸くなられましたな。若い頃ならば斬り捨てておられたであろうに」

文官が軽く見られているというのは本当らしいね。ちょっと愚痴ったら、文官の皆さんも少し苦々しげに語りだした。

「連中を許している理由は、彼らを口実に家中を統制するためですからね」

実は信秀さんも方法は違ったようだが、家中の統制を考えていたらしい。好き勝手にする大和守家の元家臣たちを泳がせているのは、元主家の家臣に遠慮しているのではなく、口実にするつもりだったようだ。

いずれ連中を潰して、勝手なことをするなと厳命するつもりだったとか。分国法のほうがいいから、そっちに切り替えるつもりみたいだけどね。

side：滝川お清

長雨の季節。しとしとと降り続く雨に、甲賀の生まれ故郷は如何になっているのかなと、ふと考えることがあります。

尾張に参って半年を過ぎました。ここでの暮らしにも慣れて、日々が楽しゅうございます。

私の役目は侍女としてお方様がたにお仕えをすること。久遠家では代々武士であった家臣が少なく、礼儀作法を知る者が少ないことで私にもそのようなお役目がいただけました。

「はい。これが薬です。きちんと一日二回飲んでください。治っても薬がなくなったら一度診察に来てくださいね」

「ありがとうございました」

今日はケティ様の侍女として、屋敷に診てほしいとやって来る病人の世話をしております。

何処が痛いか、またいつから痛いのかなどを診察の前に問うて、診察後は薬を与え、ケティ様に命じられた決まり事を伝えるのでございます。

「お清殿は看護師に向いてる」

「看護師、でございますか？」

病人も途切れたのでケティ様に麦湯をお持ちすると、ケティ様は唐突に私に看護師なる役目でしょうか？　それのことを教えてくださいました。

医師や薬師を助けることが役目のようでございます。

「そうでございますか？」

「よく気が利くし、患者への接し方もいい」

私はあいにくとエル様のように学問も得意ではありませんし、ジュリア様のように武芸も得意ではありあません。その分、出来ることを精一杯お仕えしているだけなのでございますが。

「とっても大切な役目。今後はみんなにも教えてあげてほしい」

「はい。誠心誠意、お仕え致します」

あまり表情を変えぬケティ様が僅かにほほ笑むと、私の手を握り信じられないほどのお言葉をいただきました。

嬉しい。私がこれほどお役に立てるなんて。

父上がすべてを捨てて尾張に行くと決めた時には不安でしたが、今では感謝しております。飢えないばかりか、こうして必要としていただける御方にお仕え出来るのですから。

side：望月千代女

父上が尾張に行くと言った時、家中は真っ二つに割れました。甲賀に生まれ甲賀で育ったのに、何故尾張に行かねばならぬのだと。

尾張に行った滝川家が、信じられない程の身分になったのは聞いております。でもそれは滝川家の話。望月家が後から行っても、同じような身分で迎えられることはあり得ないと申す者が多くおりました。

現に滝川家は望月家からの縁談すら断ってきた。それなのに父上は……。

六角家にいても望月家に先はない。ならば尾張に行くほうがいい。そう言いました。

結局、望月の家をふたつに分けることになってしまいました。父上と共に尾張に行く者と、甲賀に残る者に。

無論、不満は皆にあります。同じ六角家中からも、素破・乱破と謗りを受けるのですから、我ら甲賀者は。

私は尾張の久遠家を、氏素性の怪しい者とは思いません。六角家中の者たちのように嘘かまことかわからぬような家柄をでっち上げて、私たちを見下す者と同じことをしたくはありませんので。

「殿がお呼びでございます」

久遠家に来て夜伽に呼ばれたのは、意外に早かった。父上たちが甲賀に一旦戻った日の夜だとは。女好きと聞いてはおりましたが、噂通りということでしょうか。私の身に望月家の行く末が懸かっているのは理解しております。この大役はなんとしても果たさねばなりません。

すでに日の暮れた屋敷を案内されて、殿の寝所に向かいます。

「千代女殿をお連れ致しました」

明かりの灯る部屋にたどり着いた私は、無礼のないようにと身だしなみを整え覚悟を決めます。

「入っていいよ」

「失礼致します」

……あれ？　寝所じゃない？　案内されたのは寝所ではなく、奥方様や滝川様もおられます。まさか、夜伽ではないの？

「あれ？　もう寝てた？」

「……いえ」

「悪いね。夜更けに」

もしかして私は、とんでもない勘違いで夜着のまま来てしまったのでしょうか？　殿と皆様は、まだ仕事をされております。

はっ、恥ずかしい。こんな失態をしてしまうなんて。

「千代女殿。読み書きは出来る？」

「はい」

「じゃあ明日から、八郎殿の奥方を手伝ってくれるかな。禄はちゃんと出すから。望月家の人たちが来た時に困ったり不安にならないように、ウチの仕事を大まかでいいから覚えてほしい」

「畏まりました」

「それと人を付けるから、清洲とか津島とか一通り見物してくるといい。これから暮らすんだし、知らないと困るからね」

「あの……、私は人質では？」

「そうだね。ウチには人質が何人かいるけど、みんな働いているし禄を出している。外出も好きにしているから。千代女殿もそのつもりで」

私は奉公にきたのではなくて人質。働かせるのはまあいい。ですが町を見物とは。逃げたらいかがするのでしょう⁉　なぜ人質の外出を好きにしていいと言えるのでございましょう⁉

「千代女殿も久遠家には戸惑うと思うが、そのうち慣れる。あまり心配めされるな」

なにか悟ったような滝川様にお言葉を掛けていただきました。ですが戸惑うどころか理解出来ません。本当によいのでしょうか？

「ああ、オレの側室とかにはしないから。相手は家中からでも探すといい。必要とあれば紹介もす

る」

私の戸惑いを知られたのか、それとも勘違いを悟られたのか、殿は淡々とした様子で側室にしないとはっきりと明言されました。背筋に冷たいものが流れます。それは困ります。新参の望月家が尾張で生きていくためには殿の寵愛が必要だからこそ、私は残ったのですから。

素破だからと使い潰すことがないと思い、久遠家に仕官を願い出たのに……。

「私では務めは果たせぬのでございましょうか？」

「滝川家からも側室はもらっていないから、望月家からももらう気はない。それでも滝川家も望月家も粗末には扱わないから、心配しなくていいよ」

なにを考えておられるのでしょう？　わかりません。本当に粗末に扱われないのでしょうか？

「久遠家では縁談はすべて断っておるのだ。そなたに落ち度はない」

なぜ？　なぜ縁談を断るの？　血縁を持ち、他家との繋がりは必要なはずでは？

わかりません。いったい、ここはなんなのでございましょう。


「よろしくお願い致します」

翌日、私は滝川様の奥方様とお会いして、久遠家のことを学ぶことになりました。

「こちらこそ、よろしくお願い致します。そう畏まらなくても構いませんよ」

案内役はお清殿。歳の頃は十五くらいでしょうか。ほっそりとした容姿をされた滝川様のご息女のようです。優しい御方のようで笑って声を掛けてくださいました。

「御家のお屋敷は、ここ那古野と津島にあります。また、領地は近くに牧場村があり、工業村と農業試験村というところも代官をしております」

お清殿の案内で屋敷の中を見て歩きます。久遠家は裕福だとは聞いておりました。滝川家が驚くほどの禄で召し抱えられたのは見た目からして明らかで、私も驚かぬように覚悟をしておりましたが、実際に見てみると驚きの連続でございます。

屋敷の蔵には銭や米や酒がところ狭しとあるばかりか、それらもすぐに使うことになるとのこと。

「兄の彦右衛門でございます」

「殿から聞いておる。これが久遠家の鉄砲と金色砲だ」

そして武具を見せていただきましたが、ちょうど滝川様のご嫡男である彦右衛門様が手入れをされておりました。この御方が殿に仕官を願い出たことで、滝川家は一気に立身出世を果たしたのはすでに甲賀でも知られております。

「これが噂の……」

「金色砲は鉄砲を大きくしたものと言えばわかるか。皆が毎日磨いておるので綺麗であろう」

久遠家の金色砲。清洲を瞬く間に落としてしまったという南蛮の武器だとか。噂では雷を呼んだともあったようでございますが、鉄砲のような武器とは。しかも新参の人質である私に隠すことなく見せていただけるなんて。

まことの金ではないようでございますが、確かに綺麗……。

「案ずるな。殿の許しはいただいておる」

金色砲は後日訓練をする時に撃つ様子まで見せていただけるそうで、今日は鉄砲を撃って見せていただけることになりました。

私は金色砲どころか鉄砲も初めて見ました。

噂で聞いていたより大きな音に驚き、気が付くと的に穴が開いております。

「なんと凄い武器なのでしょう」

「変わるぞ。戦も世もな。そなたの御父上は先見の明がある」

彦右衛門様は鉄砲を私に見せながら、そう教えてくださりました。

私は、ここで生きていく。そう決意しようと思います。

side：久遠一馬

清洲城の改築と町の拡張の縄張りが始まった。

以前にプランをいくつか提示したが、最終的に信秀さんは防備よりも商業と町の発展を重視したタイプを選んだ。まあそれでも清洲城は鉄砲の防備を考慮して、この時代ではほとんど存在すらしない石垣や、漆喰を用いた土塀などを造る予定だ。

エルが住みやすさや耐震性をも可能な範囲で考慮して設計した自慢の案だ。

清洲の町と城の間を流れる川の堤防などには、一部でローマン・コンクリートを使用して補強もするらしい。

すでに川の堤防は造り始めている。清洲の問題は水害だからね。

「蟹江か」

「はい。殿の直轄領として、対伊勢の拠点と新しい港に出来ませんか？」

この日はエルと信長さんと、清洲城にて信秀さんに新しい城と町をつくる提案をしている。場所は津島の南東にある蟹江だ。対伊勢の拠点としても使えるし、津島と熱田の中間くらいの場所なので商業に最適だろう。

史実でも蟹江の港は、江戸期には百石船が入れる港があったみたいだ。同じ場所にする気はないけど、地理的にちょうどいいんだよね。

南蛮船は現在、津島と熱田で積み荷を降ろしているが、接岸出来る場所などないので小舟に移しての荷降ろしをしていて、手間と時間がかかっているんだ。

「構わぬが、清洲と那古野の病院と学校の普請で人が足りまい」

「そこは伊勢の人を使おうかと考えています。長島の願証寺との関係は良好ですし、本来の賦役ではなく銭を払うのなら、願証寺も北伊勢の国人衆も領民を人足として出していただけるかと」

問題は信秀さんも指摘する通り、清洲の普請と学校と病院の普請で新たに大規模な普請をする人が足りないことだ。人口もそんなにいるわけじゃないし、農閑期とはいえ田んぼには手入れも必要だ。

ただ、そこは考えた。足りないのならば他所から借りてくればいいということで、伊勢の人を銭で借りてくることを計画している。

「そなたたちは、怖いことを考えるな」

「城と重要な普請は尾張の人で行うべきですが、整地や町は他国の人でも十分です。今必要なのは一刻も早く国を整えることだと思います。さらに織田領では仏に祈らなくても飢えぬと広まれば、大きな力となります」

他所の領民を使うというオレたちの考えに、信秀さんは戸惑っていた。この時代は他国なんて下手すると元の世界での外国みたいな感覚だからな。ただエルは、そんな信秀さんにこの計画の利点と必要性を訴える。

「されど、さすがに怪しむのではないか？」

「そこはね。南蛮船の港を造るとの名目で。願証寺は金色酒や砂糖のお得意様ですから。あとはウチの商品をさらに優先して売ってもいいかもしれません。いろいろな手はありますよ」

坊さんほど欲深い者はいないとも言うけど、長島はウチの商品のお得意様なんだよね。食べ物以外でも、高価な絹織物や最近だと茶器もよく買う。

落ち着いたら津島の川の土砂を取り除く浚渫も、伊勢の人でやれないかと考えているくらいだ。史実だと川の土砂が溜まって、津島は河川湊として使えなくなるんだよね。あれもこの時代の技術だと人手と時間がかかるからさ。

「うむ。そこまで言うのならば、考えてみるか」

対美濃の拠点の大垣城に、対三河の拠点の安祥城、そして史実通りに対伊勢の拠点には蟹江がいいと思う。どう考えても南蛮船の港の荷降ろしが、発展の足かせになるのが一番の理由だけど。

「銭は使ってこそ価値があります。後生大事に蔵に仕舞うなんて無駄です。困ったならば当家がなんとかします」

「念のために六角と北畠にも話を通さねばならぬな。あくまでも南蛮船の港ということにするか」

津島の弱点は河川湊であることと、長島が近過ぎること。蟹江なら少し遠回りすれば長島に近寄らなくて済む。

まあ津島と熱田にも根回しが必要だけど。新しい港が出来ても津島と熱田は疎かにしないと説明すれば、大きな反対まではされないだろう。上手くいけば、あの辺りはひとつの町となるほど栄えるかも。

side：織田信長

「若。ここでしたか」

「爺。もう休め」

今宵は綺麗な月が出ておる。眠れずに外で鍛練に励んでおると爺が探しに来た。歳なのだから早く休めばいいものを。

「はっ。休む前にひとつ。水野殿が例の件を承知致しましたぞ」

「そうか。場所は緒川か？」

「いえ。那古野に参るとのことです」

「爺。ようやった」

かずたちと共におって、オレは多くを学んだ。戦は兵を挙げるまでが重要なのだと。兵を鍛え、武具を揃え、兵糧を集めるのも必要だ。されど勝つには戦う前に勝敗を決めることが一番。

親父もかずもおる。オレがやるべきことは多くない。されどオレにしか出来ぬことはないかと考え、竹千代を母と一緒に住まわせることにした。

かずたちや爺にも相談し、親父の許しも得た。あとは竹千代の母の兄である緒川城城主水野藤四郎次第であったが、受けたか。まあ水野にとっても悪い話ではないからな。

「考えられましたな。若。これで竹千代殿は織田の一党として育ち、三河の者たちの心証も変わりましょう」

「かずのやり方を真似ただけだ。三河は大変なようだからな」

竹千代を三河者が今でも気にしておることは、かずのところの忍びが探ってきた。廃嫡にしたわけでもなく、竹千代は今も松平宗家の嫡男だからな。

親父がいつ三河に本腰を入れるのかは知らぬが、竹千代を母と住まわせれば三河攻めによい影響を与えよう。あの戦馬鹿どもは力を見せても、あまり通じぬような気がするからな。

「人質という見方が良くないのだ。奉公に来ておると思えばいいはずだ」

「一馬殿のところはそんな感じですな。働かせて食わせてしまえば、人質も奉公も変わりませぬ」

もともとはかずが、己は人質など出したくないので、家臣や忍びからも人質は取らないと言うたのがきっかけだ。甲賀から召し抱えてほしいと来る素破でさえ人質を取らぬと言うた一馬に、八郎が家族を面倒見て守ってやらねば、働かせられませぬと言うたのは見事だった。

人質と見るか、奉公と見るか。見方でまったく違う。さすれば結果も変わろう。

愚か者どもは、八郎が家老では身分が釣り合わぬなどと陰で騒いでおるが、八郎より久遠家の家老に相応しき者はおらぬ。爺ならば務まるかもしれぬがな。それにかずのような素性怪しき者には、八郎が似合いだなどとほざいておった愚か者もおったな。

「爺。親父に話して、ほかの人質も扱いを変えるか」

「良きことかと思いまする。逃げれば手切れとなるまで。今の織田家ならば困りますまい」

「かずのところの人質など、町で遊んでおるからな。あれくらいでいいはずだ」

ずっと、国は武力と己の力で治めるべきだと思っておったが改めるべきだ。

竹千代は織田の武士として育てて取り込むべきなのだ。心根怪しき者の臣従より遥かに価値がある。

織田の国を多くの者どもに見せてやればいい。さすれば必ずや道は開けよう。

「爺。そういえば慶次の烏帽子親をするそうだな」

「はっ。一馬殿の立場を考えると某がいいかと。それに慶次郎は若に少し似ております。並みの烏帽子親では困りましょう」

「オレはあそこまでへそ曲がりではないわ」

「良き若者でございます。下の者にも慕われておりますれば。されど武士として大成するかは……」

「あれはかずの下でなくば駄目であろう」

爺の顔を見て思い出したが、慶次の烏帽子親についても騒いでいる奴らがおるらしい。

爺がわざわざ烏帽子親になるほどの者ではないと、陰口を叩いておる愚か者どもだ。本音は己が烏帽子親になりたいだけであろうに。

爺のところには、かずから毎月必ず酒や食い物が届くのは尾張でも有名だからな。

久遠家と繋がりが欲しい奴らは狙っておると聞く。

爺もそれを知ってのことであろうがな。かずの足を引っ張るような繋がりは要らん。

✿

皇歴二二〇八年、天文十七年、梅雨の頃。伊勢守家を臣従させた織田弾正忠家では、領内の統治に関して新たな検討を始めていたことが『織田統一記』に記されている。

織田信秀は久遠家からもたらされた知識や技術の習得に熱心であったが、それは領内統治に関しても同様だったようで、土豪や国人に領地を治めさせることで成り立つ旧来の統治の改革を早くから考えていたと言われている。

三河で対立していた今川家や、織田一族発祥の地である越前を治めていた朝倉家では、すでに独自の領内統治の法律と言える分国法が存在し、それらを参考に久遠家の知恵を加えて分国法の制定を検討していた頃になる。

ほかにも検地と人口調査を尾張全域などで検討していたようで、確実に領内の把握と統治改革を進めていた。

同じ頃、久遠家には、甲賀の望月家が召し抱えてほしいと尾張にやって来ていた。望月家を召し抱えることを決めた久遠一馬は、滝川資清の俸禄を千貫に加増したと、資清の残した『資清日記』に記されている。

大きな武功もないままでの加増に資清は、一度は断ったとされるが、一馬の信任が厚く最終的には加増を受け入れることになったとある。

日に日に大きくなる久遠家は自分では荷が重いとまで言ったとの記録もあるが、一馬や周囲の評価は日増しに高まっていたようで、大きな反対は出なかったとの逸話がある。

後に義理堅い性格から忠義の八郎と評判になる彼の働きにより、久遠家家臣団は日ノ本一の忠義があるとまで言われる原型がここにあると思われる。

皇歴二七〇〇年刊行の歴史書『新設大日本史』より抜粋

第一章　甲賀より訪れし者たち

side：久遠一馬

戦国時代の朝は夜明けと共に始まる。明かりとなる油や蝋燭が高価である時代なだけに、夜明けと共に起きて日暮れと共に寝る。そんな生活が一般的だ。

もっともオレはそんなに寝るのが早くない。元の世界の生活習慣もあるし、仕事とか夜のお勤めとかいろいろとあってね。

朝はこの時代としては少し遅いくらいか。エルなんかは朝食を作るので比較的早いが、それでも奉公人のみんなよりは遅い。

尾張に来てしばらくは、起きるのも一番早かったんだけどね。今は奉公人のみんなが支度を整えるのを待ってから起きるんだそうな。資清さんの奥さんに頼まれたらしい。さすがに主人の奥さんが一番に起きるのは困るようだ。

「かかってきな。アタシはいつでもいいよ」

「ではお願いします」

朝食を食べ終えると、エルとジュリアは庭で手合わせを始めた。時間に余裕のある日にたまにやっていることだ。

獲物は薙刀から始まり、刀と無手もする。戦闘型アンドロイドのジュリアに万能型アンドロイドであるエルは能力的には敵わない。

それにこの時代で実戦経験を積んでいるジュリアと、そうでないエルでは経験という意味でも差がある。

「反応が遅いよ！」

ジュリアは誰に対しても平等だ。オレやエルや信長さんに対しても。光景としてはジュリアが稽古をつけている形だ。

「はああ‼」

エルは気合いを入れて打ち込む。厳しい稽古だ。これはセレスが言っていたことだが、仮想空間から現実世界に来たことで感覚などが微妙に違うところがあるらしい。それと不死ではないので死ぬこともある。実際に体を動かして訓練することが大切なんだそうだ。

「いくよ～。やあ！」

「甘い」

あっちではパメラとケティが手合わせをしている。こっちは同じ医療型で実戦経験も変わらずない。実力がほぼ拮抗しているようで、白熱しているね。

「駄目ですよ。読みに甘えては」

「裏をかかれちゃったわね」

そのまた向こうではセレスがメルティに稽古をつけている。

ジュリアとセレスは別だが、オレやエルたちは今後も自ら人と戦うことはまずないだろう。それでも彼女たちはいつ戦う時が来てもいいようにと努力している。

「一馬、次はあんただよ」

エルが大きな胸を揺らすほど息を切らすと休憩になったようで、ジュリアに指名されて今度はオレの番になる。

体を動かすのは嫌いじゃない。積極的に動かすほうでもないけど。この時代に来てからは元の世界のリアルな肉体ではなく、仮想空間のアバターになったからか、ゲームの身体強化が生きていて能力が高いから動きやすく楽しいということもある。

それに信長さんがよく鍛練しているので、たまに付き合ってもいる。

自分の身は自分で守るのがこの時代だ。オレも武士になったんだし、ジュリアやセレスと訓練はしている。さすがに毎日ではないが。

武芸なんかは睡眠学習で学んだ。一通り出来るが経験がないからだろう、ちょっと達人クラスになると勝てないし、当然アンドロイドであるジュリアたちにも勝てるはずがない。

「はあ、はあ、はあ……」

「もう少しやらないと訓練が足りないよ」

ジュリアとは大人と子供以上の実力差がある。呼吸が乱れるほど頑張ったが、まだ足りないらしくダメ出しをされてしまったな。

この時代の人って、便利な文明の機器とかないから体力あるし、戦にも参加するから実戦経験もある。甘く見ると駄目なんだよね。

本当。もうひと頑張りするか。せめてエルたちや家臣のみんなの足手まといにならないように。

鍛練後、梅雨の中休みのような天気のこの日、オレは信秀さんの命令でエルとケティと、上四郡の伊勢守家の領地に来ている。

目的は上四郡の視察と山の村の候補地の選定だ。しかし先日起きた内戦の跡地が酷いと忍びから報告があった通り、来てみると田畑と村は荒れたまま放置されていて、唯一残された小さな寺で村人が肩身を寄せ合いながら困窮していた。

「食べ物をすぐに取り寄せますので、領民に分けてください。出来れば村と田畑の再建をする賦役の報酬として分けていただくと、よりいいでしょう」

「はっ。しかし、よろしいので？」

「殿にはオレから話します。ただし、ちゃんと領民に分けること。中抜きして取り上げるのは、絶対にしないようにお願いします」

案内役には山内盛豊さんが付いた。どうもあの山内一豊の親父さんらしい。ほかにも村の土豪領主も姿を見せているが、誰も村の復興をやろうとはしていなかった。

伊勢守家も守護代家でなくなり、領地を名目上あった上四郡から実質的な分に減らされて大変なのは理解する。独立領や弾正忠家と双方に臣従していた者は、弾正忠家の直臣になったからね。影響力は確実に落ちている。

でもこれでは伊勢守家の領内でまた問題が起きるぞ。信秀さんからは、これ以上の騒動は不要だと言われているんだ。

オレで判断出来ることはやっていいとの許可も、当然もらっているからね。

村の復興をしてもらおう。まずはお腹を空かせているので炊き出しだ。

「では近隣から先に運ばせましょう。されど今年の米はもう間に合わぬかもしれませぬな」

戦場跡地の田畑は荒れ果てていて作付けすら出来ていない。季節的に遅植えの稲をすぐに植えれば間に合うかもしれないが、荒れているところも多いので大半は無理だろう。

山内さんも荒れた村と田畑を見て複雑そうな様子だ。

「大豆ならば間に合うのでは？　大豆だけだと苦しいでしょうが、ウチで多少色を付けて買い取りますよ」

山内さんは概ねオレの意図を理解しているみたいで、率先して動いてくれそうだ。ここで動かないと影響力がまた落ちるからね。真剣だ。

ただ、当地の領主は駄目だな。なんで村のひとつやふたつを、わざわざ復興せねばならないんだって顔をしている。

「ケティ。どう？」

「みんな弱ってる。衛生状態が悪くて食中毒も起きているから、治療が必要。それと野晒しの亡骸は埋葬しないと駄目」

戦場跡地ということで、領民の衛生状態を心配したケティが診察と周囲の確認をしていたが、戻ると険しい表情で問題点を淡々と挙げていく。

戦場の跡地には服や武具を剥ぎ取られ、放置された遺体がまだある。地元の人は片付けるどころじゃないからなぁ。

「亡骸でございますか？」

「疫病のもとになる。特にこれからの季節は危険。埋葬させて」

「はっ。すぐに手配致します」

ただ山内さんは衛生という概念すら知らないので戸惑っている。戦の後に犠牲者の弔いをするかどうかは地元の人次第となる。弔ってやるところもあれば放置するところもある。

山内さんは大忙しだ。オレたちは伊勢守家に頼むしか出来ないからね。織田一族である伊勢守家に命令権までは明確にはないはず。

ただし、ここに来る前に挨拶に寄った信安さんには、信秀さんの書状を届けている。実質オレの頼みは信秀さんの命令に近いのかもしれないが。

「このようなことまでするとは、思いませんでした」

「三河や美濃の領地では昨年からやっていますよ。飢えぬように食べさせることをしていれば、領地は治まりますから」

山内さんはやはり優秀だ。戸惑いつつも近隣の土豪から雑穀を借り受けることで、数時間で炊き出しをすることになった。

みんなお腹を空かせていて、体調を崩している人も結構いたんだよ。

エルとケティに、侍女のみんなと山内さんが集めた人たちで、雑炊を作って食べさせていく。その間に近隣の土豪が寄越した人たちで野晒しの遺体を埋葬して、当地の村の和尚さんが弔っている。

山内さん、ウチに欲しいな。突然のことなのに、ここまで見事に対応出来るとは。でも、無理かな。山内さんがいなくなったら伊勢守家が傾きそうだ。

「大殿が仏と言われる由縁はそこですか」

「食わせているだけですよ。食べ物は諸国の中から安いところを探して買っています」

山内さんは理解も早い。現状の弾正忠家の利点を早くも理解したようだ。もっとも下手に借りをつくれば後が怖いと考えて、こちらのやり方を否定する武士もいるんだよね。

三河や美濃でもそんな人がいるらしい。まあ、周囲の領地と自分の領地で生活に明確な差が出ると、このままでは大変なことになると理解して頭を下げてきた人もいるみたいだけど。

本当、独立意識の強い人が多くて大変だね。

side：望月千代女

久遠家は本当に変わっております。人質としての慎ましい暮らしを送るはずが、下女のような仕事をする羽目になるとは。

でも文句は言えません。久遠家では殿やお方様がたですら働いておりますから。掃除も殿やお方様がたが自らなさいます。人がおるのですから任せればいいと思うのですが。

ただ禄は桁違い。私はもとより連れてきた侍女のせつにまで禄が出ます。それと久遠家は食事がまったく違います。

甲賀では我が家ですら、魚など祝いの日にしか食べられなかったのに、久遠家では毎日のように魚が食べられます。

一日の食事は三度。朝は玄米を食べて、昼は麦や蕎麦の粉を使った料理、夜はなんと白い米が毎日食べられることには驚きました。

昨夜は味噌漬けにした魚を焼いたものもありましたが、あれほど美味しくご飯に合うとは初めて知りました。人質なので粗末な雑炊かと思っていたのですが。さすがは南蛮の船を持つ久遠家でございます。

少し聞いたところによると、久遠家では日々の料理に砂糖を使うとか。貴重で私ですら口にしたことがなかったのに。

「姫様！　姫様！　今日の菓子を頂いて参りました！」

「これは……なんでしょう？」

「えーと。かすてらと申す菓子だとか。なんでも南蛮所縁の菓子だそうで」

いつの間にか菓子の頃ですか。侍女のせつが私たちの分の菓子を頂いてきました。

久遠家ではお方様がたから下男下女まで、毎日菓子を食べます。噂で聞いた六角家の御屋形様のところよりも、多分凄い菓子を毎日……。実際に来てみないと信じられないでしょうね。

「ああ……。美味しい」

「この紅茶というお茶も合いますね!」

「人質のはずが、こんな美味しいものが頂けるなんて……」

「誰も逃げ出さないはずでございますね。ここから逃げ出せば、また味のない雑炊の暮らしになります」

こんな柔らかく甘い菓子は初めて。そもそも甲賀で菓子など食べたのは、いつのことだったでしょうか。

我が望月家は、甲賀では名の知れた家のはずなのですが。久遠家の下男下女より貧しい暮らしだったとは……。

恐るべし、織田家。恐るべし、久遠家。

「父上はいつ頃、尾張に参るのでしょうか? 仮になにかの手違いで来られなくとも、このまま私たちだけで久遠家にお仕えしてもいい気がします」

「必ず参ります。殿は久遠家のことを、慎重に探っておられましたから」

仕事はさまざまあります。商いの仕事から殿が代官をなされている領地に関する文官のような仕事、家中の者に礼儀作法を教えることまで。

これでも私は甲賀望月家の娘。六角家の御屋形様にもお目通りしたことがあります。礼儀作法ならば得意なのでございます。

八郎様の奥方様は家中の取りまとめでお忙しいようなので、家中の者たちに礼儀作法を教えることは任せてもらえそうです。

殿は人質など必要ないと仰せになるお方でございますから、父上の気が変わって尾張に参らずとも私が甲賀に戻らなくていいように、誠心誠意お仕えしなくてはなりません。

甲賀に戻るように言われるのは嫌でございます。戻ったところで久遠家よりも貧しい武士に嫁がされるに決まっています。

「せつ。この後の予定は？」

「牧場村に行って、孤児たちに礼儀作法を教えてほしいそうです」

「わかりました。参りましょう」

夜伽が出来ぬ以上は働いてお役に立たねば。

聞いたところによると、殿にはお方様が百人以上おられるとか。それほど女好きならば、私も側に置いてくだされればいいのに。容姿には自信があっただけに残念で仕方ありません。

side：久遠一馬

伊勢守家の領地を視察した報告に、エルと清洲城に来たけど、信秀さんの表情が芳しくない。

結論から言えば大きな問題はないが、放置すれば停滞か緩やかに衰退する可能性が高い。そもそも武士の大半は、費用をかけて村を復興したり発展させるという概念すらあまりない。

この時代は村で共同体として生きていて、年貢も村単位で納める。村を復興させたりするのは村の役目だという認識があるらしい。

一般的な領主では資金もないので、復興をさせろと命令すれば賦役でタダ働きをさせて、復興の原資を領民から搾り取るだろう。

今ある領地を良くしようとは、あまり思わないのが戦国クオリティーらしい。史実の織田信長ですら、この手の統治法は手を付けなかった分野だからね。難しいのは確かだけど。

「分国法にて領民を食わせることを領主の役目であると、はっきりと定めるか？」

「そこまで示せば、確かに織田の力を誰もが理解するでしょう。己が出来ないのであれば殿に願い出ればいいだけです。一度は事情を考慮して指導し、二度目は指導を聞かねば処分すればいいと思いますが……」

怒っているわけではないみたい。悩んでいる感じか。オレよりこの時代の武士の気持ちが理解出来るのだろう。

ただ奪うことが当然で、領民の暮らしなんて興味がない武士が多いこの時代において、領民を食べさせるという考えに至るのが凄い。ウチの考え方を学んだのだろうけど。

「魚肥の生産が上手くいっています。米は難しい土地も麦・蕎麦・大豆・粟・稗など植えていけば、今よりは断然いいはずです」

エルはそんな信秀さんに織田領の農業改革について言及した。尾張は全体として原野が広がっていて、開墾をすれば増産出来るというわけではない。ただし水利が悪く田んぼが無理そうな場所は、比較的放置されたり入会地になっていたりする。入会地とは、村の共有の山林や原野などのことだ。簡単に言えば燃料用の薪や肥料用の落ち葉に草なんかは、近くの農民がみんな持っていっちゃうんだ。

野草の類も食べられるものは、片っ端から採取しちゃうからなぁ。村と村が争う原因のひとつが、この入会地の扱いと権利みたい。

魚肥を活用することで、そんな土地も有効活用出来る場所はありそうなんだよね。権利の関係ですぐにとはいかないが、いずれはね。

津島や熱田に知多半島の漁業は上手くいっている。大きな網を貸して鰯などを獲ってもらい、干して肥料や干物にしているからね。

今のところ肥料より干物のほうが需要あるけど。肥料は牧場と農業試験村で使っても余っている。もちろん余った分は買ってウチでストックしているが。

その気になれば使う場所を増やしてもいいんだよね。一年はテストするつもりだけどさ。

「槍働きしか出来ぬ者は、領地が治められなくなるか」

問題なのは領民を食わせて復興までやらせると、出来ない武士が出てくることだろう。信秀さんの悩みもそこらしい。

「気長に見守るべきでしょう。殿が本気だとわかれば、大半は従おうとしますよ。従う意思のある者は寛大に、ない者は領地を没収すればいいかと」

これは改革だからね。ちゃんと相手の気持ちになり焦らないのが大切らしい。エルの受け売りだけど。

「上四郡はしばらく様子見だな。最初に処分するのは大和守家の旧臣でよかろう。あの愚か者どもが。種籾まで取り上げようとした輩がおったからな。野心があるのは構わんが、愚か者は要らぬ」

戦場となった村の土豪領主もあまり褒められたタイプではないが、こちらの指示に反発まではしなかった。山内さんが上手く話したようだが、ギリギリ合格ラインだろう。

一方で信秀さんの怒りを買っているのは、大和守家の元家臣たちだ。

領地から搾り取って献金すれば、信秀さんも重臣も認めるだろうと考えていたみたい。いわゆる集金力が自分にはあると見せたかったようだ。

並みの戦国大名ならばそれで良かったのだろうが、領民と向き合っている信秀さんには怒りの火に油を注いだ結果となった。

「大和守様も大変ですね」

「あやつめ。己は一切関わっておらず、復権の意思もないと念書を置いていったわ」

それとこの件で評価を落として立場が微妙になっているのは、かつて大和守家の当主だった織田信友さんだ。弾正忠家との戦で負けた後隠居していて、今は悠々自適の暮らしをしている。

一部では信友さんが復権を狙っていると、噂が出ているからね。ただ肝心の信友さんにその気はないらしい。意外に時勢に機敏らしく元家臣との関わりも断っているとか。

元守護代の体裁を守るには十分な禄は与えているし、信秀さん名義で酒や食べ物も時々だけど贈っているからね。

「あの人たちの領地は場所もいいんですよね。いっそのこと、すべてを直轄領にしてはいかがですか？　領民は喜び誰も文句は言えないはずですよ」

「俸禄にしてしまうか」

厄介なのは大和守家の元家臣たちの領地って、結構場所がいいんだよね。長期的に見ると直轄領にするのが望ましいと思う。秋の収穫の前に片付けないと。

上四郡の次は蟹江の視察だ。

蟹江の前に津島の屋敷に立ち寄ったら、こっちは相変わらず酒造りの家臣たちで賑わっている。ただ見知らぬ顔もいくつかあり、最近になり信頼出来る商家から、人を受け入れることも始めたらしい。

商いが拡大して少し人手が足りなくなったこともあるし、品質管理などのウチのやり方を商人たちに教える意味もあるみたい。武士だけじゃなく商人も育てないと駄目だからね。堺や博多の商人は手強い。尾張の商人も育てないと。

「金色薬酒か。効果はあるの？」

「それなりにあるネ」

津島の屋敷では新商品の開発なんかもしている。今回試作品として屋敷を任せているリンメイが見せてくれた新商品は、金色酒を薬酒にしたものだった。

リンメイはアジア系の容姿をした技能型アンドロイドで、技術研究や開発生産が得意なんだ。

年齢は二十一歳。黒目黒髪でスレンダーな体型に白衣が似合い、ちょっと怪しげな研究をしそうな感じだ。

オレは知らなかったが、史実でも蜂蜜酒にハーブなどを漬け込んだ酒があるとのことで、リンメイが独自配合のハーブや薬草を漬け込んだ金色薬酒を作ったらしい。

「へぇ。人気が出そうだね」

ただでさえ高い金色酒をさらに高級な薬酒にするのか。この時代の薬って効果が怪しいものとか、飲みすぎると毒になるものでも売れるからね。これも売れそう。

「こっちは、ふりかけか。あの干し鰯を使ったのか」

そしてもうひとつは、ご飯のお供のふりかけだ。類似するものが古くは鎌倉時代からあったなんて聞くし、特に斬新なわけではない。

こちらは大量に獲れる鰯などの小魚を干して粉になるまで砕き、干しわかめや胡麻を加えて塩で味付けしたものらしい。

「ほかと比べると安くして、領民に売るネ」

「確かにあんまり高級品ばっかり売るのもね。賦役で銭を配っているし、領民にも買える品物は必要だね」

ちょいと味見してみると結構美味しい。日持ちもそれなりにしそうだし、内陸部にも売り込めるかもしれないな。

あと以前作った水飴とエールは、津島では早くも店が出来るほど人気らしい。清洲や熱田でも売れているからね。ほどほどの値段なので、津島や熱田を訪れる商人たちもよく買っていくみたい。

領民向けのものだから大口の販売はしないけどね。行商人が商談のネタにするくらいなら構わない。

干した小さな鰯を焼いたものを肴に、麦酒と呼ばれているエールを飲むのが津島では流行っているんだとか。美味しいのか？

「蟹江の件はどうネ？」

「殿も乗り気だよ。そろそろ根回しをお願いね」

津島の屋敷はすっかり地域に溶け込んでいる。ただ問題なのは、ウチの商いが日々拡大していくことらしい。ウチで扱う荷は高級品が多く、ほとんど津島の屋敷に置いているからね。

屋敷にはウチの家臣や警備兵のほかに、忍びや津島の兵もいるくらい警備は厳重なんだけど。どんどん拡大する商いに対応するのは大変みたい。

尾張の経済はこのままでは遠くないうちに限界が来てしまう。その対策のためにも蟹江の港を造り、ウチの商いも蟹江に本拠地を移す必要があるだろう。蟹江の港の計画は信秀さんも乗り気だ。費用とか人員の問題を精査して正式に始めることになるだろう。

もちろん津島と熱田を疎かにしないことも伝えて、蟹江と津島と熱田で連携していく構想を説明していかないといけない。

将来的に津島は美濃方面に河川で品物を運ぶ湊に、熱田も川で那古野などに品物を運ぶ湊になる。蟹江だけで足りないのは明らかだし、蟹江に南蛮船の港が出来たら津島と熱田はさらに繁栄するだろう。

津島と蟹江の視察から数日が過ぎた。織田家は相変わらず忙しい。分国法を作りながら、まだ検地と人口調査をしていない尾張と、三河の直轄領などで、その作業に取りかかっているためだ。

今回の検地は、大和守家の元領地で経験を積んだ人たちが中心に行っていて、オレたちは直接行っていない。報告書は確認しているけどね。

エルいわく多少の間違いはあるらしいが、大きな間違いでない以上は修正をしなくてもいいようだ。

ほかにも清洲の賦役が始まり、完成が見えてきた病院と学校の賦役共々、順調に進んでいる。

この日も梅雨の雨が降り続き、野外での水練や鍛練が満足に出来ない信長さんは、ウチで少し暇そうに書物を読んでいた。ケティが書いた医術の応急処置の本だ。以前から指導している内容だが、人が増えていることと今後のことも考慮して本にしたものになる。

「此度は近隣の領民を総動員か」

信長さんは本を読みながら、最近の賦役について口を開いた。

冬の工業村や牧場の賦役は、直轄領とか信光さんとか一部の領民しか集めなかったけど、最近は近隣の領民を総動員している。

「冬は参加出来なかったところから、不満が出ていましたからね」

「賦役に銭を出すなど愚かだと、陰口を叩いていた奴らもおろうに」

「無用な意地を張るよりは、よほどいいですよ」

季節的に田畑の世話も必要だし、人を集める範囲を増やさざるを得なかったこともある。

それにまあ、陰口は叩いてもウチのやることの邪魔までしている人はいない。そこまで愚かじゃないんだろうが、参加したいと言うんだ。参加させてやらないと。

賦役は村単位で生きるこの時代において、各地の領民同士が交流して、力を合わせるという意味でも有意義なはず。

国人や土豪なんかよりも、頼りになるのは織田だとみんなが知れば、これから先もっと織田家は中央集権が進むはずだ。


「クーン？」

雨が小雨となった頃、ロボのお嫁さん候補がウチにやって来た。同じ柴犬の牝犬だ。ロボと同じくらいに生まれた子みたい。

ウチと取り引きがある津島の商家が連れてきたんだ。ロボのお嫁さんになる子がいないかと探していたら、その噂を何処からか聞いたらしい。

あまり警戒心がなく小首を傾げるロボに、まだ子犬だろう牝犬は警戒した様子だ。ウチの屋敷はロボのテリトリーだからなぁ。

ちょうど屋敷にいた信長さんを筆頭にエルたちや資清さんまでもが、ロボと牝犬の様子を見ている。みんな暇じゃないだろうに。

「グルルッ！」

「クーンクーン……」

お友達が来たと言いたげに嬉しそうにロボが駆け寄ると、牝犬は威嚇してロボを近づけない。あー
あ、そんなに威嚇しなくても。ロボが悲しそうじゃないか。

ただ牝犬が普通なんだろうな。ロボは最近、野生を忘れつつあるみたいだから。

「駄目かな？」

「すぐに仲良うなるであろう」

「そうですね。様子を見ましょう」

ロボが悲しそうにトボトボと戻ってくる。どうしようかと悩むが、信長さんとエルは大丈夫だと
判断したらしく、ほかのみんなも同意見らしい。

オレはロボをなだめて様子を見る。牝犬も不安なんだろうな。しばらく見守ってあげよう。

「名前はどうする？」

「ブランカ。もう決めてる」

あとは若い者同士ということにして、名前を考えようとしたがケティがすでに決めていた。ロボ
とブランカって、未来の偉い学者さんが困りそうな気もするが……。まあ、いいか。

新しい家族が出来た。二匹のためにも頑張らないとな。

梅雨が明ける前に望月一族と郎党が百人ほどでやって来た。本当に来たんだなって思う。しかも
来るのが早い。

千代女さんはすでにウチに順応していてバリバリと働いている。礼儀作法とか得意みたいで、ウチの家臣に礼儀作法とか字の読み書きを教えている。

ほかには尾張見物にも行かせたけど、午後のお菓子を取っておいてほしいと親しくなったお清ちゃんに頼んでいたとか。

それはいいんだが、千代女さん。どうやらオレの側室になれないかと期待しているらしい。こればっかりは諦めてほしい。千代女さんを側室にすると滝川家からも貰わないといけなくなるし、あちこちから話が来そうで困る。

オレとしては一益さんか益氏さん、意表を突いて慶次とかもお勧めなんだが。

「屋敷はまだ出来ていないので、那古野と津島と牧場に分かれて住んでもらうけどいいかな」

「はっ」

「出雲守殿には、とりあえず三百貫の禄を出します。食べ物とかウチで扱う酒は別途支給するから」

望月家の待遇だけど、三百貫から始めることにした。滝川家も最初はそのくらいだったしね。

米とか調味料とか酒とかは支給するから、生活には困らないだろう。

「あんまり無理しなくていいから。とりあえずウチのやり方に慣れることから始めて」

「ははっ」

なんか固いな。もっとこう慶次みたいな人、望月家にはいないのかな？　まあ、あとは資清さんにお任せでいいか。

side：望月出雲守

無事に久遠家に仕官出来たか。

置いていった千代女が気になっておったが、上手くやっておる様子。殿に呼ばれることはなかったようだが、滝川家もそうだと聞いておったので驚きはない。

近江では氏素性の怪しき久遠家に、望月家が臣従すると噂になっておった。六角家に近い三雲家などは、甲賀衆の品格を下げると文句を言うておったらしいが知ったことか。

所領を治める人手はあるのだ。文句を言われる筋合いはない。我らは三雲家に臣従した覚えはないのだからな。

「父上。本当に参られたのですね」

少し見ぬ間に千代女は変わったような。顔色も良うなったか？

「当然だ。六角家に付き従っても望月家に先はないからな。御屋形様はもう歳だ。世継の四郎様ではいかになるかわからぬ」

「良かったです。父上が参らねば私が尾張望月家を興すつもりでしたから」

「ほう。気に入ったか」

されど女の身で、尾張望月家を自ら興すとまで言うとは。

「なにもかもが違います。私はもう甲賀の貧しい暮らしには戻りたくありません」

貧しいか。確かに裕福とは言えなかったが、あの千代女が貧しいとまで言い切るとはな。

久遠家での暮らしは確かになにもかもが違った。

毎日、米や魚が食べられて酒も飲めるようだ。しかも我らばかりではなく、下働きの者まですべての者がだ。道理で誰も裏切らぬはずだ。

どこぞの間者が久遠家の下働きの者に、銭で内情を聞かんとして断られたとの話は聞いたことがある。忠義以前に損得勘定で割に合わぬのだから口を開くわけがない。

「八郎殿。まことによろしいのか？」

「いまさら疑っても仕方あるまい。なるべく家中に争いの種を残したくはない。出雲守殿とて最早近江には帰れぬであろう」

尾張に来て数日が過ぎた頃に八郎殿に呼ばれた。用件は久遠家の領地をわしに任せたいとのことだ。さすがに信じられなく驚いてしまった。

望月家の名はあるが新参者ぞ。しかも数日で……。

「望月家は昔から馬の世話をしておるはず。あそこは優れた馬や牛に子を産ませて育てるところ。望月家のほうが上手くやれるはずだ。ほかにも日ノ本にはないものを育てておって苦労もあるが、やり甲斐はある」

「確かにそうではあるが……」

「殿は工業村と農業試験村というところの代官でもある。農業試験村は特に秘するべきことはないが、滝川家だけで、牧場村、工業村の双方を守るのは大変なのだ。ほかには津島にも屋敷がある。金色酒や金色砲を探る者があちこちに来ておるからな」

確かに我が望月家は代々馬の世話をしておるが。久遠家の内情が思うた以上に大変だということか。

「わかった。だがそこまで大変ならば、滝川家と望月家の者が力を合わせてことに当たらねばなるまいな」

「本音を言えば、わしが出雲守殿に仕えてもいいくらいなのだがな。殿にも直接申した」

八郎殿は嘘があまり得意ではないようだな。とはいえ自らわしの下にとまで言うとは驚きだ。

「八郎殿に先見の明があったのは確かであろう。そう心配なさるな。わしのほうで滝川家を立てて上手くやろう。甲賀からはこの先も人が来るであろうからな。我らがつまらぬ争いをしておっては付け入る隙を与えてしまう」

八郎殿が殿や織田の若様に気に入られておるのは、つまらぬことを考えず久遠家に尽くしておるからであろうな。地位が上がれば驕る者も少なくないというのに。

久遠家はこの先さらに大きくなり、探る者が増えよう。望月家と滝川家の者をひとつとして、外からの素破などに対処せねば大変なことになるな。

「無茶はせずともよい。殿はそこまで望んでおられぬ。他国に出た者も、捕まって殺される前に逃げて戻れと仰せになるお人なのだ」

「それはまた……、素破にそこまで言うお方は初めてだぞ」

「故に甲賀から人が集まるのであろうな」

やはり久遠家はなにもかもが違うな。素破・乱破と誇りを受けぬだけでも皆が喜ぶのに。逃げてよいというお人など初めてだ。

それなりに理由もあるという。忍び込めぬほど厳しい警戒ならば、それだけで十分な知らせとなるというのは確かにそうだ。とはいえ帰らぬことが答えだと考える他家とは大きな違いだな。

やることは山ほどある。家臣とは別に素破の組をつくり、八郎殿を頂点として一本化しなくては。

side：久遠一馬

梅雨の雨が降りしきる中、清洲郊外にはおよそ五百の兵が集まっている。それぞれの兵の手には槍が握られていて、武士の合図に合わせて槍が振るわれた。

「雨の中、頑張るね」

オレは傘をさしながらその様子を見ている。彼らは新たに召し抱えられた清洲と那古野の警備兵のみんなだ。名目は市中の警備だけど、訓練は槍や弓に鉄砲もやる。

彼らの大半は信長さんが雇った悪友たちと、大和守家の元領地や上四郡から来た若者たちになる。貧しい農家の二男や三男以降が多く、とりあえず食うには困らない警備兵になるために集まったみたい。

「銭雇いの兵が使えるのならば、それに越したことはありませぬが……」

「大丈夫だよ」

この日は太田牛一さんと、清洲からの帰り道に彼らの訓練を少し見に来た。太田さんを含め大半の武士は、銭雇いの兵はすぐに逃げて使えないと思っている。

領内の守りをそんな奴らに任せていいのかと疑問の声も上がったけど、信秀さんは試してみればいいと導入した。

「忍びの件もそうだけどね。ちゃんと暮らしが出来るようにしてやれば、そうそうおかしなことにはならないと思う。怪我をしても、文官とか、ほかの仕事をちゃんと世話する予定だし」

「奪うのではなく与えるということ。それが出来るのが織田の強みですな」

「与えた分はちゃんと働いてもらえばいいんだ」

警備兵は警備の仕事と並行して、ローテーションを組んで訓練をしている。基本的には信秀さんの家臣や信長さんの武芸の師である人が指導しているけど、ジュリアとセレスも何日かに一回は指導しているみたい。

以前から信長さんの悪友やウチで抱える警備兵なんかにも指導しているから、だいぶ戦国時代の指導にも慣れたと言っていた。大変なのは規律を守らせることだと言うんだから、戦国時代って違うんだろうね。

ふたりは武術よりは戦術を教えているらしく、町中や建物の中での集団での捕縛術なんかを教えているようだ。その手の知識や経験が武士にはほとんどないらしい。

ちなみに彼らには読み書きと計算も教えているし、ケティによる衛生指導や応急手当も教えている。将来的に人員に余裕が出来たら、適性に合わせて配置転換してもいいかもしれない。

「殿。つけられております」

「いつも通りでいいよ」

しばらく警備兵の訓練を見学して那古野に戻ることにしたけど、護衛のひとりから最近よくある報告があった。実は他国の間者がウチの身辺を探っているんだよね。

オレやエルたちの護衛には滝川家の忍びもいるから、尾行をされればすぐにわかる。最近は望月家の人も加わったけどね。

忍びのみんなには無理に捕まえないように言ってある。オレを尾行したところで得られる情報は限られているしね。もちろん工業村と牧場は、中に入られないように頑張ってもらっているが。

危ないのは工業村の中の建設現場で働く人足とかなんだよね。あそこでは鉄を精錬する反射炉とか、職人の慰安施設の遊女屋とか建築しているからさ。結構人の出入りがある。彼らが狙われないようにしないと。

「知りたいのは金色酒と金色砲でございましょうな」

「探ったところで無駄なんだけどね」

太田さんいわく、金の成る木である金色酒と、清洲を瞬く間に落とした金色砲を知りたいのだろうとのこと。金色酒はなぁ。秘密がバレても蜂蜜を手に入れないと作れないし、金色砲は本物の南蛮人に頼めば買えるが、高過ぎて誰もまともに運用は出来ないだろう。

「連中の目がウチに向いている分には大丈夫だろうね」

「自ら囮になりまするか」

「織田の内情を探られるよりはいいよ。あちこちに謀をされると厄介だし」

実はウチは意図的に囮になっている部分もある。エルたちもいるし忍び衆もいるから、ウチならリスク管理が出来る。けど織田家はまだそこまで上手くやれていない。

ほかの織田家家臣から、あれこれと情報が漏れるよりはいい。信秀さんの暗殺とか企まれても困る。

無理に忍びを捕まえないのは囮でもあるからなんだよね。

side：望月千代女

やはり望月家の者たちは戸惑っておりましたね。暮らしが僅かでも楽になればと期待して尾張に来たのであって、大半の者はそれ以上のことを望んでいなかったのですから当然ですが。

そもそも久遠家では、素破・乱破と呼ぶことが禁じられております。私がそれを聞いたのはついこの間ですが。

殿はあまり細かいことを命じるお方ではないものの、以前酒宴の席で誰かが素破と口にした時に二度と言わないように注意なされたのだとか。

忍び。そう呼ばれております。ひっそりと忍び、目となり耳となりお家のお役に立つのがお役目。

ほかにも農民の子など、生まれを軽んじるような言い方は駄目なようでございます。

そのおかげか望月家の者たちも新参者にもかかわらず、温かく迎えていただきました。八郎様と八郎様の奥方様は特に望月家の者たちを気遣ってくれております。

望月家に与えられた禄は三百貫。新参者の素破には破格の禄でしょう。

しかし望月家の者たちは、まだ気付いていない者も多いのでしょうね。久遠家では、世に言うところの禄とは意味が違うということに。禄ばかりか、働けばそれに応じた禄というか褒美が頂けます。私ばかりか侍女のせつですら頂いているのですから。

それに家臣の郎党ですら、米や塩や味噌に酒や魚や野菜などを久遠家から頂けます。私など着物もエル様から頂きました。望月家が恥をかかぬようにと、お気遣いをしていただいたようでございます。

ただ、禄や褒美はなにに使えばよいのでしょう？　他家では禄の中で人を召し抱えて暮らすはずなのですが。もちろん殿方は武具や馬を買っているようですが、私が武具や馬を買うというわけにはいきません。

父上はすでに久遠家のために働いております。滝川家と望月家で久遠家の忍びをつくり上げるとのこと。八郎様もやっておられたようですが、明らかに手が足りていなかったのは私にもわかりました。


「凄いですね。姫様」

「ええ……」

ああ、私たちもまだまだ、久遠家のことを知らなかったようでございます。目の前の光景に侍女のせつと共に驚き見入ってしまいました。

「なかなかの腕前だね。でも甘いよ。力を合わせて複数で戦うことを覚えな」

「はっ」

望月家でも腕利きの者たちが、ジュリア様おひとりに軽くあしらわれております。ほかのお方様と違いあまり働いておられぬようでしたが、ジュリア様は武芸を教えに、清洲や那古野の城に行くことが多いのだとか。

ジュリア様に護衛は必要なのでしょうか？


「これとこれを混ぜるといい」

「なるほど」

それと我が望月家は代々、薬事も秘伝の薬があり生業としておりました。ですが久遠家には南蛮や明の医術を修めているケティ様やパメラ様がおられます。

滝川家の者たちと共に、望月家の者もケティ様の医術を学ぶことになったようでございます。

あちらでは薬事に詳しい者が、ケティ様に教わっております。

今や望月家の者は別人のように生き生きとして、働き学び修練をしておりますね。それは本当に喜ばしいことでございます。

私も負けておられません。

「クーン」

「クンクン」

あら、また来ましたね。久遠家で一番楽しそうな者たちが。

ロボとブランカ。近頃は仲良くなったようで、屋敷の中を一緒に走り回っております。彼らは私の部屋にもよく来るので相手をしてあげます。

ケティ様はまーきんぐをしているのだとおっしゃっていましたが、いかなる意味なのか聞けませんでした。

遊んでほしいのでしょうか。私の膝の上に乗ってしまいました。

仕事があるので、少しですからね？

side：久遠一馬

梅雨もそろそろ明けそうなこの日、オレはエルと共に久々に農業試験村に視察に来ている。

まっすぐに整理された田んぼと正条植で規則正しく植えられた稲は、一瞬元の世界に戻ったような錯覚を起こすほどだった。

稲の生育も悪くない。村の男衆は清洲の普請場に働きに出ているようで、年配者と女子供で農作業をしているけど上手くやれているらしい。

「食事もちゃんと取れているみたいだね」

「はい、新しい野菜も評判がいいようです」

女衆から話を聞いていたエルも表情が明るい。

懸念していた食生活も、以前と比較するといいみたいだからか。主食が麦や蕎麦の雑穀粥なのは変わらないが、春から秋まではせめて野菜を取らせたいと考え、二十日大根ともやしを育てさせて自分たちで食べるように指導している。

二十日大根は史実では明治期に日本に入ったらしく、この時代の尾張には少なくともなかった。育てるのが簡単で、収穫も名前の通り早いのでこの時代でも問題はない。

もやしは古くからあるようで、平安時代には書物に名前もあったのだとか。ただし乾燥させて薬にするような扱いらしく、食材として一般に普及はしていない。

もやしの利点は、家や倉庫などの日に当たらない場所で育てられることだろう。畑も使わないし収穫も結構早いから楽なんだ。

「上手くいけば、来年には直轄領に広げられるかな？」

もやしは今のところ緑豆と大豆で作らせてみているけど、将来的には緑豆かな。大豆は味噌や醤油や豆腐と使い道が多い。来年には生産量を増やしたいくらいだし。

収穫までが早く天候にあまり左右されない、二十日大根ともやしには期待している。

「あの……虫除けの薬なのでございますが、隣村などから分けてほしいと言われておりまして……」

そのまま村を見回っていると、村の年配者が言いにくそうにひとつの頼み事をしてきた。実はここでは木酢液を試させているんだけど、早くも周りの村がその効果に気付いたみたい。

「どうしようか？」

「いいと思います。ただし使い方は必ず守らせてください」

周りは弾正忠家の直轄地だ。予定にないから少し迷ったが、エルと相談して認めることにした。いい傾向だからね。

木酢液は山の村の炭焼きで生産出来るから、山の村の収入源としても期待しているものでもあるんだ。化学合成の農薬はさすがに戦国時代から使いたくはない。

「ああ、麦酒と水飴を少し持ってきたから、村のみんなで分けて」

「ありがとうございます」

農業試験村には家臣に定期的に見回りに来てもらっているけど、あまり難しいことはさせていないから問題はない。

オレが来るのは今日みたいに視察の時と、織田家の家臣に見たいと言われた時なんだよね。割と交流がある文官衆はすでに視察に来たことがあるし、信秀さんの許しが出たら来年から自分たちの領地でも出来ないかと頼まれている。

さすがに区画整理はハードルが高いらしく悩むみたいだけど、塩水選別とか正条植はその気になれば実行は可能だ。

ここの結果が出る前に頼まれたのは、それだけ文官衆はオレたちとの関わりが多いので成果があると見込んでいるんだろう。

信秀さんが戦より内政に力を入れているのも、少し気を付けていればわかるしね。その点は文官である皆さんは信秀さんに近いから動きが速い。

あんまり大きな領地の人はいないけど、周りへの影響を考えると来年から弾正忠家の直轄地と並行してやれるかもしれない。


「これが新しき鎧か」

「試作品ですけどね」

この日、ウチの屋敷に届いた新しい鎧を信長さんは真剣な面持ちで見ていた。

政秀さんが畿内から集めた職人たちも尾張に馴染み、尾張の好景気を反映してか、みんな大量の仕事が舞い込んで忙しいみたい。

尾張は伊勢湾から東の物流の中核になりつつあるからね。作ればなんでも売れると言っても過言ではない。

そんな中、信長さんの命令で新しい鎧の開発をして、その試作品が出来上がった。史実の当世具足のようなものだ。鉄砲による戦を想定した鎧になる。

弾正忠家の火縄銃は、いわゆる銃口の反対側の銃床を肩に当てて保持するタイプなので、新しい鎧も銃の射撃姿勢の邪魔にならないように肩の部分をそれに合わせた形にした。

実は以前から新しい鎧の話はあったけど、忙しいのと職人不足で後回しにしていたんだよね。特に鉄板を加工する鍛冶職人が足りなくて。農具とか土木の道具を優先しちゃったからなぁ。

さすがにそろそろ鎧も開発しないと不味いかということになり、試作品を作らせたんだ。

もっとも防弾性能は現在一般的な胴丸よりはマシな程度。胴の部分は傾斜をつけて鉄砲の玉を逸らすことで、なんとかしようという程度だけど。

足軽とか兵のための胴丸型も試作した。鉄板を加工したものなので現状の胴丸よりはいい。

「鉄砲の玉をすべては防げぬか」

「今の鎧よりは防げますが、鉄砲は別に盾を用いて防いだほうがいいです。そっちは竹を束にするだけで効果があります。正直なところ鎧をこれ以上強化すると重くなるだけです」

信長さんは防弾性能が少し気になるらしいけど、量産することを考えると現状ではこれが限界だろう。

「若、これはなかなかいい鎧でございます」

試しにと着ているのは小姓の勝三郎さんと森可成さん。評判は上々みたいだ。勝三郎さんは槍を持って実際に動いた感想を教えてくれた。

「そもそも鉄砲を大量に保有しているのは、近くだと織田家だけですよ。今川もあまり持っていません。畿内の三好や六角はそこそこ持っているようですが」

当然だが、現時点では織田家が一番鉄砲を持っている可能性が高い。口径の大きな抱え大筒を合わせると、七百から八百ほどある。史実では織田信長が近江の国友に注文するはずだったんだけど、ウチがすでにそれ以上に売ったからな。

織田家で一番鉄砲を使っているのは三河だ。小競り合いがあちこちであるからね。

そうそう三河と言えば、試しに送ったクロスボウの評判もいい。野戦だと鉄砲より使いやすいとの感想が届いている。

手入れとか大変なのは変わらないけどね。火薬の調合とかよりはマシな感じかな。もう少し欲しいみたいだったから、信秀さんに許可をもらって追加で送る予定だ。

忍びの話だと、クロスボウを久遠家の金色砲に続く新兵器だと過大に宣伝しているらしい。金色砲は三河でも恐れられているようで、信広さんがそれを利用して三河の統治や小競り合いを優位に進めているみたいだ。さすがだね。

「親父に見せて試しに三河に送るか。使ってみる必要があろう」

「色はどうします？　黒か赤がいいと思いますけど。統一すると見映えもよくていいですよ」

「面白いな。両方作らせてみろ」

新しい鎧も三河行きか。抱え大筒も少数は三河に送ったし、織田家は完全に三河を新兵器の実験場にしているね。

前線は美濃にもあるけど、あっちは小競り合いすらあまりないんだよね。小さな村同士の争いはあるらしいが、斎藤は出てこないらしい。

さすがに道三は手強い。家中の信頼はあまりないけど、戦は美濃で一番上手いようだね。

鎧に関しては大河ドラマとかだとみんな同じ鎧を着けているけど、実際はバラバラなんだ。清洲攻めの時は、ウチだけは同じものを用意したから統一出来たけど。

領民は自前の武具で来ることもある。元の世界の歴史では、紙の鎧なんてものまであったと聞くけど。

工業村のおかげで鉄には不自由していない。出来れば織田家は統一された鎧にしたい。武士は派手な鎧とか好きに装飾してもいいけど、一般の兵は統一された鎧のほうがいいだろう。

懸案だった山の村の場所がやっと決まった。

別に米が採れなくてもいいが、集落は斜面や山間の谷につくりたくはない。飛騨の土豪には地震に伴う土砂崩れで一瞬にして滅んだなんて話もあるしね。

「ここでは、主になにをなさるおつもりで？」

案内役は今回も山内一豊の父親である山内さんだ。よほど信安さんの信頼が厚いのか、オレたちが危険な存在だと思われているのかは知らないけどね。

「いろいろですよ。まずは炭を作ります。あとは桑の木を植えて養蚕もね」

「養蚕ですか。あれはあまり使えるものになりませぬが」

「明や南蛮の知恵と技を試すんです。多分、大丈夫ですよ」

そういえば山の村は山間部での暮らしと技術開発のための村だと教えてはいたが、具体的な話はまだしていなかった。

炭に関しては、元の世界では当たり前の炭焼き窯による効率的な生産技術は、まだ一般的に広まってはいない。ごく一部ではそれなりの技術があるらしいけどね。

養蚕に関しては、あるにはあるが質が良くない。生糸すら出来ないで絹綿にするのがほとんどだというんだから、もったいない話だ。

数少ない生糸も質では明の生糸に劣る。まあ最近ではウチが宇宙で生産した生糸が、畿内や東日本を中心にかなり入っているけど。

金色酒のような物珍しさはないが、競合相手が明から輸入している堺とか畿内の商人なら十分利益になる。生糸から反物にする工程も政秀さんが畿内から集めた職人の指導で、順調に技術習得をしている。

生糸自体はさほど重くないから、船で運ぶコストが高いわけじゃないんだけどね。いずれは国内での生産に切り替えないと日本の銀や銅が流出しちゃう。

まあその点に関しては、頃合いをみて九州や西国に硝石を売る際に生糸も売る予定だ。博多の商人を敵に回しそうだけど、遠いし大丈夫だろう。それに取り引き自体は久遠家の名前ではなく、見知らぬ南蛮人のふりをしてすれば問題ない。

「本当にいい場所を探していただきました。馬が一頭ならば通れる道がありますし、それでいて周囲に集落はありません。秘密を守るにはこれ以上ない場所でしょう」

「そう言っていただけると探した甲斐がありました。この辺りは戦に巻き込まれたこともありませぬ故、人も来ぬと思います」

気になるのは村に通じる道が、獣道としか思えないことなんだけど。エルはいい場所だと喜んでいる。あとは遠くてなかなか来られないのが難点だけど、まあ仕方ないよね。

山内さんはエルの答えと笑顔にホッとしている。

森林資源の管理と効率的な炭の生産は、早めに成果を出して広めないと人口増加に対応出来なくなるからな。ここで実績を作りたい。

ああ、椎茸栽培も最初から試してみるつもりだ。あれは高く売れるしね。

「あれ、湧水もあるんですね」

「それもここを選んだ理由になりまする。井戸を掘ると聞きましたが、水はあったほうが良いかと」

山の村予定地には平地も少しあるが、田んぼにするには水が足りないだろう。ただし湧水があるので、畑くらいなら作れそうだ。

芋とか野菜でも作れれば食料事情も安定するだろう。どのみち生産したものを村の外に売ることが必要だから、完全な自給自足にするつもりはない。

山内さん。本当に、いい仕事しているよ。

「それじゃあ、村づくりを始めようか」

村の住人は検討中だが、村と周囲の山を弾正忠家の直轄地にすることも合意している。

以前は少し離れた場所にある近隣の村を治める領主が自領としていたらしいが、山奥だったこともあり放置していたとのこと。その領主も先日の伊勢守家の内乱で反乱に加担した人だったようで、伊勢守家が取り上げたみたい。

一連の交渉を上四郡の整理で一緒にやったらしく、伊勢守家には多少の礼金を払って終わりだ。上手くいけば山間部の領地の暮らしが楽になるからね。意固地になる必要はないと判断したんだろう。

side：水口盛里

城も所領も失い、一から出直すべく尾張へと働きに参った某が与えられた役目は、三河での行商であった。織田家と久遠家に役立つことを探れというもの。

唯一の供の者である六助と三河を行商して戻ったが、某の妻も六助の妻も元気であった。周りの者たちが随分と助けてくれておったようで、ありがたい限りだ。

報告は紙に書いて提出するようにと申し付けられておる。たかが素破に紙を使わせるのかと驚いたが、働きを正しく報告して評価するには必要であるとのこと。

六助と共に探ってきたことをすべて紙に書き留めていく。

「ほかの者は国人や土豪の動きを探っておるらしいが、我らはつまらぬ噂と商いの話ばかりか。果たしていかがなるのやら」

探ってきたのは、三河武士の動きではない。三河における織田家や久遠家、松平家や今川家の噂話と、三河の商いの状況だ。

矢作川の向こうは今川領であり駿河の商人が幅を利かせておるが、三河者にはあまり評判が良くないことなど商人の事情はかなり探ることが出来た。

少し前に岡崎の松平家が織田領から入る商人の取り締まりを緩うしたことも、久遠家のお役に立てると思う。

わかったことは三河の商人や松平家は、駿河ではなく尾張の商人との商いを望んでおること。金色酒などは、織田領よりも遥かに高い値で三河に出回っておるのだからな。

三河の銭が駿河にいいように取られておるように見えることが、三河者には面白うないらしい。

もっとも今川家が織田家と戦う気があるのならば、それでも我慢したのだろう。だが三河では今川家は織田家と戦う気がないという評判だ。

今川家は腰抜けではと噂になりつつある。

織田家が尾張をまとめたことも、三河には早くも伝わっておった。次は岡崎だと噂なのだからな。松平家も本気にならぬ今川家に義理立てしてまで、家を滅ぼすつもりはないと考え始めたのかもしれぬ。

「お呼びでございましょうか」

報告を八郎様に上げて数日後、久遠様のお屋敷に呼ばれた。次の役目かと思うたが、通された部屋には子犬と戯れる着流しの若い男がおった。

八郎様が控えておるところを見ると、このお方が久遠様か？

「この報告は貴方の報告で間違いないですか？」

「はっ！」

久遠様は某が部屋に入ると姿勢を正し、先日提出した報告に目を通された。

なんだ？　なにか失態を犯したのか？　褒美ならば八郎様から頂くはず。何故尾張に来たばかりの某が、久遠様に目通りが叶うのだ⁉

まさか罰を受けるのか⁉　背中を冷たいものが流れる。妻と六助たちにだけは累が及ばぬようにせねば。

「水口殿。ウチに仕えるために尾張に来たんですよね？」

「はっ！」

「では十貫で召し抱えます」

「……ははっ!!」

信じられぬ。まさかこれほど早く召し抱えていただけるとは。甲賀から来ておる者は少なくないはずだ。何故、某を？　皆を召し抱えておられるのか？

「水口殿は、随分と几帳面ですね。報告書に行商の内容まで書いてきた人は珍しいですよ。三河の村々の様子から、品物の流れを通じた状況までよくわかる。八郎殿、次の仕事は？」

「はっ、しばらくは領内にて行商をさせようかと。久遠家に仕える以上は尾張を知らぬでは済まされませぬ」

「じゃあ、頑張って」

「畏まりました！」

「ああ、褒美があるんだ」

商いのことか。商いの荷はすべて八郎様に用意していただいた品物。それ故に仔細を書き残して、儲けはお返しすべきだと六助が言うたのだ。

まさか、それで仕官が叶うとは。八郎様に次の命を与えられたわしは、震える体を押さえながら褒美を頂いて下がった。

にわかには信じられぬ。まるで狐か狸にでも化かされておる気分だ。

「殿。ようございましたな！」

「お前のおかげだ。お前がいればこそ、ここまでやれたのだ」

褒美は銭と反物だった。絹と綿の反物がふたつずつ。銭は一貫もある。

人目も憚らず涙を見せる六助に、某まで涙が込み上げてくる。まさかこんな日が来るとは……。

涙は見せられぬ。ここで終わりではないのだからな。

今後も久遠家のお役に立ち、水口の家を残さねばならぬのだ。


天文十七年、望月家が久遠家に仕官したと『久遠家記』にある。

当主である望月出雲守は、近江国甲賀郡より一族郎党の半数を引き連れて仕官していて、家督と領地を弟に譲り、不退転の決意で忠義を誓ったとされる。

娘の千代女は聡明な女性だったようで、大智の方こと久遠エルの侍女として頭角を現したことでも有名である。

講談や歴史物において望月家は、同じ甲賀出身である滝川家と比較されがちであり、時にはライバルであるかのように書かれることもあるが、『資清日記』によると出雲守と資清の関係は良好であったようで、度々ふたりで酒を酌み交わしていたと書かれている。

先見の明に優れ、現代では滝川忍軍と呼ばれ、当時は忍び衆と呼ばれていた久遠家の諜報部隊をまとめ指揮したのは、望月家当主である望月出雲守であるといくつかの記録にある。

同じ頃、久遠家が森林資源の管理や養蚕を計画していたという記録がある。

織田弾正忠家の領地のある下四郡には最適な土地がなかったようで、上四郡の伊勢守家の領内に試験的に試す村の建設を始めたのがこの頃と思われる。

選考基準は不明ながら、技術秘匿の観点から候補地の選考が難航したようで、伊勢守家家老山内盛豊が自身の足で探して歩いたという記録が残っている。

少し前まで対立していた伊勢守家領内での開発に踏み切ったのが、信秀なのか一馬なのか不明であるものの、同じ頃の記録から、伊勢守家の臣従後には一馬がすでに上四郡の開発を考えていたことは確かである。

皇歴二七〇〇年・新説大日本史

第二章　信秀の怒りと再会

side：久遠一馬

　障子を開けると涼しい風が入ってくる。今夜は雲ひとつない。エルたちと星を眺めつつ、一緒の時を過ごす。

「津島衆の反応はボチボチネ」

　家臣のみんなを休ませたあと、少しお酒を飲みながらゆっくりと話しをする。今夜は津島のリンメイも来ている。

　弾正忠家の領地が上四郡まで広がり忙しくなったことで、津島に行く機会が減っている。まあ津島では門前市が開かれることもあるし、買い物とかでは行くこともあるけど。

　その分、津島のことはリンメイに任せつつあって、蟹江の港の根回しが受け入れられたことにホッとする。どうも津島の皆さんもこのまま商いが拡大すると、遠くないうちに限界がくることを理解してくれているらしい。

「熱田の反応も悪くないわ。ただし、熱田はウチが津島にだけ屋敷を持って商いをしていることを気にしているわ。熱田にも屋敷を構えて商いを広げるべきかもしれないわね」

　一方熱田との交渉はメルティに任せているが、向こうから要望があったのか。そこまで津島だけに肩入れしていないんだけどな。不満があるのか。ウチの規模で片方に肩入れしていると思われると後々面倒になるぞ。

「エル、どうしようか?」

「屋敷は必要ですね。ただその前に、熱田神社の例祭に参加してみるのもいいかもしれません」

オレには屋敷がそこまで必要とは思えないけど、仕方ないだろう。誰に任せるかも含めてエルの意見を聞くも、エルからは予想外の提案があった。

「寄進ならするつもりだけど?」

「いえ、例祭当日は門前市が出るので、屋台でも出してみてはどうかと思いまして。この時代に元の世界であったような祭りの屋台は、ほぼないと思われます。ただ私たちがやる分には問題はないでしょう」

祭りはこの時代より遥かに昔からあるし、例祭とは神事でもある。流行り病の対応の時にお世話になったので寄進はするつもりだったんだけど。

まさかエルからこんな提案があるとは思わなかった。

「それ面白そう! 絶対流行るよ!」

「いいと思うネ」

エルの提案にはパメラとリンメイも驚いているが、真っ先に賛成した。パメラは医師としてこの時代の庶民と多く触れ合っているし、リンメイは商人との付き合いもあって、津島神社との交流もしている。この時代の人たちの気持ちもある程度わかっているのだろう。

「いちご飴……、チョコバナナ……。いい。賛成する」

あの、ケティさん。なかなか難しいものを求めますね。甘いおやつが食べたいのかな？　いちご飴とチョコバナナは難しいかなぁ。金平糖でさえウチでしか扱っていないのに。

「焼き鳥と酒で一杯、もいいねぇ」

「射的とかもいいですね。ただ実行が簡単なのは鉄板焼きなどでしょうか？」

ジュリアは酒好きだからか焼き鳥か。セレスは意外にも食べ物以外をあげた。

鉄板焼きはね。ウチでバーベキューとかやるから鉄板はあるし、ラーメン用の中華麺もあるから焼きそばならすぐにでも出来るかな？　資清さんたちとも相談してみんなで考えてみるか。


数日後、清洲城の謁見の間は梅雨の湿度も相まって、重苦しい空気が支配していた。

信秀さんを筆頭に織田一族と重臣の皆さんが集まる中、呼ばれたのは大和守家の元家臣たちの一部だ。あの手この手で弾正忠家の中で出世しようとした者たちになる。

「その方たちには愛想が尽きた。領地は召し上げる。以後は俸禄でいいのならば家中に残ることを許そう。嫌ならば領内から去れ」

信秀さんは滅多に見ることがないほど険しい表情で、大和守家の元家臣たちに厳しい通告をした。

空気が重苦しいのは、弾正忠家の重臣の中には、彼らから賄賂を受け取っていた者が少なくないからでもあると思う。オレも緊張するほど重苦しく感じる。ただ、信秀さんはそこを追及する気はない。そもそも賄賂までは否定はしていないんだ。要は調達方法の問題だ。

領民から搾り取るような真似をしなければ、そこまで目くじらを立てる気はない。

「お待ちを！　何故、我らの所領を召し上げるのでございますか！」

「我らは殿のために働く所存！」

当然の反応だろう。大和守家の元家臣たちは反発した。事前に説明していなかったと言えばそうだからね。それにこの時代は賄賂を必ずしも否定することはないんだから。

「要らぬ。わしはその方たちなど要らぬのだ。領民が困窮するほど税を取り立てたかと思えば、ものを贈るために銭を借りるような愚か者は要らぬ」

ただ、信秀さんは要らないってはっきりと言っちゃったよ。重臣の皆さんも大和守家の元家臣たちも、あまりにはっきりとした言葉に絶句してしまう。

返す言葉もないよね。面と向かって要らないって言われると。

「どちらも不服ならば、帰って戦の支度でもするがいい。ただし一族郎党を根切りにするがな」

意見や申し開きを聞く気はない。これぞ戦国大名か。

信秀さんの堪忍袋の緒が切れた原因は、連中が、信秀さんの息のかかった尾張の商人ではなく、比叡山系の寺社から銭を借りていたことだ。ウチの忍びがそれを調べて来て、信秀さんに報告した結果だ。

当然激怒するよね。今の信秀さんなら。この件がなくても頃合いを見て処分する予定だったんだけどさ。

この時代、宗教はヤミ金も真っ青な高金利と取り立てをする金貸しだ。特に比叡山と日吉大社は有名だ。お金を返さないと、人だろうが土地だろうが取り上げるということさえある。

まあ金を借りるなとは言わないが、それが出世のために尾張を売り渡すことと同じとなると怒るよな。

「その方らの顔など見たくもないわ。下がれ！」

有無を言わさぬ信秀さんの声が響く。俸禄は本当に最後の情けなんだろう。要らないと言われて面子丸つぶれだけど、歴史に影響しそうな人もいないから止める理由もない。

信秀さんの怒りの一言で、彼らは逃げるように謁見の間から去った。

「大和守家の旧領の領地整理を行う。恨むのならば、わしに従わず勝手なことばかりした奴らを恨めと言うておけ」

ちょっと、大和守家の元家臣の領地整理なんて聞いていないんですけど？　まあ長い目で見れば得だけどさ。文官と重臣の皆さんがやっと上四郡の整理に目処を付けたのに。

領地整理のやり直しだ。重臣の皆さんの顔色が悪い。オレに知っていたのかと言いたげな視線が集まるが、今回は本当に知らないので首を横に振る。うーん、オレたちも手伝えることあるかな？

「殿。借財をしては駄目だということでしょうか？」

「借財の目的次第だ。ものを贈ることも、銭を借りることも構わん。だがものを贈るために銭を借りることは禁じる。それと許しを得ずに年貢や領地や領民を質にすることも禁じる」

重臣の皆さんばかりか、織田一族の皆さんも戸惑っている。最近ご機嫌だった信秀さんが久々に怒ったからか。

戦国時代の感覚では、そこまで怒ることではないのかもしれない。

信秀さんはオレたちの考え方から学んでいるからね。中途半端な武士よりは領民の支持を得ることで、弾正忠家の中央集権を進めようとしている。

史実では土地と武士の切り離しに苦労したが、信秀さんは武士を無視してでも領民と直接向き合うことで、土地に執着する武士を無力化したいんだろう。

元の発想はエルなんだけど、信秀さんがやると本当ひと味もふた味も違うね。


「殿も大胆だよね」

「合理的な判断だと思います。これを機会に大和守家の元家臣の領地を弾正忠家の直轄地に組み込めば、尾張はさらに安定します」

結局、大和守家の元家臣たちは、元の世界と同様に大半が歴史の闇に消えるのだろう。屋敷に戻ったオレは、信秀さんに命じられた分国法に武士の借金に関する法を加えるべく、エルと相談している。

信秀さんが明言した年貢や領地や領民を担保にした借金の禁止は当然として、借金自体の申告制も案として加えておくか。

「いっそ銀行でもつくれないかな？　織田家による官製銀行」

「時期尚早ですね。金貸しは寺社がしていることでもあります。さすがに寺社が騒ぎますよ。ただでさえ商業と流通の主導権を奪いつつありますから」

あとは前々から考えていたことだが、金貸しの仕組みも少し変えたほうがいいと思うんだよね。借金する人が馬鹿みたいな高利で返せるわけない。

ただエルには苦笑いをされて、現状では無理だと断言された。障害はやはり宗教か。

「商業といい流通といい金融といい、国の根幹の部分を支配しているのは宗教なんだよね」

「神や仏の名を出せば、人は恐れて信じてしまいますからね。それに知識層の大半が宗教関係者であることもあります。ですが、一方的に寺社が悪いとも言い切れません。中央での朝廷や公家と武家による政争の歴史の結果でもありますから」

そのままエルと宗教と利権の問題を話していくが、簡単に答えが出る問題ではないということか。わかっていたことだけど。

「中央がしっかりすれば、まともな路線に戻るかな？」

「それはどうでしょう。彼らも地位や既得権を簡単には放棄しないでしょう。現状でそれをすれば飢えるかもしれないと考えるかと思います。その懸念がなくなることが最低限の前提として必要です。実際には一律ではなく中央と地方や宗派の事情を考慮して、ケースに応じて対応を分けるべきだと思いますが」

宗教か。史実だと織田、豊臣、徳川と長い歴史で数多の血を流して、大人しくさせた歴史があるからな。

一向宗にしても弾圧したり禁教令を出した大名は結構多い。

今のところ織田家は宗教と表立って対立はしていないが、問題は地味にウチが宗教の既得権を侵食しているんだよね。

尾張の場合は津島神社や熱田神社など神道系が多いから、そこいらに配慮すれば大丈夫っぽいけど。

「金貸しの改革はまだ無理か」

「今やると計画中の蟹江の港にも影響が出ます。あれは伊勢湾を中心とした近隣の物流と商業を、織田家が掌握することに繋がりますので」

他所は他所。ウチはウチ。そんなわけで、まっとうな金融機関は必要なんだけど。モラルのない時代なだけに簡単じゃない。

織田家の武力とウチの財力があれば、領内なら信用もあるし上手くいくかと思ったんだけどな。

「そもそも借りる側にも問題があります。踏み倒しも少なくありませんので。それと残念ながら現在の織田家では、銀行業務を円滑に行う人材も足りません」

思い付きで上手くいくほど甘くはないか。こういう問題は、ゆっくりと外堀から埋める必要があるということだろうね。

「ただ、家中を統制する一環として弾正忠家で家臣に貸すのならば、寺社も黙認せざるを得ないでしょうね。あとは金貸しをしている比叡山とぶつかるまでは避けるべきです。武士のいい加減な統治を改善するほうを優先すべきですね」

なかなかアイデアだけあっても上手くいかないなぁ。エルが語るように武士の統治を改善するほうが先だろう。蟹江の港も最優先だしね。


「殿。よろしいでしょうか？」

「いいよ。どうかした？」

話が一段落すると、資清さんと望月さんが揃ってやって来た。なにか問題でもあったのかな？

「忍び衆のことでございます。一時雇いの者を含め、出雲守殿に任せたいと考えております。某より出雲守殿のほうが、忍びを使い慣れておりますれば」

望月さんの仕事か。エルもオーバーテクノロジーで調査したが、この人は真剣にウチに仕えて働きたいと考えているんだよね。問題はないはず。

「うーん。いいんじゃないかな。ただしウチのやり方に従ってほしい」

「それは心得ております」

「ならいいよ。銭は惜しまないでやって。信頼は一度失うと取り戻すのに苦労するからね」

忍びに関しては、望月家が加わって一気に増えたからなぁ。彼らは一般的には素破や乱破と呼ばれて粗末な扱いが当然だが、ウチではそれを禁じた。いつの間にかオレとエルたちが使っていた忍びという呼称から忍び衆と呼ばれている。

忍び衆に関しては、甲賀から来ている一時雇いの者たちもそれなりにいる。仕官までは望まなくても仕事が欲しい人たちも来るんだよね。

彼らには今のところあまり重要ではない、畿内や関東なんかの調査を頼んでいるらしい。資清さんは忙しいからね。望月さんに仕事を分けるのは必要だろう。

「それと鳩のことでございますが……」

「ああ、伝書鳩のことか。リリーが訓練を始めているはずだけど」

「あれは決して他家には漏らせませぬ。当面は慎重に使うべきかと愚考します」

「そうだね。ふたりに任せる。リリーと相談して」

話はそれだけじゃなかったか。実は少し前から牧場を任せているリリーが、鳩を飼育して伝書鳩にしようと訓練しているんだ。

リリーは十九歳になる、動植物の育成や品種改良が得意な技能型アンドロイドだ。ブロンドヘアで、おっとりしたお嬢様のような感じ。

鳩は表向きとしては鶏と同じ家畜として飼育している。中華料理だと食用にもなるからね。

伝書鳩は運用を資清さんに任せるつもりで教えたんだけど、この時代にはない情報伝達方法に戸惑っていたからなぁ。


信秀さんが激怒してから数日が過ぎた。最終的に大和守家の元家臣たちの借金は払えそうにないので、信秀さんが立て替えて払うことになった。さすがに現時点では比叡山は敵に回せず、といったところか。

それはいいんだけどさ。領地を召し上げられた人の中には、このまま大人しくしていることが出来ない人もいるらしい。

「それで八郎殿、連中の狙いは？」

「されば、弾正忠家の直轄領の村を襲い、そのまま三河の今川方に行くつもりのようでございます」

有能な忍び衆が連中の動向を調べてきた。命令はしていないんだけどね。借金の問題が発覚して信秀さんが連中を呼び出した時から、一騒動あると考えて動いていたらしい。

「今回は狙われるのがウチじゃないんだ」

「屋敷の兵は城に次いで多くおります。牧場村も工業村も小勢で襲えるところではありませぬ」

真剣な面持ちの資清さんいわく、やっぱり逃げる先は今川らしい。史実の坂井大膳もそうだったけど、敵対勢力に逃げるしかないのかもね。

素直に出て行くのなら問題ないのに、村を襲うとかどうしようもないね。今川家への手土産のつもりなんだろうが、義元もそんな連中は要らないだろう。

「八郎殿、若様に報告して警備兵を出してもらって。オレは殿のところに行く。警備兵の初陣といこうじゃないか」

「それは良きお考えにございますな」

飛んで火に入るなんとやらってか。まだ訓練が始まったばかりの警備兵だけど、少人数の謀叛人を討つくらいならば大丈夫だろう。小さなことからコツコツと。実戦と実績を積ませないと。

「本当にこの村が狙われるの？」

「この辺りの直轄領で一番裕福ですから。それと地理的に逃走も容易ですので可能性は高いです。無論、周囲の村にも兵を配置しましたので、何処が襲われても問題はありません」

信秀さんから警備兵の出陣許可をもらい、清洲と那古野の警備兵およそ七百名を、連中が襲いそうな村に分散して配置した。

逃走ルートと配置の選定はエルに任せてある。資清さんがどうやって考えるのかと、熱心に聞いて勉強していたのが印象深い。

敵は領地を召し上げられた者たちのごく一部で、一族郎党を合わせても六十人ほどだ。はっきり言って少ない。中には戦えない女子供もいるらしいので、実際に襲撃に参加する人数はもっと少ないだろう。

そもそも領地を召し上げられた者たちの中でも、こんなことをやろうとしているのはごく少数だ。家臣に止められた者や親戚縁者に止められた者も多い。

謀叛なんてしたら連座で処分されかねないからね。


「皆殺しにせよ！　あの成り上がり者に我らの意地を見せてやるのだ！」

「お!!」

連中が姿を現したのは、日が暮れた後だった。

オレたちは村の入り口近くの家で隠れて待機だ。村人は自分たちの村だから一緒に守るんだと意気込んでいたけど、こちらの都合で比較的安全な場所に隠れてもらっている。

治安維持を織田家が行うという取り組みの一環だ。それに訓練もしておらず連携も取れない領民がいては、警備兵のみんなもやりにくいだろうしね。

「村の入り口で大声上げて。気付かれるだろうに」

「士気を高めたいのでしょう」

奇襲する前に大声を上げるなんて、なにを考えているのかと不思議に思ったが、士気か。確かにこの時代の戦では重要な要素だろう。とはいえエルの冷めた様子からもわかるが、その効果以上にマイナス面も多そうだ。

「抵抗する人は討ち取っていいから」

「はっ！」

オレたちが張り込む村に来た連中を捕まえるべく、警備兵の指揮官に指示を出す。警備兵のみんなは見つからないように火縄銃の準備をしていて、いつ戦いが始まっても問題はない。

細かい指揮まで執るつもりはない。警備兵のみんなは日頃から訓練をしているんだ。オレたちが来たのは、オレ自身の実戦経験が少ないことを埋めるためだ。

これから先の戦で無様な姿を晒さないための訓練でもある。

しかし成り上がり者って、信秀さんのことか？　意地と言っても、やっていることはただの野盗だよ。

「撃て！」

指揮官の命令により警備兵の火縄銃が火を噴き、数人の謀叛人が倒れたのに続いて手傷を負っている人も見える。

その瞬間、辺りに立ち込める火薬が燃えた硝煙の匂いに、花火を思い出したのはオレがまだ平和ボケしている証しなのかもしれない。

「なっ⁉」

「待ち伏せだと‼」

「おのれ！　信秀め！　卑怯な！」

村に攻め込んできたのは、四十人もいないな。

ただ、卑怯って、お前たちにだけは言われたくない。

敵は火縄銃の銃撃に混乱している。胴丸を着込み、槍で武装した警備兵のみんなは隠れていた場所から飛び出すと、訓練通りに連携して謀叛人を討ち取っていく。

味方の警備兵は八十人。人数としては倍以上だし、火縄銃の銃撃で三分の一は負傷しただろうか。

命中率以前に訓練が足りないな。今後の参考にしないと。

「そこ！　前に出るな！　抜け駆けは懲罰だよ！」

「ジュリア。あまり口出ししないほうが……」

ここには警備兵のほかに、エルとジュリアとオレたちの護衛もいる。状況によってはオレたちも参加することを考えていたけど、要らないみたいだ。

ただ、ジュリアがいつの間にか、指揮官を差し置いて指揮しているのがなんとも。オレに指揮の仕方を教えているとも言えるが、少し目立ち過ぎだ。

みんな素直に従っているからいいけどさ。指揮系統の乱れは駄目だろう。というかすでに上下関係が出来ているのか？

「必ず複数で追え！　周囲の村の兵にも知らせな！　ひとりも逃すんじゃないよ！」

謀叛人たちが逃げ出すのは早かった。火縄銃の時点で逃げ腰だったからね。

あの……、ジュリアさん。完全に指揮官になっていますが？　指揮官の人、ごめんね。面子丸つぶれだよね。あとでお詫びにお酒を贈るから。

君は悪くない。

「負傷者五名。死者なし。初陣にしては上出来かな」

結局、朝になる前に全員を討ち取るか捕まえることが出来た。味方の損害は軽微で、警備兵が一定の役に立つことを証明出来ただろう。

正直オレもホッとしたね。怪我人も軽傷だったし、良かった。

「しかし、土田御前様の助命嘆願は意外だったね」

「あれは大殿と示し合わせたのでしょう。謀叛は根切りと言いましたから。断固たる力と慈悲を見せるバランスを取ったのかと」

男たちはほとんどが討ち取られた。少数の捕まった者も処刑されたが、女性と元服前の男子は土田御前の助命嘆願により、出家して寺社に入ることを条件に命を救われた。

信秀さんの怒りは相当なものだったので、オレを含めた家臣の皆さんはまさかの助命に驚いたが、エルが驚きの推測を教えてくれた。もしかしてヤラセだったの？

旧主の信友さんは、相変わらず我関せずと一切動かない。徹底しているね。

「歴史にはまず残らないんだろうな」

「それなりに大きな戦にならないと、そんなものですよ」

歴史に残る戦いと残らない戦いがある。

今回のような小さな事件は残らないんだろうなと思うと、ちょっと複雑な心境になる。

残っても、領地召し上げに反発した者が、討ち取られたという一言で終わりだろう。


大和守家の元家臣の処分による清洲の混乱も一応は終息した。

信秀さんに名指しされた者たちは、大半の者が一族や家臣から隠居をさせられて、一族や息子が跡を継いで家の存続を選んだ。

隠居までは信秀さんも命じていないのだが、領地を召し上げられた者に付いていく人は多くない。当主交代となり俸禄からの出直しになるが、牢人となるよりはマシだというのが本音だろう。牢人とは、主家から離れたり領地を失った者たちのこと。元の世界でいう失業者と似たようなものだ。

あとはとにかく大和守家の元領地を整理して、弾正忠家は一年前とは桁違いの直轄地を得るだろう。織田家は戦国大名としての転換期なんだろうね。

幸か不幸かオレたちは領地整理まではしなくてよくなった。やはり細かい血縁などを知らないと役に立たないんだろう。

「美味いな」

終わったことはもういい。この日は熱田祭りに参加する際に、屋台を出して振る舞う料理の試食をしている。屋台といえば焼きそばだよね。

庭に鉄板を設置して、屋台と同じように調理する場所を設けてエルとケティが作っている。

信長さんはさっそく出来上がった焼きそばの麺を、ズルズルと美味しそうに啜ると笑みを見せた。

焼きそばは当然ながら、この時代には存在しない。

ただしもとは中華の炒麺だと言われるくらいだし、すでにラーメンがあることから、いいんじゃないかなと思ってみんなで考えたんだよ。

「祭りで料理を振る舞うか。考えたこともなかったな」

熱田の祭りに出す前に信長さんと政秀さんに試食を頼んだら、なぜか信秀さんも来たけど。言ってくれたら作りに行くのに。

信秀さんは祭りに参加すること自体は賛成してくれた。出店で料理を売ることには不思議そうにしているが。

「ラーメンの麺ですかな?」

「ええ。秘伝のタレで炒めたんです」

政秀さんは信秀さんと信長さんが食べるのを待って、自身も焼きそばを頬張った。タレが焼けるいい匂いがするからなぁ。待ちきれなかった様子だ。

味の決め手はウスターソースだろう。面倒だから久遠家秘伝のタレってことにしたが。

懐かしいなぁ。このソースの絡む麺を啜ると肉と野菜の味が合わさり、歯ごたえもよく本当に美味しい。

モチモチとした中華麺にシャキシャキの野菜。肉も猪肉を使ったけど全然違和感がない。

「これもいいな。食べごたえがあって美味い」

「それはお好み焼きです。肉や野菜を小麦の粉を水に溶いたもので一緒に焼きました」

次に作ったのはお好み焼きだ。信秀さんはお好み焼きが特に気に入ったらしい。エルも三人の反応に満足そうにしている。

両方共に小麦が安いからか、材料費は思ったほど高くはない。

ただし、キャベツがまだ日本にはないんだよね。牧場で試験的に作らせているけど収穫が間に合わない。もやしは牧場でも作っているから入れた。この機会に普及させないと。青のりと鰹節はあったので使ったが、紅しょうがとマヨネーズなんかは使っていない。今後の課題だ。

「お前たちの料理は粉の料理が多いな」

「小麦と蕎麦は食べ方次第で美味しくなります。しかも米より安いです。大麦は酒や水飴になり、大豆は味噌や醤油が出来ます。来年からは、米を作るのに不向きな場所で麦・蕎麦・大豆はどんどん作らせるべきでしょう」

信長さんはラーメンや蕎麦に続く粉物に、なんでだと首を傾げるが、調理しているエルが説明すると納得の様子で評判は上々だ。

この時代の農民はほぼ雑炊しか食べられないから、いろんな料理も広めたい。粉引きの水車が足りないので、そこは考えなきゃ駄目だけど。

乾麺はこの時代でもある。日本だと素麺があるし、ヨーロッパだとパスタがあるはずだ。

単純に農作物を売るよりは、農村で加工したものを売ったほうが利益になるんだよね。まあ衛生の問題とか技術の問題とかいろいろあるけど。

乾麺は保存が出来るし、もっと作れればいいんだが。

ただまあ、極論を言えばなにもかもが足りない。農村には米や食料を安全に保存する蔵なんてないし、水車だって普及していないところが多い。

食料事情を考えるのならば、先に食料備蓄用の蔵をたくさん造らなきゃ駄目だろう。蔵も本来ならば村単位で任せたいところだけど、そこまで管理してやれないだろうなぁ。

衛生指導も去年から続けているけど、成果はまあまあといったところ。気にしない人は気にしないからね。元の世界だって確固たる理論を教えて、子供の頃から口を酸っぱくするほど言ってもやらない人がいるくらいだから。

飢饉に備えて食料を備蓄しておくように言っても、ちゃんとした運用は出来ないだろうね。下手すると商人や寺社にいいように利用される可能性もある。

史実よりはマシだけど、国を良くするって本当に難しい。

side：於大の方

那古野は噂以上に賑やかなところでございます。

少し前までは何処にでもある城だったと聞き及んでおりますが、今や尾張でも有数の賑やかさになっております。

私が見た限りでもあちこちで普請が行われていて、通りには店もある賑やかなところ。

ここが織田のうつけ殿と呼ばれたお方の城下だとは。

「よう参った」

「この度は格別の御配慮をいただき恐悦至極に存じます」

那古野城で私を待っていたのは、織田家嫡男の三郎様でした。着物を着崩したその姿に、かつてうつけ殿と呼ばれた理由を悟りました。

されど今の三郎様をうつけ殿と呼ぶ者はいないと聞き及びます。

流行り病の時は自ら病人の世話をして、久遠様を臣下として召し抱えたお方。

仏と呼ばれる大殿の嫡男は、先見の明があり慈悲深いお方だと評判でございます。

「堅苦しい挨拶は不要だ。竹千代。お前の母だ。今日から共に暮らすがいい」

「……ははうえ」

ああ、竹千代。一目見ただけでわかります。松平家を離縁されて以降、一日たりとも忘れたことはありませんでした。

まさか、再びこうして会えるとは……。

竹千代はなにも知らされていなかったのでしょう。今にも泣きだしそうなほど驚き、戸惑うております。

「屋敷は竹千代の屋敷でよかろう。禄も出す。そなたも竹千代も人質ではない。自らの所領と思い暮らすがいい」

「はい。まことに、まことに、ありがとうございます」

はらはらと涙があふれるのを抑えられませんでした。

近くにいながらも会えなかった我が子に、まさか会えたばかりか共に暮らせるとは。

三郎様は多くを語らぬまま、私と竹千代のふたりだけを残して去ってしまわれました。

「竹千代。さあ、母に顔を見せておくれ」

「ははうえ……」

三年ぶりに会った我が子は立派な男に育っております。私のことを覚えているのでしょうか。

「ははうえーー!!」

しばし呆然としていた竹千代ですが、緊張の糸が切れたように涙ながらに駆け寄り私の胸に飛び込んできました。

辛かったのでしょう。怖かったのでしょう。

武士の定めとして仕方ないと理解するには、あまりに若く幼い。

まるで赤子の時のように泣きじゃくる我が子を、またこの手で抱き締めてやれるとは。

「大丈夫ですよ。これからは母が一緒です」

兄の話では岡崎の松平宗家は敵同士のままだそうですが、織田家は安泰だということ。

竹千代が岡崎に戻されることは、まずないようです。

私はいずれ、竹千代と共に織田家中のどなたかに嫁ぐのでしょう。

松平の殿と共に生きることが叶わぬことは残念ではありますが、竹千代は私が立派に育ててみせます。

必ず。それが離縁されたとはいえ、松平の殿に出来る最後の御奉公ですから。

side：???

「殿。残られたほうが良かったのでは？」

「くどいぞ。愚弄した弾正忠家になど仕えられるか」

とうとう近江に入ってしまった。弾正忠家の大殿に要らぬと言われた一言に、我が殿は妻子と別れて生まれ育った尾張を捨てる決断をなされた。

食うものも切り詰めて贈り物をしたにもかかわらず、重臣たちは誰ひとりとして我が殿を庇ってくださらなかった。

平手様と久遠殿には受け取ってもらえなかったが、あとは皆が受け取っておったにもかかわらずだ。

「ほかの皆様は上手くいったのでしょうか」

「今ごろ首だけになっておるのやもしれぬな。弾正忠がそんなに甘くないのは理解しておろうに。うつけどもめ。あやつらと同じことをしたのが我が身の不徳の致すところ」

そう。殿も悪かった。

領民から例年以上の税を取り、寺社から銭を借りてまで立身出世を願ったのは、今の大殿のお考えに反するのは明らか。

我が殿は悪いお方ではない。されど己にも領民にも厳しいお方ではある。すべては家のため。ほかの者の中には、領民の子を売り飛ばして銭を用立てた者もおったのだ。大殿がお怒りになるのも理解出来る。

だが大殿がすぐにやめさせなかったのは、清洲周辺の所領が欲しかったからであろう。

我が殿はほかの方々から共に今川に行き、弾正忠家に一矢報いてやろうと誘われたようだ。されどほかの方々が弾正忠家の領地を襲う話になった段階で、呆れてものが言えなかったという。

それとこれとは話が違う。さすがに殿がそこまで愚かでなかったことは幸いであったが。

家は子に継がせて、己は身ひとつでやり直すと決断された殿は、某を含めた供の者数名のみを連れて畿内に向かっておる。

行く先は戦場か地獄か。

戦が多い畿内ならば牢人も一時は召し抱えてくれる者はおろうが、所詮は牢人。

久遠家のようにお家の役に立つ技なり家業でもない限りは、難しいと思うのだが。

死んでも某たち数名。そう思い最後までお供をするしかないか。

side：佐治為景

「殿。いかがでございましょう？」

「うむ。美味いの。これならば高く売れるであろう」

久遠殿から教わった小魚の塩煮と醤油煮が出来たか。

大量に獲れる小魚を塩や醤油で煮詰めたものだ。干物ほどではないが長持ちするらしく味も美味いな。

「これが一番美味いな」

「それは砂糖が入っております。高価になりますが、元は取れるかと思いまする」

久遠殿は清洲の殿の信も厚く忙しいようだ。津島の屋敷も酒造りで手一杯。我が佐治家や水野家に、この小魚の煮詰めたものを作ってほしいと頼んできた。

塩は領内で作れる、醤油や砂糖は久遠殿が安く売ってくれる。出来上がったものを売る相手はいくらでもおる。今の尾張ならばな。

「しかし本当に気前のいい御仁ですな」

感心する家臣たちの言葉通りだ。気前がいいのは認める。だがそれだけではあるまい。恐らくは津島と熱田の商人たちばかりに、力が集まるのを避けたいのであろう。

「蟹江の様子はいかがだ？」

「よきところにございます。津島と熱田からもほどよく近いので」

久遠殿からはよく文が届く。

先日の文で、蟹江に湊を築くとの知らせがあった。商人たちとの関わりを大切にしながらも手綱を握りたいのであろう。

実際、尾張の商人は飛ぶ鳥を落とす勢いだ。されど中には驕っておるなどと、悪い評判も聞こえてくるようになった。

半分はやっかみであろうが、半分は事実であろう。

蟹江は津島と熱田からほどよく近いのがいいのだ。近過ぎても遠過ぎても駄目であろう。

商人というのは、信じ過ぎると危うい。こちらからも人を出すので、早く湊を造ってはいかがかと文を送ったが。いかになるのやら。

「懸念があるとすれば船か。沖に出るにはやはり南蛮船のような船が必要か」

「はっ、久遠家の者にも聞きましたが、久遠家の本領に行くには今の久遠船では危ういと。やはり初めから沖に出るための堅牢な船を造るべきでしょう。南蛮船ほどではないと聞き及んでおりますが、新しき船の造り方は教えていただきましたので」

我が佐治水軍の状況はいい。

皆が久遠船と呼ぶ、久遠殿に教えてもらった改造船の扱いにも慣れてきた。とはいえあの船も少し沖に出る分にはいいが、いくら南蛮式に改造してもあまり沖には出られんとはな。

「一隻造ってみるか」

「それがよろしいかと」

やはり新しき船を造らねばならぬな。久遠殿の話では一番いいのは南蛮船のようだが、一から造れば久遠船もそれなりに沖に出られるとのこと。

久遠船は日ノ本の船を基に、久遠家の技と南蛮の技を取り入れた船だとか。駄目でも近海では使えよう。

あとは戦船だな。久遠殿の話では南蛮船は浅瀬に入れぬ欠点があるという。まずはあの鉄砲と抱え大筒を生かすことを考えるべきか。

いずれにせよ、まずは銭を稼がねばならんな。久遠殿が商いに重きを置く理由がようわかるわ。

side：久遠一馬

竹千代君のところにお母さんが来たか。お祝いというのも変かもしれないが贈り物をしておこう。

この世界では竹千代君が徳川家康となり、天下を取ることはないのかもしれない。でも天下を差配することは十分にあり得る。つまらないことで対立するなんて御免だからね。

「うん。美味しいね。でも本当にいいの？」

「はっ、某などがいまさら武士となっても、満足にお仕え出来ませぬ。されどこれならば殿や久遠家のお役に立てるかと思いまする」

この日のお昼は蕎麦だ。

でもエルたちが作ったものではなく、滝川家の郎党のお爺さんとお婆さんが作った料理だ。

長年滝川家に仕えていて、先日の滝川家から新たに武士として取り立てることにした際に真っ先に候補に挙がったけど、年齢を理由に辞退した人なんだ。

多分六十歳くらいかな。年齢は気にしなくていいって言ったんだけどね。あいにくと子供もいないので、若い人に機会を与えてほしいと言ってきた。

オレとエルたちも目に涙を浮かべる資清さんにもらい泣きしそうになったので、代わりになにか望みはないかと聞いたら、清洲で小さな料理屋を夫婦でやりたいって言っていたんだよね。

この夫婦は一族郎党の子供の面倒とか見てくれていたから、このままでも良かったんだけど。ウチで食べた蕎麦とかの料理を出す店をやりたいみたい。それに忍び衆の拠点が清洲にはないからね。それも兼ねれば役に立つと考えたようだ。

頑張って料理も覚えたし、今後もレパートリーを増やしたいと意気込んでいる。

「そうか。店の費用はウチが出すし、食材も必要なものは提供するから。無理しないでのんびり店をやって」

「ははっ、ありがとうございまする」

多分、今後の忍び衆のみんなの引退後も考えたんだろう。オレとしては牧場の孤児院とかで、のんびり子供の面倒を見てくれれば良かったんだけど。

新しいことを始めたい気持ちもわからないでもない。

『織田統一記』には断絶した大和守家の旧臣について、彼らのその後のことが書かれている。

中央集権を目指して領民と向き合いつつある織田弾正忠家において、彼らは旧来のままの価値観にて、己の力を示して立身出世を果たすために領民に重税を強いたばかりか、当時高利と容赦ない取り立てで有名だった比叡山系の寺社からお金まで借りていたことで、織田信秀の逆鱗に触れたとある。

集めた金銭で織田家家中に贈り物をしたりしていたようであるが、当時としては特に問題ある行動ではない。

ただし織田家では、すでに国人衆の連合体である統治からの脱却を進めていた時期であり、彼らの行動は認められるものではなかったようである。

時をほぼ同じく上四郡を平定した信秀が、上四郡と大和守家の旧領の領地整理を大々的に行ったことは資料にある。少なくとも大和守家の旧領に関しては、先の一件がきっかけであることが一部の資料で明らかとなっている。

この領地整理では一部の者が反発して蜂起したとあるが、新設された警備兵により鎮圧されている。

後世の歴史家は、信秀による尾張掌握の過程で少なくない者が没落したのではと推測しているが詳細は不明。

一連の出来事も信秀の謀略だと語る者もいれば、新時代に対応出来なかっただけだと語る者もいる。

『織田統一記』には、松平竹千代と於大の方が対面したことが記されている。

ことの経緯は久遠家にあったと伝わる。久遠一馬は自身が人質を出すことも取ることも否定的で、人質を出すことも取ることもしなかったのだが、それでも家族や一族を面倒見ることに加えて、一馬の人柄から裏切り者が出なかったという。

そんな久遠家のやり方から織田信長は、自身の近習として目をかけていた竹千代の待遇を変えたのだといくつかの資料にある。

当時情勢が流動的だった三河にも一石を投じる策としても信長は考えたようで、この策の影響が大きかったことは後の歴史から見ると明らかである。

当時の記録として、若き信長の慈悲に親子は涙し、さすがは仏の嫡男だと人々が褒め称えたという逸話が残っており、三河でも大層評判だったようである。

なお織田家ではこれ以降、人質の待遇が変わっている。

中央集権化や学校の影響もあり、各地の国人の子弟が清洲や那古野に集まることは変わらなかったが、織田家から人質を求めることはなくなり、家臣たちが各地から自発的に集まるようになったとある。

料亭、八屋。

戦国時代中頃からあったとされる料亭。

日本でも指折りの歴史を持つ料亭である。

初代は八五郎という男で、滝川家と共に甲賀から尾張に来たひとりである。

年齢から滝川家に暇請いをした後に料理屋を開いたと言われていて、開店当初は小料理屋だったようである。

歴史に残る偉人が数多く訪れた店として知られている。

何度か店を移転しながら現在は料亭となっており、戦国の世の味を現代に伝える名店として著名人から地域住民まで幅広く愛されている。

料亭となった今も昼食時にはお手頃価格の料理が多数あり、初代八五郎が清洲の人々のために始めた思いを受け継いでいる。

なお店には信秀や信長や一馬などの歴史上の偉人による直筆の書から、絵師の方こと久遠メルティ作の初代店舗と店主夫婦を描いた西洋絵画など、さまざまな歴史的な価値のある逸品が伝わっていた。

初代八五郎の遺言によりそれらの逸品は歴代の店主が大切に伝えていたが、近代になり美術館や博物館が出来るとそれらをすべて寄贈している。

皇歴二七〇〇年・新説大日本史

第三章　熱田祭り

side：松平広忠

「そうか。竹千代と於大がな」

「はっ。那古野で共に暮らしておるとのこと」

竹千代は母に会えたか。口には出せぬが良かった。物事とはなにが幸いとなるかわからぬものだな。竹千代を奪っておきながら勝手なことをとも思うが。

ここ岡崎城は竹千代と於大の噂で揺れておる。織田の謀だと語る者もおるのだ。実際に三河攻めの布石であることは明らかであろう。

されど今の三河には、これ以上ないほど有効な策だ。

そもそも三河の者たちが今川に従ったのも、織田と今川を比べて今川が強いと考えたからにすぎん。それが今では駿河の商人が尾張の酒を売るようになり、信秀は仏と崇められて戦らしい戦もせずに尾張を統一してしまった。

力や銭だけでは三河者は織田に靡かぬ。されど、力もあり仏のような慈悲を見せられれば話は変わる。

「殿。今川方はまだ、織田と戦をする気がないのでございましょうか？」

「そのようだな」

誰も織田に従えば厚遇されるなどと、甘いことを考えてはおらぬ。されど今よりはよくなるのではないかと考え始めたことは確かだ。

織田が本腰を入れて攻めてきても、最早以前のようにはいくまい。矢作川流域の国人衆は織田に流れ、ほかもどちらに転ぶかわからぬ。

今川は疑心暗鬼になっておるのではないのか？

「今川に人質を出しておる者は、気が気ではないようですな」

「嫌な世だな。民が一向宗に狂うのがわかるというものだ」

家臣たちは如何とも出来ぬと渋い顔をする。

やはり松平宗家としては安易に動けぬな。すでに今川の家臣となっておるのだ。動けば今川も黙ってはおれまい。

家中には今川に人質を出しておる者も多い。それらを見捨てれば松平に先はない。

今川は、雪斎殿はいかがするつもりなのだ？

動かぬのは余裕の表れか、それとも動けぬだけなのか。わからぬな。

side：今川義元

「二万五千じゃと？」

「はっ。拙僧が考えるに織田と本気で戦をするならば、そのくらいは必要かと。さらに戦となれば尾張からの荷が来なくなり、すべて北条に行くでしょう。水軍で止めようにも相手には南蛮船がありまする。あれを持ち出されると、如何ようもなりませぬ」

雪斎に安祥攻めの策を考えさせたのだが、まさか二万五千も必要じゃとは……。

二万五千など三河にだけ集められるわけがなかろう。北条や武田への備えはいかがするのじゃ⁉

「北条と同盟を結ぶか？」

「対織田では難しいかと。それをやれば里見や佐竹に織田の荷が行きましょう。堺から仕入れるという手もありまするが、南蛮船を持つ織田には敵いませぬ。北条に対織田の同盟を結ぶ利はありませぬ」

「それでは博打ではないか」

「東三河か遠江で戦うならば、また話が変わります。されど安祥を攻めるのは博打のような賭けをせねば勝てませぬ」

すでに織田は格下ではないということか。二万五千もの兵を集めて博打などやれぬわ。

やはり織田との戦は利に合わぬのか。

「今は三河で、時を稼ぐのがよいかと」

「織田がさらに大きくなるだけではないのか？」

「堺に人をやり、南蛮の商人を駿河に呼べぬか探らせておりまする。今しばらくの猶予を」

「南蛮の商人か。上手くいけば織田に対抗出来るか」

織田の力の源泉は南蛮船じゃ。あれさえなんとかなれば……。

されど南蛮船を呼ぶのは難しかろうな。それをやれば堺が黙ってはおるまい。

困ったことになったものよ。

side：久遠一馬

熱田祭りの起源は古い。なんでも平安時代からあったのだとか。

熱田祭りとは、元の世界では熱田神宮と呼ばれていた熱田神社の例祭であり、それに合わせて大山車という大きな山車と車楽という一回り小ぶりな山車も運行するらしく、かなり気合いの入った祭りみたい。

銭の寄進は織田家もするようなので、ウチはそれに合わせて織田家より少なめに寄進しておいた。

あとウチでは家臣とその郎党に、忍び衆と孤児院の子供たちなど、みんなが熱田祭りに行けるようにと手配した。

聞けば村の祭りくらいは参加しても、大きな祭りに行ったことのない子供が多かったんだ。

結構な人数がいて引率の人たちが大変そうだけど、楽しんでほしい。

ほかにもウチは屋台を出すことになったので、オレたちはそっちの準備をしているけどね。

「若。上手いっすね」

「勝三郎。お前は下手だな」

祭り当日である今日、最近試作品が完成した大八車で熱田に運んできた。さっそく屋台を設置して調理を始めたんだけど、信長さんが調理に加わっている。

信長さんと勝三郎さんはたこ焼きを作りたいと言ったので任せているけど、手先が器用なのか上手い信長さんと逆に下手な勝三郎さんに見事に分かれている。

ふたりとも事前に多少練習をしたんだけどね。

ああ、屋台のメニューは増えた。ラーメン・蕎麦・うどんの汁物に、焼きそば・お好み焼き・たこ焼きの鉄板焼きがある。

ほかには金平糖、キャラメル、羊羹、カステラも売っている。

キャラメルは今回初めて作ったけど、この時代より前に原型となるものがあったらしく、南蛮人が金平糖などと一緒に伝えたとの歴史もあるようなので先取りさせてもらった。たしか有平糖とか金華糖っていうらしい。でも硬いんだよね。

当然、赤字覚悟の領民でも買える値段だ。

熱田はウチの商品を取り扱っている商人もいるので景気はいいが、その富が末端の領民たちにまで回っていないからね。

笛や太鼓の音が聞こえる。

少し離れたところには大きな山車の姿も見える。あれ二十メートルくらいあるんじゃ……。この時代だと物凄く目立つよ。

「なんか見ている人のほうが多いね」

熱田では門前市が開かれていて多くの人たちで賑わっているのに、ウチの屋台は遠巻きに見ている人たちばかりだ。

「安くしておりますが買えぬ者も数多くおります。それに見知らぬ料理ですので」

一緒に働いている一益さんが人が来ない理由を教えてくれると、エルも少し悩んでいる。貧しい人もなるべく食べられるようにしたのに。なんか嫌だな。この感じ。見ているだけなんて祭りらしくない。

「金平糖いっぱい持ってきたよね。タダで配っちゃおうか」

「殿。それはさすがに……」

持ってきた中でも金平糖は、特に子供でも買えるようにとタダ同然にしたんだけど、まだ手が出ないらしい。こうなったらタダで配ろう。

誰も買いに来ないのならば、こちらから呼び込まないといけない。一益さんは慌てた様子で止めたそうにしているけど、このままでは駄目だ。どちらかが歩み寄る必要があるのならば、こちらから歩み寄るべきだろう。

「良いではないか。ただしひとりひとつにさせろ」

「はっ。畏まりました」

信長さんはそんなオレの決断に、ニヤリと意味ありげな笑みを溢すと許可を出してくれた。

「さあさあ、南蛮渡来の菓子を配るぞ！　ひとりひとつだ。甘い菓子だ！　早いもん勝ちだ。並べ!!　並べ!!」

　こういう時に活躍する男、慶次が大声で人々に呼び掛けると、周囲で見ていた人たちはざわつい
た。混乱しないように慶次とウチの家臣のみんなが一列に並ばせて、同じ人が二回並ばないように
チェックもする。

　もちろん武士も僧も貧民も同じく並ばせる。

「菓子なんて食ったことねえ！」

「へぇ。南蛮の飴は固いし、面白い形してるな！」

「綺麗な飴だ」

　老若男女、さまざまな人が並んだ。みんなひと粒の金平糖を物珍しげに眺めて、なかなか食べよ
うとしない。

　戦国時代だと干し柿ですら贈答品になるレベルだからなぁ。砂糖の菓子はやはり別格か。

「甘めぇ。世の中にこんな甘くて美味いものがあったんだ……」

「母ちゃん。美味しいね！」

「こんなものを頂けるなんて……」

　うん。みんなの喜ぶ顔がなにより嬉しい。

　ただし拝むのは止めてほしい。本当、この時代の人はすぐに拝むんだから。

　背中がむず痒くなるんだよね。

side：リリー

「うわぁ」

「すごい……」

熱田の町は大賑わいだわ。連れて来た子供たちが瞳を輝かせているほど。私は家臣や孤児院の子供たちに熱田祭りを見せたいと連れて来たのよ。

世話をする大人と護衛で大人数になっちゃったわね。

「みんな、隣の子の手を離しちゃダメだよ」

一緒に来てくれたパメラは子供たちの扱いも慣れていて、よく衛生指導とかしてくれている。今日はパメラのアイデアで、迷子にならないようにふたり一組で手を繋いで行動することが約束なの。

子供たちもきちんと考えているわ。年長さんは年下の子たちの面倒を見てくれている。

「御袋様！　あれなに！」

「大きい！」

沿道にみんなで座って山車の運行を見物する。見上げなければ見られないほど大きな山車は子供たちに夢と希望を与えてくれる。

孤児院の子供たちなどは村の祭りに行ったことがあればいいほうで、中には放置されていた子も珍しくはない。子供は働き手として使うので長男や丈夫な子は喜ばれるものの、そうでない子は扱いが悪くなる。

子供たちの大半はインフルエンザに罹り捨てられた子たちだもの。物心が付く前に捨てられた子はまだいい。ある程度でも物心が付いてから捨てられた子は、二度と捨てられないようにと必死だわ。

そんな孤児院の子供たちは、いつからか私を御袋様と親しみと感謝を込めて呼んでくれる。

私はこの子たちに人として家族としての温もりを与えてあげたい。

アンドロイドとして創られた存在である私が、人として家族としてなんておかしいと笑われるかもしれないわね。

でも司令と私たちは、プレーヤーとアンドロイドという関係以上に互いに思いやり仮想空間を生きていたわ。

私たちなら出来るはずよ。子供たちが笑顔に生きられるように。

side：ジュリア

笛や太鼓の音が聞こえる。こういう祭りはこっちに来て初めてだけど、なかなかいいものだね。

仮想空間でも祭りはあった。イベントだったりプレーヤーが始めた祭りだったり。意外に人の本質なんて変わらないのかもね。初めて来た感じがしないよ。

「今年は賑やかでございます」

「そうなのかい？」

「はい、今年は殿も店を出していただいたおかげでございましょう。それを楽しみに集まっておるのだと思います」

行き交う人は多い。アタシはそんな人を見るのも好きだ。この人たちがどうやって生きてなにをしに行くのか。そんなことを考えてみるのも悪くない。

熱田に実家がある家臣が道案内をしてくれるというので任せているけど、例年にない賑わいに嬉しそうだね。

郷土愛というか故郷に対する思いがこの時代の人は強い。生まれ育った場所を離れると、まず生きていけないという時代であるからだろうけど。

「さあさあ、誰かおらぬか！　わしに勝てば百文やるぞ！」

しばらく歩いていると人だかりが見えた。また喧嘩かとため息交じりに見に行くと、喧嘩ではなく牢人がおかしな商売をしていた。

対戦するには十文必要で勝てば百文。随分と面白いことをしているじゃないのさ。

「御方様、まさか……」

「やらないさ。牢人から銭を巻き上げるほど不自由していないからね」

じっと見ていると家臣たちが不安げにしているけど、さすがに牢人相手に本気にはならないよ。

実際それなりの使い手だろう。ただ、武芸をきちんと習い得意な者なら勝てる相手だろうね。

領民の腕自慢相手には面白いだろうさ。

side：エル

司令は恐らく気付いていないのでしょうね。彼らは私たちを見るために集まっていたのだということを。

司令の生きた元の世界で、芸能人やスポーツ選手を見に集まるようなもの。噂が噂を呼ぶ私たちのことを実際に見たい人は少なからずいるはず。

でもいいですね。金平糖を舐めて驚き喜ぶ人々の笑顔は、ここに来て良かったと改めて感じさせるものになります。

「それはなんでしょうか？」

金平糖を食べて喜んでいた十代半ばの男性が、私の焼いているお好み焼きを不思議そうに見ながらも、恐る恐る話しかけてきました。

この時代の庶民は基本的に外食をすることがほとんどありません。そもそも飲食店でさえ大きな町に数えるほどあればいい程度。物珍しいという印象なのでしょうね。

「当家の料理のひとつで、お好み焼きですよ。小麦の粉に具材を入れて焼いたものです。おひとついかがですか？」

男性は値段を告げると懐から銭を出して数えつつ悩んでいます。値段は赤字もいいところなのですけどね。それでも庶民には悩むのでしょう。

「ええい、ひとつください！」

「ありがとうございます。どうぞ熱いので気を付けて召し上がってください」

ソースが焼ける香ばしい匂いに男性は悩み、まるで清水の舞台から飛び降りる決断をするように頼んできました。不謹慎かもしれませんが、司令と顔を見合わせて笑ってしまいそうになりました。

熱々のお好み焼きを皿に乗せて渡すと、男性は用意した木製の簡素なテーブルと椅子に座って食べ始めました。

「あちっ！　あちっ！」

我慢出来なかったのか、かぶりつこうとして火傷しそうになっているところを、多くの人が見ています。美味しいのか。どんな味なのかと知りたいのでしょう。

「なんだこりゃ？　うめえ。こんなもの食ったことねえ」

ハフハフもぐもぐとお好み焼きを頬張る男性に周囲の視線が集まります。すぐにビクッとして驚いたような顔になり、さらにもぐもぐと食べてごくんと飲み込むと、開口一番で驚きの声を上げました。

塩と味噌しか食べたことがない人に、ウスターソースのお好み焼きはカルチャーショックになるのでしょうね。

無論、事前に家中で振る舞って、この時代の人の味覚に合わせてありますから自信もあります。

そのまま夢中で食べる男性に周りの反応が変わり始めました。

「おらにもくれ！」

「こっちもだ！」

堰を切るように次から次へと注文する人が出始めました。その様子に司令や若様も驚き、皆で調理をしていきます。

いつか、平和な時代が来たら、素性を変えてこうしてのんびりと料理屋でもやりながら生きるのも悪くないのかもしれません。

side：久遠一馬

金平糖を配り始めてから、ほかのメニューもどんどん売れ始めた。もしかして買いにくかったのかな？　ソースが焼ける香ばしい匂いがしてきたのも理由にありそうだけど。

「オオ！　炒麺トハ⁉」

賑わいだした屋台の前に、見慣れぬ服を着ている大陸系の顔をした男が焼きそばに食いついて来た。まさか、明の人間か？

「美味イ‼　尾張、恐ルベシ！　コノタレハ明ニモナイヨ」

男は焼きそばを買うと、その場でズルズルっと啜るように食べ始めた。うん。食べっぷりがいい。たどたどしい日本語を話す男の言葉に、今度はあれよあれよと焼きそばが売れていく。そういえば誰かが、津島に明のジャンク船が来たって言っていたっけ。

「その方、明の者か？」

「ハイ。尾張ノ噂ヲ聞イテ商イニ来マシタ」

信長さん。さっそく興味を持ったらしく男に声を掛けた。やはり明の商人か。

「なにを持ってきたのだ？」

「今アル荷ハ漢方薬ガ少シト銅ト銀。絹ト硝石ハ堺デ売ッタヨ。銅ト銀ハソノ対価ニナル」

どうやら商人は船で堺まで商いに来て、そのまま堺で尾張の噂を聞いて来たらしい。

堺で明の商人に聞かれるほど噂が流れているのか。一度調べたほうがいいな。

「欲しいのはなんだ？　やはり銀か？」

「銀ガ一番欲シイ。デモ尾張ニハ南蛮船ヲ持ツ者ガイルト聞イタ。珍シイモノガアレバト期待シテキタヨ」

信長さんは話しをしながらチラリとこちらを見た。商いになるかと聞きたいのだろう。

まあ、漢方薬なら買ってもいい。ただ品物次第なんだよね。確認しないと、あまりに質が悪ければ要らない。

とはいえウチの船以外にも交易船が来るのは悪いことじゃないから、そう邪険にする気もないけど。

「その方、商いをしたくば那古野まで来るがいい」

「ソレハ助カル」

話を聞くだけでも無駄にはならないだろう。オレが頷くと信長さんは商人に那古野まで来るようにと命じた。

というかこの商人、信長さんが尾張の領主の息子だと思っていないね。そこそこいい家の息子程度の認識で接している気がする。

封建時代に領主の息子が、市井で露店をやるなんてあり得ないからなぁ。

信長さんは史実において、津島の祭りで女装して参加したなんて逸話もあるから、露店をやっても不思議じゃないけど。この時代の武士は体裁とか気にするからな。

「ああ、竹千代殿。いらっしゃい。そちらの方は母上様で？」

「於大と申します」

「久遠一馬です。よろしければなにか召し上がりませんか？　竹千代殿と母上様ならば、お代は結構ですよ」

商人に続いてやって来たのは、竹千代君とお母さんだ。お母さん初めて見たけど若いな。

先日には贈り物をしているので、そのお礼や少し世間話をする。竹千代君とお母さんは焼きそばとたこ焼きにキャラメルを買ってくれた。

お代は要らないって言ったんだけどね。払ってくれた。その辺りは家の立場とかあるから素直に受け取ったけど。

竹千代君、お母さんと一緒で嬉しそうだな。明らかに表情が柔らかくなった。

どうも信長さんが気を利かせて、ふたりに熱田祭りに行くように言ったみたいだね。信長さんにお礼を言って去っていった。

side：於大の方

那古野での暮らしにも慣れてきました。

緒川の屋敷の者たちが来てくれたこともあり、変わらぬ暮らしを送ることが出来ています。

正直なところ織田家での竹千代の扱いは悪くありません。

以前はもて余していたようですが、三郎様の近習に取り立てていただいてからは変わりました。

先日には家中の皆様から贈り物まで頂き、本当にありがたい限りでございます。

竹千代は近習ではありますが、日課は学問や武芸を習う日々となります。三郎様の師である沢彦和尚様や、久遠様のもとで学問に励み武芸の修練を積んでいるとのこと。

兄の水野家や松平家と比較しても、決して劣ってはいないでしょう。むしろ優れているのかもしれません。

武士の役目は所領を守り民を食わせること。竹千代は織田でそう教わったと教えてくれました。

理想は確かにその通りでしょう。ですがそれを成せる武士は多くありません。そもそも食べるものが足りないのですから。

足りないものを民に与えるには奪うしかありません。少なくとも織田家以外では。

織田は戦をせずに食べ物を得る道を選んだ。それは兄が言っていた言葉。

すべては氏素性もわからず、恐ろしいとすら囁かれている久遠様のおかげだと聞き及びます。織田の殿様はそんな久遠様を当たり前のように信じて使っております。

それは兄が織田家に臣従を決断した理由のひとつでもあります。氏素性を問わず才ある者を召し抱えて重用する。なかなか出来ることではないと申しておりました。

「竹千代。久遠様は随分とお若いのですね」

「はい。家臣や郎党まで大切にしておられる、素晴らしいお方になります」

竹千代と熱田祭りに参り、初めて久遠様や噂の南蛮人と言われる奥方様にお会いしました。

あまり苦労をされていないような、そんなお方に見えましたが、噂以上に若く見えました。

南蛮の間者や南蛮の王の末裔だという噂など、さまざまな噂があるようでございますが、直接見るとそれらの話とは噛み合わない気がします。

ほかにも民の中には仏の化身である織田の殿様が、仏の世界より呼んだ仏のひとりではと話す者もおるとか。

女の私にはわかりません。しかし三郎様と共に民に混じって祭りを盛り上げる姿を見ると、悪いお人とは思えませんでした。

戦うばかりが武士ではない。織田家はこれからも変わるのやもしれません。

「竹千代。三郎様や久遠様のような立派な武士となるのですよ」

「はい！　母上」

竹千代がいつか元服し武士となる時。三郎様や久遠様のように民に慕われる武士になってほしい。

母としてそう願わざるを得ませんでした。

side：久遠一馬

熱田祭りでの屋台は大盛況に終わった。

那古野に戻ると昼間に来た商人が、すでに那古野城で待っているというので会うことにした。

ただ昼間のようなお祭りならばともかく、正式な謁見にエルたちを連れていくのは避けたい。今日の商人には見られているし、尾張では有名なのでいまさらではあるが。

万が一、南蛮人が会わせろとやって来ても面倒だからね。

「これって、真珠？」

「はい。明の商人ならば欲しがるでしょう。宇宙要塞で養殖した真珠ですが」

エルが明の商人への目玉商品として用意したのは形が不揃いの真珠だ。この時代は養殖などしていないので、真珠は粒が不揃いなのが当然だからね。あとは少し前に売り始めた陶磁器。ほかには干し椎茸と干しアワビ・干しナマコ・フカヒレの三種。それとウチで扱っている商品もある。

アワビ・ナマコ・フカヒレは、俵物三種と呼ばれ史実の江戸時代の主要輸出品なので需要もあるだろう。

ああ、工業村の鉄も少し用意させたみたい。出来れば鉄鉱石や石炭を持ってきてもらい、鉄を売りたい。エルの話では十分儲けになるとのこと。鋼も少量はあるけど、鍛造の手間と需要で売れない。数打ちの刀なら考えるけど。ナマクラだからね。

「エル。そういえば島の整備はどうなった？」

「すでに第一弾は完了しています。手始めに父島と母島に三千人の住人に扮したロボットを配置しています」

「多くない？」

「少ないほどです。経済規模を考えると」

明の商人で思い出したが、そろそろ故郷にしている小笠原諸島のほうにも、オレたち以外の人が行く可能性がある。

佐治水軍が外洋に出たいみたいで、島から荷を運ぶ仕事をしたいと言われているんだ。まあ佐治水軍には外洋に出られる船がないので、船が出来次第という話だけど。

さすがにこの時代の改造船だと外洋航海は無謀すぎる。

「ただ硫黄島は当面は秘匿するべきです。擬装はしていますが、宇宙港と大気圏内航空機の関連施設がありますので」

「まあ、大丈夫でしょう」

「はい。周辺海域はすでに衛星と無人潜水艦を含む秘匿艦隊で監視していますので問題はありません。あとインド洋には宣教師の来日を阻止するための、クラーケン型無人潜水艦を新たに配備したいと思います」

大西洋に配備した白鯨の次はインド洋のクラーケンか。後世の歴史になんて書かれるのやら。まあ絶対にバレない自信はあるが。

宣教師は来ないのが一番だ。なるべくは来ないようにするが、万が一、来た場合、織田がもう少し大きくならないと対処すら出来ない。

九州辺りにはそれとなく情報を流すか。宣教師は必ずしも善意ばかりじゃなく宗教の押し売りと、そのための侵略に手を貸している一面もあるって。


那古野城の謁見の間で、信長さんと政秀さんとオレが明の商人の相手をすることになった。

まさか王直じゃないよね？　この時代の倭寇の元締めと言われる貿易商人だ。エルの話だとウチも取り引きしたことがあるらしい。


「面を上げよ」

「アイヤー！　昼間ノ人⁉　殿様ダッタカ！」

「それは親父だ。まあそんな話はいい。その方、名はなんと申す」

「王珍デス。無礼ヲ働イテ申シ訳ナイ」

うーん。王直じゃなかったか。良かったような残念なような。まああんな大物が来るはずもないか。


その後は信長さんが質問攻めをするように問い掛けた話を王珍さんが答えていく。

彼も倭寇と呼ばれる密貿易商人のひとりらしい。

嘘か本当かわからないが、尾張に来た目的はやはり商いだとのこと。

さすがに日ノ本の近海に謎の南蛮船が現れている噂は、すでに九州や明の沿岸の倭寇の間ではそれなりに知られるようになっているんだとさ。

王珍さんが今回商いで堺に行った時に、尾張に南蛮船が頻繁に来ていると聞き付けて、その噂との関連を知りたくてやって来たみたい。

「得体の知れぬ南蛮船か。かず。お前の船であろう？」

「そうだと思います。あれ、向こうの南蛮船を参考にウチで造った船ですから。ウチにはあちらからの流民もいましたので、その手の知恵もありましたから」

信長さんは王珍さんの話から、噂の南蛮船がすぐにウチの船だと気付いたらしい。

「アイヤー！　南蛮人以外ガ、アノ船ヲ持ッテイタトハ思ワナカッタ」

「南蛮人にもいろいろといますからね。ウチにいるのは連中とは違いますよ」

王珍さんはあまりの事実に驚いているが、この程度の情報は知られても構わないだろう。その気になれば調べられることだし、こちらはいくらでも攪乱が出来る。

しかし彼の話はなかなか面白い。倭寇から見ると南蛮人は、商売相手であり油断ならない相手でもあるらしい。

まあルソンをスペインが征服するのはまだ先だけど、あまりタチの良くない連中なのは付き合っていればわかるのだろう。


「コレハ⁉　売ッテクレルノカ⁉」

「ええ。まあ。銭次第ですが」

その後は用意した品物を見せると、王珍さんの目の色が変わった。今回は真珠以外はあまり目立つ品物がないとはいえ、利益にはなるだろう。

「コノ焼キ物モイイネ」

「焼き物など明にあろう？」

「堺カ博多デ売レバ儲カル」

あんまり最初から悪目立ちしても駄目だしね。俵物に関しては佐治さんや水野さんに作ってもらうように以前から依頼しているから、今後は知多半島など沿岸の人たちの収入になるだろう。

信長さんは陶磁器に喜ぶ様子が不思議らしいが、売れる品というのは何処でもそれなりに売れるからね。

「そういえば、銅銭は扱っておらぬので？」

「欲シイナラ持ッテクル。デモ質ハ良クハナイ。買イ叩カレル時アルカラ困マルヨ」

王珍さんの主要な荷は生糸と硝石らしい。政秀さんは貿易にも詳しいようで銅銭のことなど尋ねるも、やはり質が良くないのか。

結局は生糸と硝石が一番儲かるんだろう。

「硝石は持ってきてもいいですが、尾張では安いですよ。ウチとしては薬の材料と鉄鉱石が欲しいですね。それらの荷ならおまけして貴重な品物もお譲りします」

「真珠ハ、モット手ニ入ルノカ？」

「ええ。まあ数は少ないですが」

「アノ炒麺ノタレハ駄目カ？」

「売ってもいいですけど、あれ安くありませんよ」

「構ワナイ。少シデイイ」

真珠は漢方薬にもなるし装飾品にもなる。ほかのものと値段の桁が違うね。信長さんと政秀さんはその値段に唖然としている。

用意していなかったものでは、金色酒とウスターソースを特に欲しがった。

両方とも外国向けに吹っ掛けたけど、王珍さんは喜んで買うようだ。

結局王珍さんは堺で得た銀と銅をすべて使って買うらしい。


「口に合えばいいんですけどね」

「明の料理は美味いではないか」

「明は日ノ本がいくつも入るような広い国です。当然、料理の味も土地によって違います。日ノ本とて尾張と京の都で料理の味が違うのですから」

商談がある程度まとまったところで、この日は王珍さんを歓迎した宴を開くことになる。

料理はエルたちに任せた。

「アイヤー。食卓ガアルトハ。シカモイイモノヲ使ッテイル」

「尾張では広まりつつあるぞ」

王珍さんがまず驚いたのは漆塗りの黒いテーブルと椅子だ。

これ地味に普及しているんだよね。信秀さんや信長さんは普段はテーブルか座卓で食事をしているようだし、織田一族とか重臣も使い始めているみたい。

庶民はともかく武士の屋敷は広いしね。テーブルで家族一緒に食事をすることが、明や南蛮から伝わった最新の流行みたいな扱いになっている。

「美味シイ！　日ノ本デコンナ美味シイ料理ヲ食ベラレルトハ思ワナカッタ!!」

メニューはフカヒレスープ・猪肉と野菜の炒め物・海老の炒飯。あとは饅頭も用意した。

味付けは明の沿岸部に合わせたようで、四川料理のような辛さはない。

日ノ本の料理と比べると少し油分が多いので、慣れない人だと合わないのかもしれないけど。信長さんや政秀さんはウチの料理を食べているから大丈夫っぽいね。

肝心の王珍さんは人目も憚らず、ガツガツと食べているよ。

「明の者は毎日こんな料理を食べておるのか？」

「貴人トカ裕福ナ人ハ食ベテイルト思イマス。デモワタシ程度ダトコンナ美味シイ料理ハ初メテヨ」

「そうか」

信長さんと政秀さんは本格的な明料理の味に驚き、明の凄さを改めて感じたようだけど。正直これ以上の料理を食べているのは本当に一握りの身分の高い人だろう。

オレは元の世界で普通に中華を食べた程度だから、最高級の中華料理なんか知らないけどさ。食べてきた中では一番美味しいと思う。

食材や調味料の関係から作れない料理はあるのだろうが、エルが出した料理だと考えると、この時代の明で出しても美味しいはずだ。

そのまま王珍さんはお酒も進み、明や九州や西国の話をいろいろとしてくれた。

美味しい料理とお酒に口も滑らかになり、かなり貴重な情報を聞けたと思う。

今一番商売になるのは、やはり硝石らしい。火縄銃の普及もあるし、西国と九州も戦が絶えないからね。

信長さんたちは向こうの硝石の値段にビックリしていた。織田家にはウチが格安で売っているからだろうけど。

side：北条氏康

「して、尾張の様子は？」

「はっ。津島、熱田を中心に近隣から商人が集まっておりまする。また清洲、那古野では町を広げておりまして、清洲では城の改築もする様子。織田弾正忠殿は仏と民に慕われておりますれば、今のところ安泰かと思われまする」

ふむ。織田は思った以上にやるか。今川が気にするはずだ。

去年の暮れ頃からか。西から来る商人が徐々に増え始めたのは。織田に南蛮人が仕官した。そんな噂が届いたのはもう少し前であったが。

「噂の金色砲とやらはわかったのか？」

「申し訳ありませぬ。警戒が厳しく忍び込めませんでした。されど南蛮渡来の武器だということは確かなようでございます」

酒や砂糖や絹織物など尾張から運ばれてくる荷は関東でも評判だが、冬の流行り病の折に薬まで売って寄越したことには驚いたものだ。

「そちらしくないの。小太郎」

報告をしておるのは風魔小太郎。相州乱破の頭目になる男だ。

「されば、久遠家は甲賀者を厚遇しております。特に滝川家は久遠家の重臣として織田弾正忠殿の覚えもめでたいようでございます。加えて甲賀望月家も正式に召し抱えたようで、これ以上探ればこちらの素性が割れまする。それでも良ければすぐにでも」

「甲賀者ならば銭で口を割らぬか？」

「難しゅうございます。身分の低き家臣の郎党や素破の子や年寄りまで、あまねく面倒を見ておりますれば」

付け入る隙はないか。だが、素破の子や年寄りまで面倒を見ておるとは。物好きな。

今川には売っておらぬ鉄を売ってもよいと、織田からは書状が来ておる。今川を牽制してのことであろうが。

「叔父上。いかが思う？」

いかがするか悩む。相談するべき相手は駿河守の叔父上だ。

「誼は通じておくべきでしょうな。織田とは今のところぶつかる利もありませぬ。それに西から手に入れねばならぬものは少なからずありまする」

「確かに今のところは尾張とぶつかることはなかろうな」

金色砲とやらは気になるが、無理をしてまで探るわけにもいかぬか。せっかく向こうから誼を通じようとしておるからの。

叔父上も織田との誼を深めることに賛成のようだ。こちらとしては領国を固めるのが先だからな。今川も油断ならぬし、上野の上杉もいつまでも大人しくしてはおらぬであろう。

織田が西から今川を圧迫すれば、こちらはその分だけ西を気にせずに済むか。

「幸い、織田は馬をよう買うておる様子。こちらからは馬を出せばよろしかろう。それと織田は尾張をまとめたとか。祝いに馬でも贈ってはいかがか？」

「そうであるな。それがよいか」

明や南蛮からの荷は手に入るのであろうが、馬は木曾や関東に良き馬がおる。それで商いがよいな。


天文十七年。夏。『織田統一記』には織田信長と久遠一馬が熱田祭りに参加したことが記されている。

明や南蛮由来と思われる久遠家の伝統料理や菓子を売り、金平糖を領民に配ったとある。

当時の記録と値段から計算すると完全な赤字で、いわゆる領民への施しのようなものだったのだろうと推測される。

この際に信長たちが売った料理には、焼きそばやお好み焼きにたこ焼きがあり、同時代から存在する料亭八屋の記録などを見ても現代の味とかなり近かったようだ。

焼きそばなどのソースは、当時は久遠家の秘伝のタレと言われていたが、現代のケティソースの原型になる。

欧州では類似するウスターソースがありそのまま呼ばれているが、日本圏ではいつからかケティソースという名になっている。

いつ頃から久遠家がケティソースを使っていて、命名者が誰かも不明だが、医聖として名高い薬師の方こと久遠ケティが料理も得意だったことからその名が浸透した模様。

尾張者は京の都の将軍様やお公家様も食べたことのない南蛮料理を先に食べたのだと、後々まで語り継いでいる。

皇歴二七〇〇年・新説大日本史

第四章　分国法と戦国の掟

side：久遠一馬

この日、織田家では新たな節目を迎えようとしていた。
織田分国法がいよいよ発表されることになったんだ。

領内の命令はすべて弾正忠家の許可の下で行うこと。
弾正忠家はすべての命令を朱印で決裁すること。
領内の関所は弾正忠家の許可の下で行うこと。
武家の婚姻は弾正忠家の許可の下で行うこと。
武家の養子猶子の縁組は弾正忠家の許可の下で行うこと。
弾正忠家は領国の守りの責任を持つこと。
弾正忠家はすべての領民が飢えぬようにすること。
弾正忠家はすべての領民に対して領国内の移動と仕事を選ぶのを認めること。
目安箱の設置をすること。

目安箱を勝手に撤去または開けない。また投書を妨げないこと。

領内における不正は直ちに知らせること。

武士は借財又は貸付の際には弾正忠家に届けを出すこと。


目新しいもので代表的なのはこれくらいか。

あとは訴訟関連の法などいろいろとあるが、こちらはこの時代の法をあまり逸脱したものはない。

正直なところ訴訟関連は下手に扱い方を変えると混乱と泥沼になりかねない。

信秀さんの意向でこの時代としては画期的な法になった。すべては中央集権のためだ。

家臣に対する負担と規制ばかりではなく、弾正忠家の義務も明確にしたのは驚いたけどね。

領地を守り領民を食わせる代わりに命令に従え。一言で言えばそうなる。

現状では領内統治は今川や北条のほうが上だ。織田がこれ以上大きくなる前に明確な統治法がなければ、領内の改革の障害になりかねない。

ただしこの法は尾張のみの施行で、美濃の大垣近辺と三河の安祥近辺は除外されている。

そもそも美濃には美濃守護がいるので、織田家が実効支配しているとはいえ分国法までは出せない。三河は守護が不在だけど、自称守護代やら一向宗やら松平家やら実力者がいてちょっと面倒。

信秀さんが三河守なんだけどね。

それと今回の分国法から漏れたのは寺社と商人だ。彼らへの適用については明言していない。

寺社に関して現時点では法で縛るのは難しい。織田に従い協力もしているが、特権意識が強いからね。

寺社領に関しては、農業や農村改革の導入時が絵踏みになる可能性が高い。新しい農法や農作物を植えるには織田のやり方を受け入れる必要があり、それをタダで与える予定は今のところない。

無論、一方的な押し付けではなく、寺社側の事情もある程度は考慮する必要がある。

まあ以前から率先して協力していて織田家とも関わりが深い、津島神社と熱田神社は別格の扱いになるんだろうけど。

寺社領は中央との兼ね合いもあるから、当分放置になるだろうね。

あと分国法とは別に朱印についても、朱印法として法制化する予定だ。

信秀さんの朱印が最終決裁印になり、以下信長さんと担当者の印が設けられることになる。

信秀さん不在や病などの際には、信長さんの朱印での代行を認める。

担当者はいずれ奉行として正式な役職にしたい。文官の仕事になるだろう。

個別の案件は奉行と配下の文官で行い、信秀さんと信長さんが決裁をする形だ。

朱印法の草案はエルが作り、細かい権限については重臣や織田一族と話し合い信秀さんが決めた。

中央集権化しながらも権限を配下の文官に任せるという仕組みは、織田家の発想にはないものだ。

この先、織田家が大きくなるには、文官の増員と経験を積ませることが必要不可欠だからね。

組織の体系化は徐々にやっていかないと。

分国法と朱印法に明確に反対する人はいないだろう。嫌なら出て行けの一言で終わるからね。ただ守らない人や、よく理解出来ない人は多いだろう。

実際、最初から厳格な運用が無理なのは明らかだ。

特に瀬戸近辺には、三河出身の桜井松平家という独立意識の高い連中がいる。明確に拒否はしなくても有名無実化するだろうね。

オレたちと一緒に分国法を作った文官衆も、すぐに今までのやり方を変えない人は多いだろうと言っていた。

極端な話だけど人や銭を出せというほうが、まだ従う可能性がある。自分たちの領地を自分たちで好きにしてなにが悪い。

そんな意識が当分消えないだろうことは考えなくてもわかる。

こちらも農業改革の成果などで地道に従わせるしかない。

従わない人も、そのまま織田家に謀叛を企てるとかじゃないからね。要は戦には従うが統治は口を出すなという者だろうと言っていたし。

織田分国法はこれからが始まりになる。


分国法は直ちに尾張の国人や土豪に書状で送られた。ちなみに織田家に従っていない、伊勢と尾張の国境である河内の服部家は除かれたけど。

反応はさまざまなようだ。よくわからないという人が多く、改めて臣従を迫ったのかと考える程度の人もいるみたい。

「反発は大きくないか」

「勝てませぬので。大殿には」

最近すっかり仲良くなったロボとブランカが、遊んでとオレとエルに絡んでくるので相手をしつつ、分国法に関する報告を資清さんから聞く。

オレが考えていたより静かな反応に少し拍子抜けだ。

「結局はそこなんだね」

「そうでございますな。いろいろと理由を付けはしましょうが、多少の謀叛では勝てませんので」

負担と規制のバランスとか真剣に考えたのにな。

よく見れば決して悪い法じゃない。困ったら助けるから常識の範囲内で土地を治めろ。そんな内容になっている。

やるなとは言わない。やる前に報告しろって話だ。

報告・連絡・相談のいわゆる、ほう・れん・そうをやらせる法律なんて元の世界だと笑われるだろうな。


「立派な建物だね」

さて武士たちへの分国法の説明なんかは文官衆にお任せするとして、オレたちは次の仕事に取りかからねばならない。

町が拡大している那古野城下から離れた場所にある、ふたつの二階建ての立派な屋敷。周囲には蔵や平屋の建物がいくつかある。

この日は信長さんとエルとケティとパメラ、ケティたちの助手の皆さんとそこに来ている。

屋敷の広さはウチの屋敷より遥かに広い。それにふたつの建物自体もかなり離れているが、敷地は隣接する。ここに完成したのが病院と学校になる建物だ。

町から離したのは感染症対策と、今後の増築のために土地を大きく確保するためだ。当然ながら病院と学校の周りにも堀と塀がある。見た目は城か寺社と言った感じだ。

設計はエルがして、耐震性と免震性を現段階で可能な限り重視した。地上二階建てで技術的に既存の大工では少し厳しかったらしく、熱田の宮大工に造ってもらった。

自分たちは宮大工であり、神社仏閣しか建てないと最初は難色を示したけど、工業村に続きなんとか引き受けてくれた。

歴史に熱田の宮大工の名が残る。その一言が引き受けてくれた理由らしい。

実際に歴史に名が残るだろう。日本初の近代病院と近代学校なんだからね。

病院の内部は元の世界を参考にした。病室にはベッドがあり、診察室や手術室もある。

「これはなんなのだ？」

「黒板です。こちらの白い石が白墨。これで字を書くのです。これならば一度に多数の人に教えられます」

一方の学校のほうは昔の田舎の学校に見えるね。まあ硝子窓がないので厳密には違うが。

信長さんが興味を持ったのは黒地の木製黒板だ。黒板自体は黒い板そのものだけど、当然チョークも用意した。

エルが信長さんに説明をしながら字を書くと、信長さんと護衛の皆さんが驚きの声を上げた。

黒板は原型と言われるものがこの時代の頃からヨーロッパにはあるらしいし、黒い板に白いチョークで書くのは発想的にはこの時代にあってもおかしくはない。

それに学校には字を書くものも必要だからね。

紙も墨も安くはない。チョークの原料は貝殻から作れるから、領民にでも集めてもらってウチで買い取ればいい。

ここで使う分くらいならば、たいした手間じゃないしね。

「病院はすぐに始められる」

完成した病院の責任者は暫定でケティだ。ほかに適任者もいないしね。医療器具や薬を運べば近日中に始められる。

病院のほうはウチの家臣の奥さんたちがケティたちの助手をしているから、当面は彼女たちに任せつつ、医師や看護師を育てていく予定だ。

「学校も同様です。書物などは今後も随時集めていかねばなりませんが、当面の授業に支障はないでしょう」

学校はまだ責任者が決まっていないので、エルが開校準備をしている。

ちなみに学校は元の世界のような、腰掛けるタイプの机と椅子を用意している。この時代だと普通は床に直接座るからな。悪くはないけど勉強に集中するには机と椅子がいいだろう。

当面は基礎教育から高等教育まで幅広く教える予定で、武士の子弟や警備兵はもとより、領民からも学ぶ意欲があれば無料で受け入れるつもりだ。この時代の教育は当然として、これからの時代に必要な知識や技術をオレたちで教える。

ただ、前例がないことだからやってみないとわからない部分もある。当面は警備兵やウチの家臣や忍び衆と、その子供たちなんかを集めて教えるつもりだ。親交のある織田家のみんなにも声を掛けるけどね。

side：織田家家臣

分国法とやらを布告すると殿より書状が届いた。

いろいろと書かれておるが、守るべき決まり事を明確にしたらしい。

「して、分国法とやらは如何なるものなのだ？」

「一言で言えば、勝手なことをするなということであろう」

訴訟の決まり事や喧嘩両成敗ならば理解するが、朱印とやらの意味がわからぬ。近隣のわかりそうな者に尋ねるが、少し面白うない。

「勝手とは……」

「大和守家の家臣が騒ぎを起こしたからな。それに弾正忠家も大きゅうなった。家中をまとめるのにあれこれと命じられるのは仕方なかろう」

「今まで通りでは駄目なのか？」

「それは殿に聞いてくれ。利もある。飢饉や水害の時には、殿が民や家臣を食わせてくれるのだ。ただし騒ぎを起こせば所領を召し上げられるがな」

何故このような真似を？　今まで通りでいいではないか。上手くいっておるのだからな。

「また久遠殿の入れ知恵か？」

「知らぬ。だが分国法は今川にあると聞く。敵を探っておればわかることだ。向こうは以前から駿河と遠江を治めておる。それを真似したのであろうな」

あの男が尾張に来てから織田は変わった。良くも悪くもな。

尾張統一は殿ばかりか家中の悲願だった。それを成し得たことに久遠家の力が大きく貢献したのは事実であろう。

されど、あの男のやることはわしには理解出来ぬ。

「この領内の移動と職業を選ぶことを認める、というのはなんなのだ？」

「殿は無能者を嫌う。仮に久遠殿が南蛮の間者でも、織田に従い働くのならば罪に問わぬのであろうが、無能なまま領内を荒らす者は忠義があっても嫌うからな」

「わからぬ」

「伊勢守家や大和守家の家臣の領地から、人が逃げてきておったのは知っておろう。あれを認めるということだ。今までならば同じ家中であれば返さねばならぬ。だが人が逃げるのが嫌ならば、逃げぬように治めよということだろう」

何故そんなことを認めるのだ？　確かに殿は民から慕われておるが。そんなことをして大変なことにならぬのか？

民が逃げ出したら困るではないか。第一逃げるのを止めねばいかにして治めよというのだ。

「やはり、わしには理解出来ぬ」

「そなたの領地は今のままでよいのだ。民と苦楽を共にしておるからな。飢えぬ程度に食わせておれば、お叱りは受けぬはずだ。それが出来ぬ愚か者が、織田家にも多いということだ」

確かにわしの所領から逃げ出す者はおらぬ。それほど大領とは言えぬし、民はみな家族のようなものだからな。

民に槍を向けて働かせたところで、余計に働かなくなるのは言われずとも知れておること。

「それほど酷いのか？」

「召し上げられた所領に行ってみるがいい。我らの所領とはまったく違うぞ」

「米の取れ高は、さほど変わらぬであろう？」

「変わらぬから殿の怒りを買うたのだ」

考えてみれば、わしも自領と近隣以外はほとんど見たことがない。

清洲の町は年始の挨拶で行ったが、あとは自領で田畑を耕し武芸の修練に励むのみ。父から受け継いだ所領を治めるのは当然で、当たり前に治めればお叱りを受けるなどあるはずがない。

後日、わしは召し上げられた所領を見に行き、ため息しか出なかった。

同じ尾張の下四郡にもかかわらず村は貧しく、民は賦役にて食い繋いでおった。

少し話を聞くと賦役で食わせてもらうまでは、草や木の皮を煮て食い、命を繋いでおったとか。

「あれは……」

そして偶然にもわしは、久遠殿の奥方のひとりを見掛けた。

泥と埃にまみれた民をひとりずつ診ていく姿を、民は手を合わせて祈っておる。

流行り病の際にはわしの所領にも来たな。自ら病に罹ることも厭わぬ姿には感心したものだ。

理解出来ぬことも多いが、久遠殿も必死なのであろうな。

少なくとも贅沢な暮らしに溺れておるようには見えぬ。殿が気に入られたのは、そんなところもあるのかもしれぬな。

side：久遠一馬

梅雨も半ばを過ぎただろうか。この日、清洲城では守護の斯波義統さんを筆頭に織田一族や主だった重臣が集まり評定が行われている。

主な議題は分国法となる。

制定前にもみんなで議論したが、改めて一族や重臣の皆さんには信秀さんが自ら評定で説明を行い、そのほかの国人や土豪には文官衆が説明をしている。

この日は処分について話していて、明文化はされていないが、最初は警告をするので突然処分は下さないと信秀さんは明言した。ただし警告は、二度はないとも言ったけど。

それと分国法や統治に関する意見があるのならば申し出よとも言っていて、今後も必要に応じて加筆修正して改善していくことを明言している。

みんなで尾張全土のことを考えようと促したのは、偽らざる本音だろう。

「警備兵を増やした成果があったか」

「はっ、清洲と那古野において盗みや殺しなどが減りましてございます。特に清洲では以前とまったく違いまする」

警備兵についてもこの機会に成果を報告している。報告は政秀さんがやってくれた。ちょうど効果が出てきていたからね。

まず犯罪が明確に減った。夜も見回りをしているし、見回りのコースも毎回同じにならないように工夫させている。

まあ犯罪の減少は尾張の好景気も関係していて、健康ならば貧しくても仕事がある。不届き者は何処にでもいるが、食えれば犯罪が減るのは確かだった。

ただ、それで問題がすべて解決するほど単純ではないけど。

戦で負った傷や病で満足に働けない人や老人が捨てられることは、今もなくなってはいないし、そういった人々は河原や町中の裏通りなどにいるから、犯罪や伝染病の原因にもなりかねない。

ケティたちが定期的に診察をして、治療して働けそうな人には仕事を与えているけど。働けそうにない人には今のところ雑穀の粥を定期的に振る舞うことしか出来ていない。

彼らのような人たちは扱いが難しい。施設を造ればあちこちから大量に働けない人が集まる可能性がある。

元の世界のようなセーフティネットを構築するのは、現時点では無理だった。

もちろんウチの技術と財力なら出来ないこともないけど、やるなら子供たちが優先だ。命に優先順位を付けたくはないけど、現時点では子供たちへのセーフティネットの構築を計画している段階だからな。

「一馬、病院と学校が出来たそうだな」

「はい。病院は近日中には治療を屋敷から移します。家中の皆様には引き続き往診をしますので、必要とあればおっしゃってください。学校は文字の読み書きなど出来ることから始めます。あとは師がまだ足りないので探しているところです」

最後に学校と病院のこともみんなに報告だ。この時代で異端なウチの改革に大きな反対がないのは、信秀さんの力と医療行為のおかげだろう。

医師としての腕前がほかと違うのは明らかだ。病院のアピールもしておかなければならない。

「師か。沢彦だけでは足りぬか？」

「沢彦様には、ほかにも面倒を見ていただいていますので」

目下の問題は学校の師のことだ。技術や知識はエルたちに頼むとしても、この時代の礼儀作法や武士に必要な知識などは得意ではない。

信長さんの師である沢彦宗恩さんは協力してくれているけど、信長さんや若い衆の教育も任せているから忙しいんだよね。

「学問の師ならば瑞泉寺にて高徳で知られておる、明叔慶浚殿はいかがでしょう。民の相談にも乗っておりますし、人柄も素晴らしいですぞ」

「それはいいですね。是非一度お会いしてみます」

そんな説明をしていると重臣や織田一族の皆さんから、地元のオススメの師の名前が何人か挙がる。お坊さんばっかりだけど……。

オレは名前を聞いても知らないけど、この時代の教育をするのならば大きな問題はないだろう。ウチの教育と合わない心配はあるけど、あまり気にしすぎるとなにも出来ないし。少し調べて会ってみようか。

お互い話して、ちょうどいいやり方を見つけたいね。

side：滝川資清

「風魔か。そろそろ来ると思っておったが……」

「探るだけならばまだいい。厄介なのは、連中は盗みをするなど領内を荒らしておることだ」

望月出雲守殿が、ここのところ尾張に姿を見せておる素性のわからぬ素破の正体を掴んだ。まさか北条家に仕えるという風魔だったとは。

風魔は畿内には滅多に姿を見せぬ故に探ることに苦労したようだが、さすがは望月家というところか。

「よくあることと言えば、それまでなのだがな」

「ああ、お抱えと言っても所詮は素破だ。奪わねば食えぬのだ」

風魔が来るのは仕方ない。関東との商いは増える一方なのだ。北条とてこちらの事情が知りたかろう。だが連中が尾張で盗みを働き、騒ぎを起こしておることは見過ごせぬ。

我らも似たようなことをしていたことがあるのだ。気持ちはよくわかる。されどこのまま捨て置けば、我ら織田の忍びまで疑われることになる。

「それと残念だが、配下の忍びも使えぬ者がおる。騒ぎを起こすなと厳命して褒美を出しても、勝手に盗人紛いの行動を繰り返しておる。散々言うたのだがな」

やはり味方にも不届き者が出たか。以前から懸念しておったことではあるが、人が増えれば勝手なことをする者が現れる。

素破など褒美が満足に出ぬからな。敵地で奪えというのが当たり前だ。

甲賀者でさえ、いかに我らが禁じて褒美を出しても、それを当然として生きておる者たちの中には、欲を出す愚か者が出るのはわかっておったこと。

「仕方ない。殿に報告する。恐らくは追放だろう」

「始末しなくてよいのか？」

「殿はそこまでせぬのだ」

素破に行儀作法を教えるというのは難しきことだな。見せしめが必要かとも思うが、我が殿は望まぬことだ。命を粗末にすることを嫌うからな。それに見せしめをしても不届き者が出なくなることはないのかもしれん。奴らにとって忍びの地位を上げることなど興味はないのだ。今日奪えるものを奪い今日を生きるだけ。

「そうか。話しても駄目なの？」

「何度も言うております」

わしと出雲守殿はすぐに殿に報告にきたが、殿は残念そうにされておる。素破を忍びと呼び、誰よりも高く買っておられたからな。

「追放とする」

静かに決断された殿の悲しげな表情が心に響く。

「念のため手練れに尾行をさせて、もし織田の領内で不届きなことをするのならば……始末してください」

エル様はそんな殿に心を痛めつつ、これ以上お家や皆が困らぬようにと厳しき決断を口にされた。

「風魔はいかが致しますか？」

「北条は敵に回したくないな。でも放置も出来ないか」

殿は何事にも慎重だ。とはいえ話せばわからぬお人ではない。

「舐められたままにしておれば、またやられまするぞ」

出雲守殿は殿の優しさが災いとならぬようにと念を押す。

「警備兵だと力不足かな。忍び衆から腕利きを集めて討伐隊を編成しようか。ただし領外に逃げたら追わなくてもいい」

懸念していた風魔の件だが、風魔だけではないのだ。今後他国の素破は増えることはあっても減ることはあるまい。すべての素破を把握して討伐するのは難しいが、やはり討伐する者がおるのとおらぬのでは段違いだ。

怪しき者は素性を確かめて、良からぬことをしたら捕らえるか始末するしかあるまい。

忍びの地位を上げるには、我らがそれに見合う誇りを持たねばならぬ。

我らは久遠家の名に恥じぬ者でなければならんのだ。

今一度、家中を引き締めるべきか。放逐する者の件は忍び衆を集めてしっかりと話して、罪を認識させねばなるまい。

まあ、その辺りは出雲守殿に任せよう。素破の扱いや選別はやはり慣れておって上手いからな。

side：セレス

「エル、いいのですか？」

忍び衆の不届き者の処罰。それは当然です、とはいえ価値観や常識が私たちとは違う者たちですので、相応に心を砕いて接する必要があります。

「すでに八郎殿や出雲守殿が指導や警告を何度もしています。それに虚偽の報告も数回ありましたから……」

エルも苦悩を隠せず、決して喜ばしいことではないと物語っています。規律を破る者への対処はいつの時代も厳しく悩むものなのかもしれません。

かつて私たちは仮想空間にて幾度となく戦闘を経験しました。ですが司令とアンドロイドである私たちと、バイオロイドとロボット兵だけで基本は動いていました。裏切りなどなかったのです。

情報としては規律を破り問題を起こす者への対処法は知っていますが、それも戦国時代にどこまで合わせてどう実行するか、手探りであることが実情になります。

まして忍び衆は八郎殿と出雲守殿に任せたことです。彼らも私たちの価値観に合わせて根気強く指導していたとなると、相応に厳しい処分も仕方ないことでしょうか。

「今後、犠牲は必ず出ます。それに私たちとて間違うことはあるのです。私たちも司令ももっと覚悟を決めねばなりません。多くの命と未来を預かっているという事実に。すべてを守るなど不可能なこと、司令もわかってくれるはずです」

そこまでの覚悟を持っているのならば、私が言うべきことはありません。

話せばわかる。理想でしょう。しかし現実問題として犯罪や規律違反がなくなることはありません。人工知能とコンピュータで管理されたバイオロイドとロボット兵のような存在を除けば。

それ故に私たちアンドロイドは司令と確かな絆を結んだのですから。

「エル。アナタがひとりで背負うことだけはやめてくださいね」

「ええ、わかっているわ」

追放される者はどうするのでしょう。大人しく次の主を探してくれればいいのですが。

誰よりも優しく、誰よりも司令を愛する彼女にだけ背負わせる気はありません。私のほうでも皆によく指導してやらねばなりませんね。

side：水口盛里

八郎様に急遽呼ばれて滝川家の屋敷に来てみれば、忍び衆と呼ばれておる甲賀出身の者たちが、女や郎党も含めて尾張におる者はほとんど集められておる。

四百、いや五百はおるか。随分多いのだな。役目で出ておる者も多かろう。部屋に入りきらずに廊下や外にまで控えておる。

上座には滝川八郎様がおられて、次席には望月出雲守様か。久遠家の重臣としては八郎様が上だが、家柄や元の身分は出雲守様が上。上手くいっておるのであろうか。

「皆の者、よう集まった。此度は今一度、皆にはっきりと申し渡すことがある」

甲賀では惣により物事が決まる。主だった者たちで集まることはあるが、それでも女や郎党まで集めるとは聞いたことがない。

いったいなにがあったのだ？

「久遠家では忍びといえど、一族郎党を含めて面倒を見る。これは殿が決められた掟だ。おかげで忍び働きの出来なくなった者もほかの仕事で食べていける。だがそれには守らねばならぬ、もうひとつの掟がある」

　話を始めたのは出雲守様だ。静まり返る中で久遠家の掟を改めて口にされた。

「裏切りと盗人の真似をしてはならぬ。それは皆に申し渡したはずだ。しかし、守っておらぬ者がおる」

　出雲守様の言葉に端《はした》の者たちがざわついた。一方で滝川家と望月家の者は一切の動揺すらない。

　なるほど。家中に不届き者が現れたか。

　無理もない。某が言うのもおかしいが、氏素性の定かではない素破を抱えておるのだからな。不届き者も出よう。

　まして素破など僅かな褒美があるだけの下餞の存在。足軽にまで見下されるのだ。好きにやってなにが悪いのだと考える気持ちもわからんではない。

「今から呼ぶ者を追放とする。速やかに妻子と郎党を連れて織田領から立ち去れ。殿の恩情により命までは奪わん」

　名を呼ばれた者は驚き、女からは悲鳴にも聞こえる声が上がる。ここでは飢えることもなく暮らせる。出て行きたい者などおるまい。

「お待ちくだされ！　わしは敵地で敵に打撃を与えたまで。お家のために尽くしたのですぞ‼」

　真っ先に名を呼ばれた男は立ち上がると抗議の声を上げた。

血の気が多い男のようだ。何者か知らぬが敵地で不必要に暴れたのであろう。

「黙れ！　盗人が!!」

しかし出雲守様の一喝に場は再び静まり返る。

「盗人も掟を守れぬ者も久遠家には要らぬ。己のせいで潜り込めなくなったところがあるのだぞ！」

盗人が現れれば当然ながら罪人を探す。真っ先に疑われるのは余所者だ。いかなる身分で潜り込んだとて余所者が疑われるのだ。

銭に余裕がある久遠家が、わざわざ潜り込むことを難しくするような真似を好まぬのは道理であろうな。

「殿は忍び衆の身分を認めさせようとされておる。そのためには我らは素破から抜け出さねばならぬのだ。それがわからぬ愚か者は久遠家には要らぬ。命までは取らぬことに感謝して去るがいい」

出雲守様の言葉に追放される者たちは項垂れた。

「待ってくれ！　今一度、機会を!!」

「ならぬ」

「クッ……。しからば……」

しかし諦めの悪い男も中にはおる。その男は弁明をまったく聞き届けてくださらぬ出雲守様の様子に、自らの脇差しに手をかけた。

「後生で……ござる。我が命を以って……妻と子だけは……」

まさか乱心かと肝が冷えたが、男はなんと抜いた脇差しで自らの首を切り自害してしまった。

「……よかろう。その方の妻子と郎党は残ることを認める」

「ありがとう……ございまする……」

若い者らから悲鳴が上がった。しかし見事な最期だ。妻子を守るにはああするしかあるまい。

久遠家で働けば飢えぬ上に酒や菓子も食える。武芸や学問も学べるのだ。いまさら甲賀に戻り、飢えに怯える暮らしなどには戻りたくないのであろう。

「しからば、某も。妻子をお願い致しまする」

そのまま名を呼ばれた者は次々と自害した。すべての者がだ。

伊賀のように明確な身分の差がない甲賀では、あり得ぬ覚悟と決断だ。

「よいか。失敗は構わん。成果がなくともな。忍び働きが合わぬ者にはほかの仕事をやる。だが掟は必ず守れ。よいな！」

自害し事切れた者たちを見ながら、誰ひとり騒がぬことに驚きと共に恐ろしさすら感じる。

この先この中から不届き者が出ることは、ないのかもしれぬな。

side：久遠一馬

追放するはずの人たちが全員自害したって報告がきた。いったいなにをしたの？

あんまり厳しくしなくていいって、言ったんだけどな。尾張から出て行ってくれればそれで良かったのに。

「クーン」

「クーン」

ごろんと寝転んでお腹を見せているロボとブランカにブラッシングをしながら、命の大切さをこの時代の人にどう教えるか悩む。

ほんとこの時代は、命が軽いんだよね。ただ、元の世界でも『死をもって罪を償う』といって自殺しちゃう人がいるくらいだからな。教育だけではどうにもならないのかもしれない。海外からは死を美化する文化だって言われていたしね。

オレも彼らの覚悟は尊重したい。

「散歩でも行こうか?」

ブラッシングも終わり立ち上がると、ロボとブランカも立ち上がった。尻尾がぶんぶん揺れている。そろそろ散歩の時間だからね。

西の空が夕陽に染まる頃、ロボとブランカと散歩に行くけど当然ながら護衛の人が多く、散歩なのに物々しい雰囲気なのがちょっと悩みの種なんだよな。

ああ、ロボとブランカは首輪とリードを着けての散歩だ。

この時代だと犬も捕まえて食べちゃうからさ。元の世界とは別の意味で危ない。

まあ那古野でロボとブランカを捕まえようなんて人はいないと思うけど。

「子供たちは今まで通りで。あと、男手がなくて大変だろうから、そこはみんなで助けてあげて。

家中の再婚ならすぐに許可出来るし」

散歩をしながらいろいろと考えた結果、残された家族を守ってやることにした。

資清さんを呼んで子供たちが虐められたりしないように頼み、夫を亡くした奥さんには生活の援助をして再婚も勧めてあげるように頼む。

この時代のシングルマザーはとても大変だからね。家事が元の世界とは桁違いに重労働なんだ。その上で働くのは楽じゃない。

それなりの身分になれば下働きの人がいるけど、自害した人たちの家族はそんな人がいない人もいる。

「でも難しいね。敵領を荒らすのも確かに有効ではある。それはわかるけどさ」

「無駄に評判を下げることは、久遠家のためにも忍び衆のためにもなりませぬ」

「そこをみんなにもっと理解してもらわないと駄目か」

忍び衆の運用は今後も資清さんと望月さんにお任せだ。ふたりはオレたちのやり方を理解して合わせてくれている。

任務で無理をさせないのは、命を大切にする意味もあるけど、報告がなければ困るからでもある。成果がなくても、ないなりの報告があれば次の策を考えられるからね。警備が厳重すぎて忍び込めなかったというのも重要な情報だ。

それに人を育てる時間と費用を考えれば、忍びを使い捨てになんて出来やしない。

評判の大切さは、資清さんたちも理解しているんだろう。

尾張でも忍びは下に見られているから、滝川家なんかも武士からは軽く見られがちだ。まして久遠家自体が血筋とかないからね。

とはいえ領民には血筋や権威なんてあまり関係がない。ウチの家臣だというだけで領民からの扱いが違うと、誰かが言っていたくらいだ。

「殿。それと風魔からも当家に仕えたいと申す者が出て参りました。いかが致しましょう？」

人を使うということは難しいなと実感していると、資清さんからは新たな問題を報告された。

「盗人の次はウチに仕えたい人が来たの？　なんかの策か？」

「素破乱破など、そんなものでございます。報酬と待遇がよいところに鞍替えするのはよくあることと。上の者ならば多少なりとも忠義があるのでしょうが、下の者は忠義などありませぬからな」

うーん。素破だけじゃないんだよね。この時代はみんな同じ気がする。武士や宗教関係者は都合がいい体裁を整えるけど。

力があるところには人も集まるか。

「どうしようか？」

家中の忍び衆は上手くまとまるだろうとのこと。風魔の盗人対策も討伐隊を編成して動き始めた。そこに今度は寝返りたい人が現れるなんて。統制が取れていないだけだろうけど、なにかあるのかと疑っちゃうね。とりあえず判断に悩んだので、隣にいるエルに相談してみる。

「受け入れるのは難しいかと。別命あるまでは現状のままでいよ、というのはいかがでしょう？」

「うーん。そうだね。銭でも与えておくか。北条が支払う報酬よりは多めでね」

「持ち逃げするだけになるかと思いまするが……」

身分が低い素破の報酬って、ビックリするほど安いんだよね。資清さんは無駄になるのではと、あまりいい顔をしないが無駄になっても構わない。

「いいよ。風魔が銭を貰いに来るのならあげればいい。それだけ北条への忠義がなくなるだろ」

「はっ。そうおっしゃるのならば……。適当な噂を聞き出して褒美を与えまする」

素破は鉄の掟とかないんだろうな。前に資清さんに聞いたけど、抜け忍を処罰することはあるらしいが、わざわざ逃げた者を追い掛けて始末までは普通はしないそうだ。

一言で言えばそんな余裕はないらしい。残した家族や親族が罰を受けることはあるらしいけど。

ウチには最近では伊賀者も来ているみたいだしね。金蔓とでも思われているんだろうな。

side：織田信秀

「ほう。山科卿がな」

「はっ。随分と困っておられるようで」

京の都から五郎左衛門に面白き知らせが届いた。

十数年ほど前か。尾張に来たこともある山科卿の荘園が、公方に横領されたらしい。

力のない公家の荘園を横領するなど今時は珍しくもないが、まさか公方までもが公然とやるとは。

困っておるとはいえ体裁を取り繕うことすら出来ぬのか？　それとも公家同士の争いでも背後にあ

るのか？

「うむ。せっかく造った学校だ。山科卿をひと月ばかり師として招いて箔をつけるか？」

「それはようございますな。されど久遠家の持つ明や南蛮の知恵が、領外に漏れる恐れがありまするが……」

「ひと月ばかり隠せばよいのだ。教えることはほかにも山ほどあろう」

織田も大きくなったからな。朝廷との繋がりはもっと欲しいところ。金色酒などを折々に献上するだけでは足りぬ。

随分と酒好きだからな。礼金と酒を贈ると言えば喜んで来るであろう。

「それにしても公方は理解出来ぬな」

「某にもわかりませぬ」

わしが理解出来ぬのは一馬と公方だな。一馬は次になにをするのかわからぬし、公方はなにを考えておるのかがわからぬ。

一度や二度戦に勝てば公方に権威が戻り、天下に号令をかけられるなどとは考えておるまいな？

「今ならばようわかる。公方の下では天下は治まらぬ。当人たちにはそれがわからぬらしいな」

朝廷の権威は落ちたが、それ以上に落ちたのは公方の権威ぞ。公方は己の権威を求め、細川は公方の権威よりも己の権威を求める。近頃の細川は周囲を壊し蝕んでおるようにしか見えぬがな。

このままでは上手くいくはずがない。

「殿。そういえば素破の待遇を変えられたとか」

「ああ、一馬のやり方に合わせた。このままでは良うあるまい」

公方はまあいい。わしにはあまり関わりはない。

しかし一馬たちのやることは理解しておかねばならぬ。あやつらめ素破を厚遇することで、忠心ある家臣を揃えおったからな。

わしも数は多うないが素破を使うておる。不満を持つ前に一馬たちのやり方に合わせただけだ。

「費用対効果と一馬は言うておったな」

「はっ。土地にこだわり旗色が悪くなると裏切る武士よりは使いやすいのでしょう。実際久遠家は居心地がようございますからな」

成否を問わず家族や郎党を食わせて、結果を出したら褒美を出す。また銭がかかるが、戦にしか使えぬ者よりは使えるのは確かであろう。

それに八郎を見ておれば直臣に欲しいほどだ。

細かい差配は八郎に任せてもよい。所詮、銭はまた入ってくる。

「怖い男だ。欲のなさげな顔をして、すべて持っていきそうに見える。あの男が南蛮の間者ならば、わしは一馬に降らねばならぬのかもしれぬ」

「殿。そのようなことは……」

「戯れだ。だがそのくらいの男でなくば面白うない。そうであろう？」

五郎左衛門め。一馬を怖いと言うたら珍しく顔色が変わったわ。家中には未だに一馬を疑う者がおるからな。一馬たちを誰よりも案じておるのだ。三郎といい一馬といい、五郎左衛門は型に嵌まらぬ者の面倒を見るのが好きとみえる。

だが少なくとも間者ではあるまい。間者とするには目立ちすぎる。

いずれにせよ、この乱世を生き抜くには力が必要なのだ。一か八か。あのような者たちと心中するのも悪うはない。

末は天下か滅亡か。わしは最後まで見られるであろうか。

side：久遠一馬

病院と学校の始動が正式に決まった。津島神社と熱田神社の皆さんがお祓いをしてくれることになったんで、挨拶に出向いてお願いをしてきた。

この辺の段取りは資清さんにお任せだ。付き合いもあるし、蟹江の港の件もあるからね。こちらのやることには参加してもらって味方にしておかないと。

「では皆さん。いただきましょう」

「はい！」

波の音が聞こえる砂浜。エルが声を掛けると、みんな嬉しそうに目の前の海産物を食べ始めた。

この日は家中のみんなを連れて海に来ているんだ。

海水浴にはまだ早いが、みんなで貝殻を集めて学校で使うチョークの材料にする。お昼は地元の新鮮な魚で浜焼きだ。

今日、海に来たのはほかでもない。忍びが自害したことだ。

部下を自害させたのは、オレの責任だからな。残された家族を守り、子供たちを立派に育てて活躍させてやらないと。

エルたちはこの結果になる可能性を予期していたらしいが、最終的に選んだのは彼らだと言っていた。犠牲はいつか必ず出る。それに許して同じ過ちを繰り返したり、追放したりしても、犠牲は出る可能性があった。

オレもそれには同意する。この時代の価値観や生き方を真っ向から否定してはいけない。

それに何事も完璧なんてないんだよね。

オレが出来ることとして、ケティたちには、残された子供と奥さんのショックを和らげてあげるように頼んだ。

そして率先して家中が上手くいくように、こうしてみんなで楽しめる場を設けて声を掛けていくことにもしたんだ。

「さあ、好きなだけ食べていいぞ。味噌汁も焼き魚も刺身もご飯もたくさんある」

みんな元気だ。お父さんを亡くした子供もオレには悲しそうな顔は見せない。その笑顔を見ると胸が痛くなる。

忍びのみんなはほとんどが甲賀で、ごく一部に最近逃げて来た伊賀の人がいる。

甲賀も伊賀も海がない地域なだけに、新鮮な海の魚は貴重なご馳走なんだそうだ。川魚くらいなら食べられるらしいけど、それも貴重で滅多に食べられないとか。

干物じゃない魚の美味しさを、尾張に来て初めて知った人も多いんだって。

だからこそ浜焼きに連れてきた。身勝手な偽善かもしれない。でもやれることはしてあげたい。

生きているオレは、自害した人の分も頑張らないと駄目なんだと思う。

他人より恵まれているんだからね。


織田分国法。

天文十七年に織田信秀により制定された尾張国の分国法になる。

当時すでに分国法があった今川家や、領内統治において進んでいたと言われる北条家を参考にしたと伝わる。

同年代頃に行われた検地は北条家が先であり、織田家が近隣諸国の内情を詳しく調べていた証しとも言われている。

ただ織田分国法には、当時としては画期的な領民の移動と職業選択の自由を保障した条文や、領国の防衛と、領民の最低限の生活を保障することも明文化するなど独自色の強い部分もある。

領民の移動と職業選択の自由に関しては久遠家の献策のようで、統治能力のない者から逃げ出す領民を取り込む策だったと思われる。

もっとも全体的に見ると急速に拡大した領地を、いかに織田家が管理し治めるかに腐心した内容で、独立意識が強く謀叛や裏切りが多発していた時代の苦労を忍ばせている。

この頃の織田家は久遠家に命じて新しい試みをいくつも試していたようで、それらの実現には織田家による強い支配が必要だったと後の識者は語っている。

歴史的に見ても織田分国法は、中世武家社会の変革の先駆けと見る者もいる。

なお分国法の原本はすでに失われているが、写しが現代にも残っていて重要文化財に指定されている。

同じ頃、久遠家において自害が禁じられたことが、『久遠家記』や『資清日記』に記されている。

ことの経緯は不明だが、何度も命じたことを守らなかった者を追放しようとした時、追放の代わりに自害で詫びた者がいたことを一馬が悲しんだと伝わる。

けじめは生きてつけるべし。そう語ったと伝わるが詳しい真相は定かではない。

どうやら武士ではない下男や奉公人のようだったが、この時の一馬の悲しむ姿に家中が驚いたという。

なお、この時の自害した者たちの墓は今も名古屋の寺に現存していて、一馬が晩年に至るまで何度か足を運んだことでも知られている。

寺には供養をしてやってほしいとの一馬の書状が残っている。

皇歴二七〇〇年・新説大日本史

第五章　戦国の夏

side：久遠一馬

梅雨が明けたらしい。元の世界のような強烈な暑さはないけど、戦国の夏が来た。

尾張では領内の検地と人口調査が進んでいて、清洲城には各地を検地した人たちからの報告が集まってきている。現在は文官の皆さんがそれを清書してまとめているところだ。

「これはいいですな。よう見える」

文官の皆さんを束ねている政秀さんだけど、最近どうも老眼のようで文字が見えにくくなったとぼやいていたので眼鏡をプレゼントしてみた。

驚きつつ喜んでくれたようでなによりだ。

元の世界では当たり前に普及して、コンタクトレンズなんてものまであったが、その歴史は古い。欧州では十三世紀には眼鏡が発明されていたようで、この時代にも存在する。史実の日本には例によって宣教師が持ち込んだらしいので、オレたちが持ち込んでも構わないだろう。

そのうち硝子の生産が必要だよなぁ。硝子の盃は特別な贈答品として人気だし、窓硝子とかも欲しい。日本だと大昔は原始的な硝子の製造をしていたみたいだけど、現状では見たことがない。製法が途絶えたみたいだ。

まずは硝子の盃を贈答品として広めて、その後に硝子の生産を始めるべきだろうか。ただ工業村は高炉で生産される鉄を加工するので職人たちも忙しい。現時点では優先順位を高くは出来ない。

あとは双眼鏡・顕微鏡・望遠鏡は早めに使いたいな。

双眼鏡などが発明されるのは十六世紀の末頃だったはず。半世紀近く早いけど眼鏡がある以上は誤差の範囲内だろう。

双眼鏡と望遠鏡は忍び衆に試しに使わせてみて、顕微鏡は病院で使うか。こっちは久遠家で眼鏡から発明したものにしなきゃ駄目だろうな。それと双眼鏡、望遠鏡は『絶対にお日様を見てはいけない』を命令しないと、大変なことになる。もちろん理由も説明するけど、滅多に命令しないから重大さは、わかってくれるだろう。


「南蛮人に那古野を見せたくないね」

「妨害は徹底していますが、何事も完璧とはいきません。蟹江の港町の建設を急ぐべきでしょう。それと殿や若様には、そろそろ南蛮人の危険性を改めて話す必要もあります」

政秀さんに眼鏡をプレゼントして思ったけど、那古野の高炉や牧場を南蛮人には見せたくない。

工業村で蒸し石炭と呼ばれるコークスの秘密まではバレないと思うが、南蛮の商人や宣教師が見た情報が南蛮の軍や国に伝わる可能性はあるからな。

エルたちとのんびりと縁側で涼みながら南蛮人対策を話すが、現状では宣教師の船を大西洋にて白鯨型潜水艦で沈めているので、当分来ることはないだろう。とはいえ絶対なんてこの世にはない。

彼らが来てしまった場合にどう付き合うかも考えておかないと。

「蟹江で出入国管理をするか？」

「それは必要ですね。西洋諸国との交流は、この時代ではリスクや問題が多過ぎます。私たちは特に彼らから学ぶことも得たいものもありませんので、交流の必要性も現時点では必ずしもありません。領内には入れぬほうがいいでしょう。それにそろそろ国境管理をすることも考えるべきです」

この時代だと外国人の出入国管理とかないんだよね。一応宣教師は布教の許可は取るが、入国という意味で言えばほとんど素通りだ。

領国の出入国管理はそろそろ考えないと、間者も商人も宣教師も善良な人ばかりじゃないからさ。

関所はあるが、税を取るためのもので出入国管理なんてしていない。

新しい技術に貿易とか利が多いから一般的な大名は南蛮人を歓迎するのだろうけど、宗教の押売りと、あわよくば植民地化を狙っているのは確かなんだよね。

出入国と貿易の管理に防疫面の検査は必要だろう。関所も国境は税を取るばかりではなく、人の出入りもチェックする体制が望ましいけど戸籍とかないしな。

史実の江戸時代みたいに寺社に戸籍を管理させるのも良くないので、なかなか難しい。

「地球儀でも献上しようか？」

「それはいいですね」

まずは世界が広いと知ってもらうことが第一かな？　史実のことを考えている時に、ふと地球儀をまだ織田家に見せていないことを思い出した。エルも賛成してくれたし、この時代の欧州レベルの地球儀を作ってあげよう。

現在、蟹江の港は働く人足を伊勢から借りるべく交渉中だ。知多半島の佐治さんも協力して人を出してくれるみたいだから、機密になる城や港の最新技術は尾張の人でやれるだろう。

問題はエルやパメラたちのおかげで、尾張では南蛮人の評価が高いことだ。このままでは南蛮人にコロッと騙される人が出かねない。

一向衆と同じで、宣教師も耳当たりのいいことばかり言うからな。

やはりエルたちの出自は、南蛮で宗教に迫害されて一族が逃げ出してきたということにするのが、この時代の人たちにわかりやすいだろうか。

それとこの時代のキリスト教は日本の神や仏を絶対に認めない。この事実だけでも、早めに朝廷や畿内の勢力に伝えるのも必要だろう。聞いてくれるかはわからないけど。

side：滝川お清

ケティ様が待望していた病院がついに開院しました。大きくて神社のように立派でございます。

門では患者の氏素性を確かめて、荷物を改めるところもあります。まるでお城のようですね。

刀や脇差しなどの武器や不要な荷物は、ここで預ける決まりとなりました。ケティ様やパメラ様の身を守ることを考えれば当然のことでしょう。

敷地に入ると井戸と洗い場があります。ここで手足を洗い、身を清めるように指導をします。

身を清めねば病に罹りやすくなりますし、満足な治療が出来ないとのことでございます。

病院の中ですが診察を待つ部屋には、なんと畳が敷かれております。畳のいい匂いがしますね。ここで寝泊まりしたいほど。

診察の間はあまり広くありません。ですが護衛の方と私たち侍女が側に仕えておりますので、その人数が入れる程度の広さはあるでしょう。

「この寝台というのは、見慣れぬものでございますね」

「明や南蛮にはよくあるもの」

ほかには患者を寝泊まりさせる部屋がいくつもあります。

こちらは床に寝台なるものがあり、その上に久遠家ではお馴染みの布団があります。ケティ様の話ではこれのほうが病院にはよいとのこと。

布団は尾張においては織田の大殿や若様などの特別なお方のところと、久遠家にしかない代物。私たちも殿に布団を頂いて使っておりますが、冬でも寒くないばかりか寝心地が素晴らしいものでございます。

ですがここで寝泊まりをさせては、患者たちが居着いてしまわないか案じてしまいます。私ならば帰りたくなくなるかもしれません。

あとは薬の蔵や台所など、城中のような立派な部屋がいくつもあります。

幼い子の玩具もありますね。子は病に罹りやすいので早めに連れて来るようにと、ケティ様が皆に申し渡しておりますから。子たちが喜んでくるようにと考えられたのでしょう。

ここで子を産むことも出来るということ。ケティ様はなんと赤子を取り上げることも出来ます。

「お方様。急病人でございます。子を孕んだ女が妙に苦しんでおると運ばれてきました！」

「すぐ行く」

私たちに病院内を案内しておられたケティ様のもとに、急病人の知らせが舞い込みました。

ケティ様の表情が変わります。あまり口数は多くありませんが、ケティ様は病に苦しむ者を誰よりも真剣に助けようとなさいますから。

私たちはケティ様の侍女として治療のお手伝いをしておりますが、未だにお役に立てぬ時が多く申し訳ない気持ちでいっぱいでございます。

「大丈夫。必ず助ける」

運ばれてきたのは近所の村の者になりますね。不安そうに祈る者たちにケティ様は力強いお言葉をお掛けになり、患者を診察の間に運ばせます。

「十番の薬」

薬のことを知らぬ私たちのために、薬には番号が振られております。

苦しむ患者を助けるために、私たちはケティ様のご指示の下で頑張ります。

side：久遠一馬

さあ、今日は学校を開校する日だ。

教師や講師は沢彦宗恩さん・明叔慶浚さんの僧侶に津島神社と熱田神社の神職にも頼んだ。

「アーシャ。大変だろうけど頼むよ」

「大丈夫よ。任せて！」

学校の責任者は、アーシャだ。インド系の容姿にセミロングの黒髪でエキゾチックな雰囲気をした美人になる。年齢は二十歳に設定したので今は二十一歳か。少しお姉さんタイプと言える。

アンドロイドのタイプは技能型。本来は技術開発部所属で、原子力工学とか核融合関連が専門のはず。仕事がないいんだろうな。

本領となる島や宇宙要塞を拠点としているひとりで、休暇も兼ねて定期的に尾張に来ている。先日には暇だったのかインド風の衣装を着てダンスを踊っていたら、信長さんたちに見られて驚かれていたくらいだ。

沢彦さんたちが教えるのは常識とか礼儀作法とか、あまり宗教色がない内容で頼んである。足利学校とシステムが似ているから理解が早くて助かった。足利学校の偉大さを理解したよ。

あとはアーシャやオレたちが、これからの時代に必要なことを教えることになっている。

書物はまともに集めると時間がかかるから、最低限の本は宇宙要塞で制作して船で運んできた。

君主論のような欧州の本や明の本も、時代的に存在する本は製作して少し持ってきたけど、あとはエルたちが教科書用にと手書きで書き下ろした本になる。

吾妻鏡のような国内の本は、日ノ本で商人から買い上げて集めているけど全部揃っていなかったりする。そもそも本は手書きだから数が限られているし、あまり出回っていないからね。

正直この学校で必ずしも必要かと言われると疑問もあるし。

時代に合わせた教育もするが、新しいことも教えるんだ。必要な本は書いて作ったほうが早いのが結論だね。宇宙要塞にデータとしてなら本はあるんだしさ。

「結構、集まったね。沢彦さんたちのおかげかな？」

「そうですね。教えを請いたい人は多いでしょう」

エルとアーシャと一緒に最初の授業の様子を見守っている。エルは自ら準備した学校が始まったことが嬉しそうだ。今日は初日ということもあり、元の世界のような四十人ほどが入れる教室では間に合わなかったので、体育館として造った建物で講義が行われている。

まあ体育館というよりは広い剣道場みたいな建物だけどさ。

生徒は子供たちのほかに、警備兵とウチの家臣や忍び衆がいる。彼らには当面はローテーションを組んで積極的に参加するように伝えてある。

あとは織田家中の皆さんにも声を掛けたけど、初日は意外に多くの生徒が集まったよ。

学僧の「学」と徒弟の「徒」で学徒って呼ぶと、この時代の人も理解してくれた。

文官衆や重臣の子弟など、ウチと交流がある家の人が中心だけど、伊勢守家の次男の信家さんとか、史実で山内一豊の兄にあたる山内十郎さんとか初めて会う人も来ている。

信家さんは、史実では織田信安が長男の信賢を廃嫡にして、次男の信家を跡継ぎにしようとしたものの、逆に信賢に追放された人だ。

後年には織田信忠の家臣になったらしいけど。

山内十郎さんは史実だと早く死んじゃう人なはず。歴史にも資料が少なくよく知らないけど。

「教え甲斐がありそうね。わくわくするわ」

教師や講師は一日数人で日替りとなる。専業の教師はまずはアーシャにお願いしていて、あとは沢彦さんや明叔さんのような織田家の皆さんから推挙があった人だけど、これまでの仕事やお勤めがあって毎日は無理だからね、
なんか凄いアーシャが張り切っているんだけど。人を教えることが好きだったっけ？

ああ、教師といえば信秀さんと政秀さんが、学校の箔付けにと公家の山科さんを呼ぼうとしたらしいが、すぐには来られないと知らせが来たらしい。

どうも幕府に所領の荘園を奪われたらしいが、取り返すつもりらしく畿内を離れられないみたい。エルに確認したところ史実では根回しをして一旦は撤回させたらしいが、二年後にも朝廷から幕府に山科領の年貢納入阻止を禁じる文書が出たらしいので、しばらくゴタゴタするんじゃないかって言っていた。

朝廷や公家の荘園や利権が奪われるのは珍しくないけど、相変わらず幕府のやることはオレにはよくわからない。

まあオレたちも密貿易をしているし、人のことを批判出来るほど立派じゃないけどさ。

学校もまずはやってみて、やり方とか教える内容を調整しないと。ただこの学校からいつか、史

実にない偉人とか出たら嬉しいね。


「これは……」

「なんと素晴らしい」

どよめきが起こった。予想以上の反応だ。

この日は政秀さんに頼まれていた信秀さんの肖像画を献上するために、エルとメルティと一緒に清洲城に来たんだ。ついでに地球儀も持ってきたけど。

西洋絵画による肖像画を初めて見た信秀さんや近習の皆さんは、驚きの声を上げたほどだった。

信秀さんたちも紙芝居は何度も見ているし、一緒に清洲城に来た信長さんは製作中に何度か見ていたんだけどね。そんな信長さんでも完成した絵には驚いた様子だ。

「紙芝居は見たが……」

政秀さんも絵が完成するまでは信秀さんに肖像画のことを内緒にしたんだから、なかなかお茶目な人だよね。驚く信秀さんの顔に嬉しそうにしている。

「武士は自らの絵を描かせるが、これほどの絵は未だかつて誰も描かせたことがあるまい」

「そうですね。南蛮の絵での肖像画は日ノ本では初めてかもしれません」

絵自体は写実的で、信秀さんの威厳というか雰囲気がよく描けていると思う。

同じアンドロイドでも性格も個性もあるから、同じ絵はほかのみんなには描けないだろう。メルティは特にいつもと変わらない様子だけど、みんなが驚いたことに嬉しそうにほほ笑んでいる。

「さすがであるな。メルティ。気に入った、褒美を出そう」

「ありがとうございます」

史実だと信長さんは南蛮の新し物好きだと言われていたけど、信秀さんも同じみたいだね。まあ南蛮を毛嫌いしていなければ、海外の珍しいものはみんな喜びそうだけど。

褒美をくれるらしい。なにかな？

「これを絵師やら京の都の者らに見せれば、如何なる顔をするか見物だな」

ただ信秀さんはニヤリと少し意味ありげな笑みを見せると、また騒ぎになりそうなことを口にした。オレたちも人のことは言えないけど、信秀さんも騒ぎを楽しんでいる節があるよね。だからこそオレたちと一緒にやっていけるんだろうけど。

「そっちの丸いものはなんだ？」

「ああ、世界の地図です」

「世界とは……？」

肖像画は評定などをする広間に飾るらしい。

そのまま話は一緒に持ってきた地球儀に移るが、こっちは説明が大変なんだよね。詳しい説明はエルに任せよう。常識が違うこの時代で説明するということは本当に難しい。

西洋では地球が丸いっていうのは紀元前から気付いていた人がいるらしいが、日本だと史実では織田信長が宣教師に聞いた逸話が有名かな。本当か嘘かまでは知らないけど。

「……以上の理由により遥か西の国では、大地は丸いと考えられております」

「ふむ。興味深いな」

エルの地球球体説についての説明に、信秀さんたちは少し困惑気味だ。

オレたちの信頼度から嘘だとは思わないらしいが、いきなり地球は丸いと言われてもね。にわかには信じられないだろう。

エルも南蛮の学説を説明しているので、嘘か本当かは証明出来ないような言い方だ。

さすがに現状で万有引力などまで説明するわけじゃない。この時代の一般的な説を語っているに過ぎない。

「尾張はこれほど小さいのか?」

「そうですね。明や南蛮に比べると小さいようです」

とりあえず地球球体説は保留して、信秀さんは日ノ本と尾張のことに触れた。あまりに小さい領地に驚きを隠せないらしい。

「これほど狭い土地で我らは争っておったのか」

「明のことは改めて言う必要はありませんが、遥か西より来る南蛮人にも気を付けねばなりません。特に南蛮人の神に仕える者は、日ノ本の神や仏を認めませんので」

地球儀の説明が終われば南蛮人の説明だ。こちらは地球儀と比べると説明が楽そうだ。流れのまま説明したのでエルに任せたけど。

宗教の政治介入や宗派の争いなど、この時代の日本の宗教もキリスト教に負けず劣らず酷いからね。宣教師の危険性は理解しやすいはずだ。

あわよくば植民地にしようというのも、戦国時代だと普通のことだからね。一向宗に乗っ取られた加賀が良い例だ。

まあ実際に日本まで攻めてくる力はないと思うけど。戦国時代の基準で考えると、世界も似たようなものだと言えるだろう。日本も伊達に半世紀以上戦ばかりしていないからね。ちょっとやそっとじゃ相手にならないはず。

さすがに信秀さんたちの表情は硬い。頭では予想していたんだろうが、宣教師や南蛮人の危険性は嫌な予感が当たった感じか。

side：服部友貞

「殿。願証寺はなんと？」

「織田と争う気はないそうだ」

「では願証寺は我らに死ねと⁉」

「知らん！」

ことの始まりは、あの忌々しき黒い南蛮船だ。

あれが来て以来おかしくなった。通行税を払わずに、わしを無視したあの南蛮人どもめ！

奴らが織田に仕官しても通行税を払わぬままだったにもかかわらず、ほかの伊勢の者らは南蛮渡来の荷を売ることで矛を収めさせてしまった。

ところが織田と長年対立しておる、わしだけにはなにもない。

さらに知多半島の佐治水軍が織田に臣従して以降は、ほかの商人までもがわしを無視し始めた。

佐治水軍が津島にまで縄張りを広げてからは、奴らが近海の案内をしておるせいで、こちらは迂闊に手が出せん。

なんとしても調子に乗る織田を叩かねばならんが、誰もやる気がない！

北畠や六角は尾張と争う気がなく、今川も文は寄越すが一向に動かぬ。

さればと一向宗の願証寺に対して、織田にわしを無視せぬように働きかけを頼んだが嫌な顔をされて終わりだ。

ここは船の通行税を取らねば、やっていけぬにもかかわらずだ。

うつけどもめ。織田はいずれ伊勢に攻め寄せてくるはずだ。それなのに誰も理解しておらぬ。

「……殿。形ばかりでも頭を下げて和睦をされては？」

「たわけ！　そのようなことは出来ぬ！　あのような成り上がり者に頭を下げるなど！」

「されど、このままでは……」

「通行税を取り立ててこい！　佐治水軍とていつもおるわけではあるまい！」

我が服部家は、津島十五党の一員だったのだぞ！　津島を奪った織田などに頭を下げられるか‼

クッ。あの忌々しい南蛮船さえなければ……。

夜中にでも近寄れば沈めることは容易かろう。だがそこまでやれば織田が攻めてくる。

わしの領地は陸続きではない故に大軍では落ちぬが、佐治水軍が動けばいかがなるかわからん。

今こそ伊勢がひとつとなり、織田を叩かねばならんというのに。

「尾張では信秀も南蛮船も、皆に頼みにされておりまする。津島衆も随分儲かっておるようでして……」

「あの南蛮船さえなくなればよいのだ。嵐でも来て沈んでしまえばいいものを」

「殿。迂闊に動いてはなりませぬぞ」

「わかっておるわ！」

クッ。なにか手はないのか？

このままでは生きてゆけぬ。

side：久遠一馬

照りつける太陽が眩しい。夏だ。エアコンがないけど、暑さは元の世界と比べると酷くないから楽だけどね。

代わりに周りは自然がいっぱいなので、虫が多いことはキツいけど。まあその辺りは去年からわかっていたので、この時代にもある蚊帳を家中に配った。

あとは蚊取り線香。これはこの時代にはないみたいだから、宇宙で作って船で取り寄せ中だ。

「見たことがないものばかりだな」

「まあ、あちこちから集めたものですからね」

牧場の畑にはこの時代では見られない野菜が並んでいる。水練の訓練帰りと思われる信長さんたちは、それらを興味深げに見ていた。

今日はエルやリリーや孤児院の子たちと、朝から草むしりを一緒にやっていたんだ。

孤児院の子供たちや牧場の領民が、暑い中でも草むしりとか害虫駆除を頑張ってくれているから作物の生育もいい。

輪栽式農業の実験もまずまず順調だ。それに馬や牛などの家畜の種付けも上手くいっている。

牧場はウチの領地になっているから、好きに出来る分だけ順調だね。

「若様も皆様もよろしければいかがですか？」

「ちょうど冷えていますよ」

信長さんが食べたそうにしていたのを見たわけではないのだろうが、エルとリリーが井戸で冷やしていた野菜を持ってきてくれた。

「なんか血みたいな色ですね。若」

「たわけ。唐辛子も赤いではないか」

メロンやスイカも植えているけどまだ収穫には早い。一方で少し前から収穫が出来ているのはトマトだ。

「おお、美味いぞ」

真っ赤なトマトにお付きの勝三郎さんたちは少し戸惑っているけど、井戸で冷やした食べ頃のトマトをひとつ差し出すと、信長さんは遠慮なく丸かじりで頬張った。

「辛いんですか?」

「いや、甘さと酸っぱさがあるな」

それにしても見知らぬ野菜を平然と食べる信長さんに、周りは付いていけていない。毒味もなく食べるのも問題と言えば問題だけど。

自ら体験し決断する信長さんと、それに付いていくだけの家臣たちか。史実の織田信長の欠点は家臣を育てることに重きを置かなかったからか?

いや、育てることが間に合わなかった可能性もあるか。

尾張統一と美濃併合には相応の時間がかかったけど、その後の上洛以降はあまりに早すぎる勢力の拡大だったからね。まさに今の尾張の状況と同じだ。領地の整備も人材の育成もまったく追いついていない。

この信長さんの決断力と周りの様子は、このままいけば史実のような独裁的な主君になるのかな。少し気を付けておきたい。

「皆様もいかがです? きゅうりもありますから、こちらも美味しいですよ」

冷蔵庫がないので元の世界ほど冷えないけど、井戸でも意外に冷やせるんだよね。畑の水は工業村のほうから水路で流してきている水を使うから、井戸は主に生活用に使っている。

もちろん手押し式のポンプも付けているけど、井戸の底に野菜とか冷やすものを入れて使ってもいるんだ。

お付きの皆さんにも冷やしたトマトやきゅうりを勧めると、各々に好きなものに手を伸ばした。

「じゃあ、オレはきゅうりを……」

「オレは赤い実にしようかな」

水練してきてお腹が空いているんだろうね。

トマトは塩を軽く振ると甘味が引き立ち、きゅうりは味噌を付けて食べるだけで美味い。

実は牧場で植えている品種は、宇宙要塞にある元の世界の品種から選んだものだから、それだけでも美味しいんだけどね。

もちろん、この時代の野菜も美味しいよ。ちょっと癖や苦味があったりするけど。

ただ、生産性とか味は比べるとやっぱり違うからね。

一仕事が終わっても元気な子供たちの姿を見ながら、採れたての野菜でのおやつも悪くない。

まるで映画の中のワンシーンのような光景だ。

side：望月千代女

夏になりました。今日は津島の門前市にメルティ様とセレス様のお供で来ております。

さすがに尾張は違いますね。品揃えが甲賀とは桁違いでございます。

聞くところによると近頃は、他国からも品物を売りに来ている者が多いとか。何人か素破も混じっているようですが、騒ぐほどでもないですね。

一応帰ったら父上に報告はしますが。今の尾張に素破は珍しくありません。

南蛮人であるお方様がたはやはり目立ちます。とはいえ津島では騒がれるほどではありませんが。

途中少し買い物をなされたお方様がたですが、大声を上げて明の焼き物を売ると言って場を騒がす男の前で足を止められました。

「貴方、嘘は駄目よ。それは明の焼き物ではないわ」

明らかに怪しく胡散臭げな男。実際に誰も買っておりません。メルティ様はそんな怪しげな男の品を、堂々と偽物だと言い切りました。

尾張では久遠家が明の焼き物を売っておりますし、堺から流れてくる品物もあります。メルティ様は焼き物にもお詳しいので間違いはないでしょう。

「なんだと！　でかい上に気味の悪い色の髪しやがって⁉」

男はメルティ様が何者か知らないのでしょう。ぎろりと睨むと、決して言ってはいけないことを口にしました。

久遠家の皆様は背が高い方が多く、私たちとは髪の色も違います。されどそれは言ってはならぬことなのでございます。

容姿でお方様を侮辱するなど許されることではありません。

「私のことは関わりないことよ。貴方が尾張の民を騙そうとしていることが許せないわ」

侮辱の言葉に護衛の者が刀を抜き、周りで遠巻きに見ていた人々は静まり返りました。

「……てめえ。何者だ？」

男は周囲にいる私たちのことなど見ていなかったようですね。ここでようやく事態に気付いたようでございます。

素破の類ではない。ただの牢人でしょう。

「もう一度だけ言うわね。嘘は駄目よ。すぐに商いを止めて尾張から出て行きなさい」

「女風情がわしを愚弄する気か！」

なんと愚かな男でございましょう。十人も護衛の者がいるというのに、虚勢を張って無事に済むと思うのでしょうか。

メルティ様がせっかく穏便に済ませようとされているのに。

「捕らえなさい」

「はっ！」

如何ともしようのない無礼者だと笑う周囲の様子を、男は読めておりませんね。メルティ様も呆れてものが言えないご様子。

結局、男はセレス様の下知で捕らえられて津島神社に引き渡されました。男の売っていた焼き物は何処かの粗悪な品だということでございます。

「最近、多いのよね。困ったものね」

「ああいう連中は、何処にでもいますよ」

此度が初めてではありません。お方様がたは津島や熱田の門前市に出向かれては、怪しい商人を見つけて追放しております。

津島神社としては税を払えば市に参加することを許しているとのこと。彼らにはものの真偽を見極めることが出来ないのと、なにを売ろうがあまり興味がないようでございますから。

しかし久遠家では怪しい商人や悪徳商人は相手にしませんし、明らかに民を騙すような者は捕らえております。

此度は無礼な発言もありましたので磔でしょう。

商人の信頼を落とすような者には、殿もお方様も厳しいので当然でございます。


久遠総合病院。

日本最古の近代病院であり、その歴史は古く天文十七年に開院した。

近代医学の祖であり、医聖と称えられている薬師の方こと久遠ケティの病院として有名で、病院の敷地には彼女を医療の神として奉る神社がある。

病院の設立は織田信秀の肝いりの事業だったようで、久遠ケティが病院の建設を求めたことに応えたのだと『織田統一記』には記されている。

当初は病院や久遠病院と呼ばれていて、織田学校と隣接する敷地にあったようである。

現在では久遠総合病院と名を改めて拡大したが、今も経営は久遠家が行っていて、日本圏にある久遠病院はすべてこの系列になる。

現代において久遠総合病院は、日本圏以外の世界各地からも患者が訪れる世界最高峰の医療機関であり、同時に久遠ケティを奉る神社が、今では病に悩む人々の祈りの場となっている。

織田学校。

現在も存続する学校としては日本最古の近代学校となる。

学校の設立にはいくつかの説があり、織田信秀が主導したとも久遠一馬が主導したとも伝わる。

現存する開校当初の資料から足利学校を参考にしたことはわかっていて、当時の教育といえば寺社が行っていたものであるが、そこから宗教色をなくした教育を目指していたようである。

ただし歴代教師には宗教関係者もおり、完全に宗教を否定した教育をしていたわけではない。

初代学長は近代教育の母と称えられている天竺の方こと久遠アーシャ。彼女は織田学校の初代学長を長年務め、日本の学校と教育制度の確立に尽力したことで知られている。

ほかにも開校当時の教師陣には久遠一馬や女軍師として有名な久遠エルに久遠ケティ、久遠流武術の開祖である久遠ジュリアなど、久遠一馬と妻たちの名前が多いことでも知られている。

現在では幼稚部から大学部までの一貫教育を行う、日本最大の私立学校として有名であり、日本圏各地にて多くの子供たちの学び舎となっている。

なお織田大学医学部の附属病院は久遠総合病院となっていて、織田学校と久遠総合病院は開校以来の付き合いが今も続いている。

学校の理事には今も織田宗家が関与していて、近年は名誉職に就くことが多い。

現代において織田学校は世界最高峰の教育機関のひとつとなっている。

宗教や政治思想など、長い歴史の中では価値観や評価の変わる教育もある中、それらは可能な限り客観的に長所と短所を合わせて研究し学ぶようにされていたため、時には批判されることも少なくなかった。

しかしその教育により多くの偉人や知識人を世に送り出していて、決して批判に屈することはなかった。

教育方針は久遠一馬が考えたとも久遠アーシャが考えたとも伝わっていて、久遠家が日本の近代教育の基礎を作ったことは確かなようである。

織田大学の敷地内には初代教師たちの名が刻まれた石碑と歴史資料館があり、久遠家が翻訳した外国の書籍や教科書から、歴代の生徒が残した書や絵画など歴史的にも価値のある品が数多く残っている。

なお織田学校と久遠病院以降、学校と病院は宮大工による建設が行われるようになった。

理由ははっきりしていないが、宮大工の技術を高く評価した久遠家の意向だったと伝わっており、国の根幹を支える施設として寺社同様に宮大工が造り続けたと言われている。

耐震性に優れた宮大工の学校と病院は、災害列島である日本本土を筆頭に日本圏各地にて数多の命を救った歴史がある。

学校と病院の初代の建物は今も現存していて、国宝として人気の観光地となっている。

天文十七年。久遠一馬が西洋絵画による肖像画と地球儀を、織田信秀に献上したことが『織田統一記』に記されている。

日本画による肖像画はこれより過去にもあるが、西洋絵画による肖像画としては日本初となる。

作者は日本西洋絵画の祖である絵師の方こと久遠メルティ。絵画のみならず芸術面で多彩な作品を残している彼女の絵は贋作が多いことでも有名である。

現在では美術や歴史の教科書で、誰もが必ず彼女の絵を一度は見たことがあるだろう。

信秀も大層気に入ったらしく、自慢するように清洲城を訪れた者に見せていたとの記録もある。

なお、この織田信秀公肖像画は、現在は久遠メルティ記念美術館で展示されている。

地球儀が日本の歴史に最初に出てくるのはこの時になる。

地球儀は西洋では特段珍しいものではないため、一説には堺や博多の商人や九州の大名が先に手に入れていたとの説もあるが、真偽が不明で明確な記録にあるのがこの件になる。

この時の地球儀は現存しておらず行方不明であるが、久遠メルティの絵画や『織田統一記』以外の記録にも地球儀のことがいくつも記載されており、献上したことは確かだと思われる。

織田家がいち早く世界を知ったことは、後の歴史に多大な影響を与えたと言われる。

ただし欧州では久遠家が不必要にキリスト教を貶めたとの主張が現在でもあり、久遠家にいた欧州人が東ローマからの流民だという説や、カトリックに弾圧された知識層だという説と相まって議論が続いている。

ただ日本圏では、宣教師は欧州の海外進出と無関係ではないとの比較的落ち着いた論調でまとまっている。

皇歴二七〇〇年・新説大日本史

第六章　尾張統一

side：久遠一馬

「申し上げます！　津島近海にて服部水軍に、当家の荷を運ぶ船が襲われて沈みました！」

エルとケティとパメラと一緒に、庭でロボとブランカと遊んでいると、津島の屋敷から緊急の知らせが届いた。

「船の船乗りは⁉」

「はっ、佐治水軍と付近を航行していた船に助けられ皆無事でございます！」

「八郎殿。若様と殿に知らせて」

「はっ、直ちに」

佐治水軍の佐治さんや津島の大橋さんからは、服部家が最近怪しいと聞いていたから注意するように言っていたんだけどね。

とうとうやっちゃったか、服部友貞。

「エル。船の積み荷は？」

「畿内から買い付けた大豆でしょう」

沈んだ大豆はお魚さんの餌になるかな？

南蛮船は小笠原諸島と尾張の輸送をメインに、蝦夷や琉球との交易や明との密貿易で忙しいから、近場の輸送は尾張の商人に頼んでいる。

今回沈められたのもそんな船だ。

「この度はまことに申し訳ありませぬ。荷は弁済致します」

津島からの知らせで慌ただしくなる中、入れ違いでやって来たのは大豆の買い付けを頼んでいた商人さんだ。津島の商人の中でもそんなに大きくない商人さんで、船一隻で頑張っていた人になる。

そんなに顔色を真っ青にしてくると逆に心配になるよ。

「いや、荷の弁済はいいよ。船を沈められて困っているでしょう。船乗りに責めを負わせないように。船の入手にも便宜を図るし、別の仕事をお願いするから」

「はっ、ありがとうございまする」

真面目な人なんだろう。別の仕事を回してあげて、新しい船を調達させてやらないと。持ちつ持たれつ。困った時はお互い様だ。


「出雲守殿。服部友貞はどうなの？」

「はっ、服部友貞は願証寺に対して織田との仲介を頼んでおるようでございますが、同時に織田と戦をするための蜂起もあちこちに促してもおりました」

「仲介と蜂起って、戦をしたいの？　したくないの？」

「奴の織田嫌いは知らぬ者がおらぬほど。しかし単独で戦をする力もない。いずこかの戦に便乗して力を示したいのでございましょう」

資清さんが信長さんと信秀さんに知らせに走ると、すぐに望月さんがやって来た。このふたりは上手く協力が出来ているようでなによりだ。

この人も仕事が速いね。すでに服部家のことを調べているとは。

「願証寺は動くかな？」

「動かぬと思われます。服部友貞は一向衆の信徒ですので、以前は親しかったようでございます。されど近頃では疎まれておりますれば……」

「織田と騒ぎを起こして、荷が止まるのは困るか」

「はっ。願証寺としてはたかが土豪ひとりのために、織田との戦は望んでおりませぬ」

服部友貞は史実では桶狭間において今川方に付いたはず。確か義元が討たれると熱田を襲おうとして失敗したんだよね。

伊勢ばかりか尾張や東海地域にも影響力のある願証寺を後ろ楯に、その後も死ぬまで織田と敵対していたはずだ。

それがまさか願証寺に疎まれるとは。

「伊勢の国人衆と北畠も同じでございましょう」

どうやら服部友貞は、伊勢でも疎まれているみたいだね。

「戦になるかな？」

「服部家が詫びを入れねば戦になるかと。支度をさせまする」

望月さんは至急戦の支度をすると出て行った。

しかし時期が悪いね、服部友貞。分国法を定めたばっかりの時に。

信秀さんも退けないだろう。退く必要もその気もないのだろうけど。

「エル。どうしようか」

オレは静かに考え込んでいたエルとこの件の分析と対策をする。

「現在津島にて荷下ろし中のガレオン船と移動用のキャラベル船を使いましょう。佐治水軍と共に服部水軍を殲滅すれば、あとはどうとでもなります」

「佐治さんに鉄砲とか渡しといて良かった」

願証寺が動かない以上は脅威とまでは言えないが、相手は織田の鬼門である一向衆だ。

佐治水軍には半ばこっちの都合で、焙烙玉や火縄銃とかいろいろ渡してある。最低限使えるはずだ。南蛮船は浅瀬が多い川の河口付近では後ろから援護射撃がせいぜいだろうけど。いるのといないのとでは威圧感が違うはず。


「ほう。服部の坊主はわしと争う気か」

「面目次第もございません」

「よい。ちょうどいい名目が出来た」

その後すぐに清洲城から急ぎの呼び出しがあった。

集まったのは近場の評定衆と佐治水軍の佐治さんだ。佐治さんは船を守れなかったことを謝罪しているけど、信秀さんはこの時を待っていたと言わんばかりだ。

「至急、服部に使いを出せ。速やかに謝罪と荷の弁済をせぬ場合は戦も辞さずとな。北畠と六角。それと願証寺と北伊勢の国人衆にはことの経緯を知らせて、この件で服部に与すれば織田とことを構えることになると知らせよ。あと伊勢への荷を一旦すべて止めよ」

「はっ！」

「一馬。湊におる南蛮船はしばらく留め置け。使うかはわからぬが、あれがおるだけで奴は震えるに違いない」

信秀さんの決断は早かった。的確に指示を出していて、集まった皆さんの表情が戦だと言わんばかりに変わる。

小競り合いは今までもあった。ただし双方共に船を沈めるまではしなかったんだよね。特に服部水軍は佐治水軍の姿を見ると退いていたらしい。

今回は佐治水軍が来る前に服部水軍が船を止めようとしたが、抵抗した結果、戦闘になったようだ。

分国法の説明と検地も終わっていないのに戦なんて、また仕事が増えるな。でも舐められたら駄目だし、肝心の分国法には家臣の領地を守ることも約束している。

どう考えても尾張の船が沈められた以上は、明確な謝罪と賠償がない限り戦うしかない。

評定が終わると皆さん戦の準備に動きだした。陣ぶれまではまだしていないが、服部友貞が詫びを入れるなんてまずあり得ないのはみんな知っている。

　オレはエルと共に那古野城の信長さんと、信長さんの家老や重臣の皆さんと今後のことについて話し合うことになる。

「かず。船の砲は使えるか?」

「使えます。しかし南蛮船からだと市江島の荷ノ上城まで撃ち込むのは、ちょっと難しいかもしれません。南蛮船の弱点は浅瀬に入れないことですから」

　信長さんは大砲に期待しているようだが、今回は船から陸地を砲撃するのは向かないだろう。海戦があれば威嚇にはちょうどいいのだろうが、鉄砲も持っていないような服部家相手には大砲までは不要というべきだろう。

「そうか」

「先に服部家の船を潰すべきですね」

　服部家の領地は市江島にある。河口にある中州を輪中にした場所になる。陸続きではないので攻めるのは大変だが、水軍を叩き、制海権さえ奪ってしまえば敵になるような相手ではない。

「服部坊主如きに高価な金色砲は不要では?」

「左様。伊勢の水軍や国人が動かぬ限り、包囲してしまえば敵でないわ」

　信長さんの家老と重臣の皆さんも同意見らしい。金色砲を要らないと口にしたのは佐久間さんか。手柄でも欲しいのだろう。金色砲で吹き飛ばすと彼らの手柄にならないからね。

「エル。策はあるか?」

一通り重臣の話を聞いた信長さんは、終始無言だったエルに策を聞いた。一応重臣に配慮はしたのは成長だね。

「市江島に織田が攻め寄せると、こちらから噂を流すのはいかがでしょう？　あそこは奇襲には向きません。誰も服部の味方をしないと同時に噂を流せば、逃げ出す者も多いと思われます」

エルは服部家を孤立させる策を進言したか。さすがに戦力差があり過ぎて味方する人はいないだろうしね。服部友貞に人望がないのはすでに明らかだし。

「余計に結束をされたらいかがするのだ？」

「手柄首が増えるだけです。必要とあらば鉄砲と金色砲で吹き飛ばしてご覧に入れましょう。それに伊勢の水軍はほぼ我らに味方をすると思います。早く荷留を解かねば困るのは彼らですので」

「策は構わぬが、エル殿。我らの手柄をたてる機会は残してくれよ」

「ガハハハ。確かに」

船が必要なので攻めにくくはあるが、久々の戦な上にまず間違いなく勝ち戦だから、重臣の皆さんもやはり手柄が欲しいらしい。

「ご心配なく。服部友貞はすぐには降伏をしないでしょう。恐らく城攻めをせねばならぬと思われます。ほかに動く者がいなければ金色砲は不要でしょう。城攻めは皆様のご活躍次第かと」

エルはちゃんとみんなで協力する策を考えていた。それにしてもみんなイキイキしているね。武士なんだなって改めて実感するよ。

side：服部友貞

「この愚か者がっ!!」

「申し訳ありませぬ。されど抵抗された以上は戦わねばならぬのは当然のこと。殿がなんとしても通行税を取り立てろと申されました故に」

おのれ。この愚か者どもが！　まともに通行税を取り立てることも出来んのか!!

津島の商人の船を沈めて、織田が黙っておらぬこともわからんのか⁉

「殿。まずは願証寺に行き、お味方になっていただくしか……」

「わかっておるわ！」

クッ。またあの欲深い坊主どもの顔色を窺わねばならぬのか。


「某を見捨てるおつもりか！」

願証寺にてことの仔細を話すも、願証寺の坊主どもは嫌そうな顔をして相手にしてくれぬ。ここまで願証寺が頑なだとは！

「余計な波風を立てるなと、あれほど申したはずじゃが。王法為本の教えも知らぬのか？」

その上、王法為本などとそんな建前をいまさら。己らの利を失いたくないだけであろう！

国を治める者に従い国を助けるのが仏の道など、誰も信じてはおらぬわ！

「我らだけではない。伊勢の皆がその方に迷惑しておる。せっかく畿内に先んじて明や南蛮の品が手に入るというのに。織田殿は我らがそれを奪うのではと疑うておる」

ちっ、すでに織田が手を回しておるのか！

「なっ。先に某を愚弄したのは織田ですぞ！」

「頭を下げるのは嫌だ。だが利は寄越せ。身勝手なその方の相手をせぬ織田殿の気持ちがようわかる。形だけでも頭を下げておれば、織田殿とてここまでしなかったであろうに」

己らは利を得て贅沢な暮らしが出来ておるからと勝手なことを。

「断固たる態度を示さねば、織田は必ず伊勢に侵攻してきますぞ！」

それに、甘い。織田が豊かな伊勢を黙って見ておるはずがないのだ！

「それとこれとは話が違う。今日この時を以って、その方を破門とする。以後二度と我らの信心教えの名を使うな」

「お待ちを！　それはあまりにご無体な！　せめて皆様に話す機会を！」

なっ、嘆願どころかろくに会ってもくれぬまま破門だと！

散々銭を納めたわしを見捨てる気か!!

いかん。このままではいかん。北畠に行き、せめて取りなしだけでもしてもらわねば！

「その方のせいでわしまで織田に疑われておる。詫びにでも来たのかと思えば、取りなしをしろと？」

北畠家の様子は願証寺以上に冷たいものだった。北畠家の者らはわしを汚らわしいとでも言いたげな顔で睨んでおるわ。

「それは織田の謀でございますれば……」

「願証寺の後ろ楯を得て勝手をしたのだ。願証寺に頼むがいい」

「それが、破門されました。今後は北畠の御所様に臣従する所存。なにとぞお願い致しまする」

「たわけが。破門された者など受け入れられるか！　さっさと消えろ!!」

何故……何故誰も織田と戦おうとせぬ。わしの所領は伊勢と尾張の要所ぞ！

クッ。こうなれば単独で守ってやるわ！　兵糧だけでも買い集めねば。

side：久遠一馬

「願証寺は返事が早いわ。すでに友貞を破門したそうだ」

織田家が戦支度に追われる中、信秀さんに呼ばれたオレとエルは、信長さんと政秀さんを交えて今後のことを相談することになった。

伊勢の各勢力で一番反応が早く、対応が満点だったのは願証寺らしい。信秀さんも手強いと唸るように笑っている。願証寺の後ろ楯で独立していた服部友貞にとって、破門は死刑宣告のようなものだ。

同時に自分たちは関係ないとして、一切責任を負わないとでも言いたいんだろうか？

「荷留は勘弁してほしいそうだ。戦に障りのないものから再開してやるか」

「一馬殿の荷は引く手数多ですからな。一度止めた荷が再び伊勢に行くとは限らぬというもの。さすがは利に敏感な坊主ですな」

どうやら願証寺からは申し開きの使者が来て、織田の商いの邪魔をする気はないとはっきり言ったらしい。

信秀さんと政秀さんはこれで願証寺が敵に回る可能性が少なくなったと、少しホッとしているようにも見える。油断は出来ないが、政秀さんの言うように利益を与えていれば今回は敵には回らないだろう。

どうも事情が判明するまで荷留をすると宣告したことが、よほどショックだったらしい。

忍び衆の調べでは、織田と無駄な対立をしていた服部友貞には、伊勢のほうが神経質になっていたようだしね。

最近は他国の商人も津島に来る。止められた伊勢向けの荷がそのまま他国に流れるのは困るんだろう。政秀さんも予想外に早い対応の理由はそこだと見ているらしい。

「伊勢の水軍と北伊勢の国人衆からは、荷留を回避するためならば加勢するとの話もきておる」

願証寺だけではない。勝ち戦に対する周りの反応はオレが驚くほど早い。信秀さんは選択肢の多い現状にどうしようかと笑みを浮かべている。

蟹江の賦役に人を借りる話も交渉が進んでいて、実現すれば礼金があちこちに入るはずだったからね。

それが一気に敵対関係となり儲けが消える。しかも原因が織田嫌いでひとり騒いでいた服部友貞なんだから、周りの勢力とすると迷惑な話だろう。

「守護様も承諾された。一気に叩くぞ。一馬、本陣を南蛮船にしたいが構わぬか？」

「私は構いませんが、よろしいので？　あの辺りではあまり使えませんよ」

信秀さんも出陣するのか。本陣をウチの船にして佐治水軍と協力して服部水軍を潰せば、あとは大きな問題はないだろうね。願証寺が敵に回らない限り、たいした戦力にならないはずだ。

「あそこを攻めるには船が要る。ならば船で差配したほうがいい。南蛮船は動かさずとも威圧になろう。手柄が欲しいのならば、そなたは前に出てもよいが」

「遠慮しておきます。皆様からあまり手柄の機会を奪わないでほしいと言われていますから」

「ならば三郎と共に南蛮船の本陣におるがいい」

オレたちの出番は海戦だけかな？　信秀さんは前線に出てもいいって言うけど要らないよね。火縄銃を貸すくらいで十分そうだ。

最早、戦力比の計算すら不要なほど、圧倒的に形勢が傾いている。大切なのは戦の前にいかに有利な状況を作り出すかだ。

「市江島の領地はいかが致します？」

「あそこは要所だからな。いかがするか」

今のところ服部家に味方する人はいなさそう。北伊勢を影響下に置いている六角家は少し遠いので返事はまだ届いていないけれど、味方する意味もないし。

問題は戦後の服部友貞の領地である市江島の扱いだ。

この時代の市江島は陸続きではないから、守るにはいいが発展させるのは大変なところだ。

しかもこの辺りは河口付近だから浅瀬が多く、南蛮船も使えない不便な土地。本物の南蛮人の出島にするのなら良さげな場所だけど、南蛮船の出入りが出来る港を新設する手間とお金を考えると向いてなさそうだ。

それに土地が低いみたいで水害の心配もあるしね。手間を考えるとウチが手を出す場所じゃない。

「みんな張り切っているね」

「武功を立ててこそ武士、というのが世の習いでございますからな」

尾張は戦一色になった。織田家では余裕をもって兵糧米の確保をするべく米を買っているし、家臣の皆さんは戦の支度を始めている。

オレも資清さんと戦へ志願する家臣や忍びの確認と編成を相談する。今回ウチは海戦中心で陸戦ではそこまで前線に出ない予定だが、身分に合わせた負担は相応に必要だ。陸上では主に後方支援だろうけどね。家臣や忍びのみんなからは志願者を優先とする。あとは必要ならば清洲の時と同じく領民からも臨時で雇うか。

警備兵も治安維持に必要な人数を最低限は残しつつ、市江島に送って服部友貞の領地の接収などを経験してもらうかな。

ただウチの場合は志願者が必要人数よりも多く集まるので、どうしようかなと相談していると、望月さんが面白い報告を持ってきた。

「申し上げます。大湊・桑名などの商人が、服部家に兵糧や武具を融通するようにございます」

「この状況で服部家に期待しているのか？　それとも戦が長引けばいいってことかな？」

「いずれも尾張とは疎遠な者たちばかりでございます。商いの機会を奪われて面白うないのでしょう」

状況は織田が圧倒的に優位だ。しかし燻る不満も僅かに露見したらしい。

迂闊だね。伊勢の大きな町には忍び衆を配置しているし、オレも同じ商人なんだから品物の動きくらいすぐにバレるのに。

やはり伊勢には潜在的にも顕在的にも反織田、いや反久遠の勢力がある。

もともと伊勢湾での商業の主導権を握っていたのは伊勢なんだよね。伊勢の商人が元の世界でも有名なように。

それを事実上ウチが横取りしちゃったからね。

願証寺は品物を優先的に売ることで懐柔したし、商人も友好的な人には品物を卸すことで懐柔した。とはいえ尾張が栄えて豊かになる分、恩恵に与れずに割りを食う人も出るわけで。商人もウチとの取り引きで成功している人もいれば、そのまた逆もいる。

伊勢の大きな町は自治をしているところが多く、その分だけ勝手をする人が多いのかもしれない。

「殿。わざわざ兵糧をくれてやる必要はありませぬ。大殿にお知らせして現場を押さえるべきでございます」

すぐにエルたちと資清さん、望月さん、太田さんなどを集めて、一緒に市江島の地図を見ながら、伊勢の動きと戦の情勢分析を始める。

資清さんはいつになく積極的だ。戦ということで血が騒ぐのかな。

「ウチの船、沿岸だとあんまり役に立たないんだよね。エル、どうしようか」

せっかくの情報だ。役立てたいが、市江島で南蛮船って使いにくい。服部水軍は未知の船に恐れているようだけど。

「佐治殿に動いてもらうしかありませんね。上手く証拠を掴むと伊勢の商人との交渉に使えます」

「だね。誰か佐治殿に使いをお願い。ああ、ついでに玉薬は必要なだけ譲るからって伝えて」

普通に考えて佐治水軍に頼むしかないいか。

服部友貞のおかげで伊勢の反久遠の掃除が出来るかも。

さて。戦国時代らしくなってきたな。伊勢湾の制海権と交易をより確実に握るチャンスだ。


「そうか。伊勢の商人が動いたか。抜け目のない連中だ」

「どちらが勝っても儲ける。まあ商人の考え方ですね」

距離の関係から先に佐治さんには知らせを出したけど、那古野城で信長さんに報告して、一緒に清洲城で信秀さんにも報告に来た。

信秀さんも信長さんも、意味深な笑みを浮かべている。考えることは一緒のようだ。

「今までならば多少文句をつけられても、銭で解決してきたのであろう。天下の伊勢商人だ。武士も軽々しく敵に回せぬからな」

商人を敵に回すことは、信秀さんでさえも出来なかったんだろうな。感慨深げに伊勢の地図を見ている。

「いい機会だ。今後のためにも、どちらが上か教えてやれ」

一方の信長さんはまだ若いこともあり、信秀さんのようなこの時代の戦の常識をあまり意識していないようだ。特にウチは商人を優遇する必要はないし、それを見ているからかもしれないけど。

「一馬。そなたに任せる。好きに致せ」

「わかりました。伊勢の海を制するのが誰かということを、明らかにしてご覧にいれましょう」

さすがに伊勢の商人を武力で攻める気はない。ただ、商いはこちらが圧倒的に優位なんだ。この機会に反織田、反久遠を潰しておかないと。

信秀さんと信長さんとオレの三人だけでの悪巧みだ。

歴史に名高い伊勢商人のお手並み拝見といきますかね。

side：佐治為景

「そうか。伊勢の商人が服部に兵糧を融通するか」

「はっ、当家の船は沿岸に不向きなため、佐治様のご助力をお願いしたく参上致しました」

「すぐに行こう。支度は出来ておる。海の戦で我らが後れを取るわけにはいかぬからな」

久遠殿から使者が来た。太田殿という守護様の元家臣だとか。久遠殿の家臣らしく頭の切れそうな男だ。

「伊勢の商人も一枚岩ではないからな。とはいえ今の織田に敵対すれば高くつくと思わぬのか。それとも白を切るつもりか」

「久遠様に疎まれて、商いの機会を奪われた者もおりますからな」

「新参者と舐めた態度で突っかかった愚か者であろう？　久遠殿でなくとも商いはせぬわ。己を過信した愚か者の末路だな」

伊勢の商人の動きに家臣たちも呆れた様子で笑っておる。

実はわしのところにも、伊勢の商人の何人かが服部友貞に兵糧を売るとの知らせが届いておったのだ。清洲の殿には使者を出したが、久遠殿のほうが早かったらしいな。

知らせて寄越したのは伊勢の水軍だ。織田が動くと読んで恩を売ろうとしておるのであろう。伊勢の水軍とは親しくもないが敵対しておるわけでもないからな。

奴らは当家が南蛮式の船を手にして、修練しておることを知っておるのやもしれぬ。あまり目立たぬようにしておるが、船など隠しきれるものでもないからな。

此度動いた商人たちは久遠殿が尾張に来た頃に、威圧して力で久遠殿を従えようとした者たちだ。

もともと伊勢の海の交易は伊勢の商人が強いからな。挨拶もなしに勝手なことをするなと脅そうとした者らしい。

もっとも最初から誼を通じるように久遠殿と接して、商いを始めた者もおる。結果として久遠殿は威圧には屈せず無視して、一年も経たず伊勢の海を制してしまったからな。織田が服部との戦に手間取れば、伊勢の海を再び我が物に出来るとでも思うたのか？　久遠殿と誼を通じておる者も見て見ぬふりをしたのであろうな。

「鉄砲の玉と玉薬をお持ち致しました。存分にお使いくだされ」

「かたじけない。若君と久遠殿には良しなに伝えてくだされ」

相変わらず気前がいいな。だが此度は伊勢の商人がおる。矢銭を請求する相手には事欠かぬからな。久遠殿も気が楽であろう。

服部友貞は籠城か？　兵糧を融通する者はおっても援軍はおるまい。それどころか願証寺の出方次第では寝首をかかれるぞ。

いかがする気だ？

「止まれ！　この船はいずこに行くのだ？」

「銭は払う。通してくれ」

「まさか服部家に運ぶ荷ではあるまいな？　それは織田に敵対するということだぞ！」

「己らこそ、なんのつもりだ！　この船は大湊の船ぞ。己ら如きに止められる筋合いはないわ！」

すぐに船を率いて、商人が来ると内通する知らせがあったところで夜に待っておると、荷を運ぶ怪しげな船をいくつも見つけた。このような夜更けに荷を運ぶなど聞くまでもないな。

相手も自覚しておるのであろう。少し疑っただけで、こちらに敵意を向けてきた。

「やれ！」

殿からの許しもある。鉄砲と焙烙玉の威力を試してくれるわ。

関船から一斉に放たれた鉄砲に敵船は怯んだ。その隙に回り込んだ小早が焙烙玉を敵船に投げ込む。

静かな闇夜に大きな音が響いた。

うむ。商船には少し威力がありすぎるようだ。危うく船を沈めてしまうところであったわ。

「よし。捕らえた船を津島に運べ」

さて、面白くなってきたな。

side：久遠一馬

「一度に随分とたくさん運ぶ気だったんですね」

佐治さんが服部家に兵糧を運ぶ船の拿捕に成功したと聞き津島に駆け付けると、服部友貞に送られるはずだった兵糧や武具が山積みにされていた。

「向こうも出来ればこちらを怒らせたくなかったのでしょうな。噂になる前に大量に運んでしまうつもりだったのかと」

拿捕した船も一隻や二隻ではない。佐治さんは誇らしげな顔をしている。

津島の大橋さんと佐治さんと一緒に船と荷物を確認していくが、中には弓矢や火縄銃に玉と火薬もある。かなり本気で肩入れしたらしいね。

「玉薬に使われている硝石はウチが売ったものでしょう。何処から流れたのか調べさせます」

一様に顔色が曇ったのは火縄銃と玉と火薬があることだろう。火縄銃はウチのものじゃない。あれは織田家にしか売っていないからね。ただし火薬の原料の硝石はエルいわくウチのものらしい。

「伊勢の商人からも荷留は困ると嘆願が来ておりましたが、荷留のいい口実になりますな」

「しかしこうなると、願証寺もまことに破門したのか怪しくなりましたな」

なにより気になるのは、最近困窮していた服部家にしては荷が多過ぎることか。支払いをどうする気だ？　佐治さんはこれで伊勢の商人を締め上げてしまえと笑ったが、大橋さんは願証寺が裏で動いている可能性を疑い始めた。

「現状で願証寺が織田と事を構えることは考えていないでしょう。仮に背後にいるのが願証寺だとしても、恐らくは織田に恩を売るための策かと」

願証寺を疑う大橋さんの言葉に場の空気が一気に緊迫する。

ただエルは、それは考え過ぎではないかと推測した。服部友貞はどのみち捨て駒か。

「願証寺よりも北伊勢の国人衆ですね。動かぬように再度釘を刺すべきです。伊勢の商人が背後で動けば、どちらが勝ってもいいように動く者が出かねません」

「殿と若様に話してみるか」

そんなエルが気にしたのは北伊勢の国人衆だった。北伊勢は少し面倒な土地だ。北伊勢四十八家という乱立した国人衆がいて願証寺の影響力もある。

北畠家は国司ではあるが、南伊勢が地盤なので北伊勢にはあまり影響力はない。北伊勢四十八家に武家で影響があるのは、北伊勢と隣接する六角家だろう。史実において六角は、このあとも北伊勢で影響力を強めるべく動いていたはずだ。

とはいえ中部の長野家を含めて、釘を刺しつつ挨拶をしておく必要がある。まあこの辺りは信秀さんがやっているけど、許可をもらい改めて贈り物でもしておくべきかな。

「それにしても敵が伊勢商人だとは。少し前なら考えられませんな」

「ちょうどよい機会です。大橋様と佐治様と私どもが力を合わせれば、伊勢の海の交易は織田のものとなりましょう」

願証寺の件はとりあえず保留として、目下の敵は伊勢商人だ。長年津島をまとめ伊勢商人をよく知る大橋さんはなんとも言えない顔をした。

エルが伊勢商人でも問題はないとはっきりと言い切ると、大橋さんは少し驚いた顔をする。大橋さんもエルの優秀さは知っているとはいえ、それだけ伊勢商人は強大だということか。

しかし服部友貞の処遇とか誰も考えていないことが、なんとも言えないな。可哀想になるくらいだよ。

「エル殿、いかがなさるおつもりで？　大湊も桑名も手強いですぞ」

「ふふふ。それほど難しいことをする必要はありませんよ。こちらは本気で荷を止めてしまえばいいだけです。当家の商いの相手は伊勢の商人でなくとも構いませんから。皆様にも損はさせません」

敵が決まればあとは対策だ。策を問う大橋さんにエルは自信ありげな笑みを浮かべて答えて、大橋さんと佐治さんがほんの僅かに戸惑いの表情を見せた。

敵に回したら怖いタイプだからな。エルって。

ただ実際はさじ加減が難しいんだけどね。やり過ぎれば恨みが残るし、伊勢の諸勢力を敵に回しかねない。

鍵は六角家かも。信秀さんのところには、今回の件に六角家は関わりがないと返事が来たらしい。それでも伊勢の混乱を望まない六角家に商人たちが仲介を頼めば、織田は受けざるを得ない。

ウチとしては友好的な商人には寛大に、敵対的な商人には厳しくするだけ。大湊や桑名の商人の内部を分断出来れば儲けものだしね。

side：伊勢大湊の会合衆

「だから言うたであろう。久遠殿を甘く見るなと」

尾張の織田家から、大湊は服部家に味方するのかと問いただす使者が来た。

ことの真相はそう複雑ではない。我ら大湊は会合衆が治める町だ。武士でも寺社でもない我ら大湊の商人が治めておる。

敵味方の双方に品物を売るのも当たり前だ。商人には敵も味方もないのだからな。今まではそれで良かったのだ。

しかし今や伊勢の海の中心は尾張だ。

無論、取り扱う品物は未だに我らが上だが、金色酒・絹織物・綿織物・砂糖・鮭・昆布・硝石など。選りにも選って手に入りにくい品物は、ほとんどが久遠殿により南蛮船で尾張に運ばれておる。その久遠殿は同じ商人である我らではなく、尾張の織田家に臣従しておるのだ。結果として売るも売らないも織田家と久遠殿次第となる。

敵対しておる服部家などに品物を売れば、荷が止められることはわかっておったことだ。

せっかく我らが荷留をせぬようにと頼んでおった時に、数名の愚か者が服部友貞に大量に武具や兵糧を売ろうとして織田に押さえられた。

「願証寺は？」

「駄目だな。僅かな者は付き合いから服部家を支持する者もおるようだが、上はすでに切り捨ててしまった。破門したそうだ」

「なんだと！　わしはあの男が願証寺も助力すると言うから、あれほどの兵糧を送ったのだぞ！」

だがこちらも予期せぬことがあった。願証寺が早々に服部友貞を切り捨てるなど、我ら会合衆ですら思いもしなかったことだ。

あの腐れ坊主め。願証寺の助力があるなどと嘘をつきおって。

騙された者が悪いのだと言えばそれまでだが、織田と一向宗が争えば伊勢の海の交易は我らの手中に戻ると、要らぬ欲を出して見て見ぬふりをした者も多かったからな。

「困りましたな」

「堺の会合衆が動くぞ。駿河や相模の商人もな。皆、久遠殿との取り引きを狙うておるからな」

「不味いぞ！　それでは大湊はいかがなる！」

「久遠殿は一度嫌うと相手にしないからな。あちこちに根回ししても無駄だった者もおろう」

ことが尾張と伊勢の商いだけならばまだいい。厄介なのは各地の商人が久遠殿との取り引きを狙い、あちこちに根回ししておることであろう。

久遠殿は尾張の商人に米や麦や大豆などを買わせておるが、堺の会合衆などはそれを安価でまとめて売ることも考えておるとか。

両者が手を組めば大湊の立場はますますなくなる。

「詫びを入れるしかあるまい。いくら出す？」

「詫びだけで収まるのか？」

「ならばいかがしろと⁉　まさか首でも差し出せと！」

「そうは言っておらん。だが久遠殿の立場になってみよ。矛を収めるには相当の利が必要だぞ」

「ふん。久遠など無視しても構わぬだろう。織田に詫びを入れれば良いのだ。それにそもそも織田は勝てるのか？　市江島は大軍で攻めるには向かぬぞ」

会合衆の中でも意見は割れておる。久遠殿と取り引きのある者は、多少の出費をしても構わないので早く収めたいのであろう。

だが久遠殿に嫌われておる者はいまさらだからな。必要以上に銭を出したくないと。

最初に久遠殿を威圧して従えようとした者など、散々織田家中に根回しして銭をばらまいたにもかかわらず、未だに久遠殿との取り引きは出来ておらぬからな。

　不満が溜まっておるのも事実か。

「織田家が此度の戦に勝っても負けても我らには関わりはない。久遠殿が荷を運ぶ限り、交易は向こうが有利なのだ。むしろ勝ってくれないと困る。我らに敗戦の責めを負えと言われたら、いかがするのだ？」

　詫びるのならば早いほうがいい。勝ってから詫びたのでは日和見しておったと思われるし、負けてから詫びては我らが責められるだけ。

　いっそ、わしだけでも先に詫びを入れに行くか。織田憎し久遠憎しの奴らと心中など出来ぬ。

side：服部友貞

「兵糧は⁉」

「大半を織田に奪われたようでございます」

　クッ。大湊と桑名の商人も使えぬわ！　まともに兵糧を運ぶことも出来ぬのか！

　それにしても織田がいかに身勝手か、此度の兵糧の強奪でわかったであろうに！　何故誰も立ち上がらぬのだ‼

「殿！　願証寺の僧が殿はすでに破門されたのだと、領内で吹聴しておりまする！」

「ええい。斬り捨てろ！　織田の謀だ！　表立っては明らかにしておらぬが、籠城すれば隙を見て味方すると確約を得ておるのだ！」

願証寺の僧だと⁉　わしを見捨てたばかりか敵に回る気か⁉　それともまことに織田の謀か⁉

許さぬ。許さぬぞ‼

破門されたことだけは隠さねばならぬ。さもなくば、わしの命すら危うくなるのだ！

「殿！　僧は偽者ではございませぬぞ！」

「たわけが！　織田の謀に乗ったのがわからぬのか⁉　今こそ一向宗の立ち上がる時ぞ！」

勝てなくてもよい。守りきれば必ずや味方する者が現れよう。

今川にも斎藤にも六角にも使者は出したのだ。今こそ織田を攻める好機ではないか！

side：願証寺の僧

「その方ら！　なにをしておるのだ⁉」

「なにって、戦の支度だ。織田が仏様に逆らうからって……」

「違うぞ！　御仏の名を騙るは服部友貞だ！　織田殿は違うぞ！」

大変なことになった。服部友貞が勝手に我らの信心教えの名を使うのをやめさせるために市江島に来てみれば、すでに服部友貞は一揆の支度をさせておる。

止めねば！　我らは争うのを望んではおらぬのだ。

絶対に止めねばならぬ！

「おお、そなたたちはわしを知っておろう！　今すぐに一揆を止めさせよ！」

「恐れながら貴方様は織田に与した裏切り者。すぐに領内から出て行っていただきたい」

「なにを言う！　上人以下、我らは戦など命じておらぬのだぞ！」

慌てて市江島で服部友貞が破門されたことを村々に伝えておると、服部家の者たちが姿を見せた。

これで勝手な一揆を止めさせられると安堵したのも束の間、まさか我らを疑うというのか!?

「我が殿がそう申しておりました。殿と貴方様のいずれを信じるか。我らの立場をご理解くだされ」

「やめよ！　今ならばわしが織田殿との仲介をしてもらうように上人に願い出よう。やめるのだ！」

「退かぬとおっしゃるのならば、貴方様でも捕らえねばなりませぬ」

最早、ことの真偽は厭わずということか。

「致し方ない。退こう」

服部友貞め！　我らを巻き込む気だ。

何故織田嫌いの奴のために、我らが巻き込まれねばならぬ。

このままではいかん。願証寺に知らせて、周辺の寺に使いを走らせて人を集めてでも止めねば。

織田殿は尾張ばかりか美濃と三河も幾ばくか従えておるのだ。奴のために多くの門徒が苦しむことになるのだけは、避けねばならぬ。

少なくとも織田殿は、我らを排除しようとしたことなどないのだ。

話せばわかるはずだ。市江島の明け渡しは必要であろうが、命までは取るまい。

急がねば。周辺の者が勘違いをして一揆が広がれば大変なことになる！

side：久遠一馬

佐治水軍による市江島封鎖が続く中、信秀さんは津島に尾張国内から五千の兵を集めた。

それと服部家には最後通告の使者を送ったみたいだけど、こちらは織田家が服部家の通行税を集める邪魔をしたのが悪いと追い返されたらしい。

勝手に近場を通るなら金を出せと脅し取っている賊相手に、こちらが遠慮してやる義理はない。

使者は一向宗の坊さんに頼んだらしく、生きて帰ってきた。服部友貞の様子だと織田家の家臣を使者にすれば危ういしね。

「明日は駄目か？」

「はい。今夜から明日の夜までは海が荒れます。船と上陸は隙になります。明後日なら海も落ち着くでしょう」

この日、津島の大橋さんの屋敷では軍議が開かれている。

血の気の多い武士は早く攻めるべしと騒いでいるけど、エルには明日は海が荒れるから駄目だって事前に言われているんだよね。

それを報告すると信秀さんは考え込んでいる。佐治水軍はさすがに大丈夫だろうが、尾張の兵のほとんどは船には慣れていない人ばかりだ。数は少ないが服部水軍もまだ手付かずなので、避けたほうがいいとの判断になる。

天気に関しては正直、この時代では経験則から来る判断しかない。あとは易学を学んだ占い師が戦について占いで助言をするらしいけど。

「殿。服部友貞は一向宗の旗印を未だに使うておりまするが……」

「領民には破門されたことを隠しておるようだな。少数の坊主が助力しておるようだ。願証寺も慌てておるわ」

戦をいつするのか判断するのは信秀さんだ。易学の判断やウチの天気予報から判断する。

それはいいが、ちょっとばかり伊勢が混乱している。

まず伊勢の商人たち。服部友貞に加担した商人が予想以上に多く危機感を覚えたようで、ウチの品物を扱う商人を中心に謝罪に来る人が後を絶たない。大湊なんかは早くも謝罪と必要な分の兵糧と矢銭の提供を申し出てくれた。

それと願証寺。上層部はさっさと服部友貞を切り捨てたのに一部の坊主が加勢していて、しかも服部友貞が願証寺の支援を約束して兵糧なんかを集めたらしく、責任の擦り付け合いが起きている。

とはいえ北伊勢に影響力がある六角家は動かないし、願証寺もごく一部は服部友貞に味方したが影響力は限定的だ。

「願証寺からは僧兵を出すとの話もあったが断った。その代わり立場をはっきりと周囲に伝えろとは言ったがな」

願証寺と言えば史実の長島一向一揆のイメージが強いが、現状ではそこまで武士との対立を望んでいるわけじゃない。

まったく問題がないとは言わないが、それを言えば願証寺だけでなく何処でもある程度だ。

ウチの品物の取り引きでも願証寺は優遇しているし、金色酒や絹織物などを石山に送っているほどだからね。今のところ織田と全面対立する理由はない。

「兵糧は多少運び込まれたようですな。大半は佐治水軍が押さえましたが」

「籠城する気か？　それほど堅固な城ではなかろう」

「いや、いくらなんでも最初は討って出るはずだ」

まあ願証寺も一枚岩でないと知ることが出来たのは収穫だ。重臣の皆さんは服部方の動きをあれこれと話して策を考えている。

今回の戦は上陸するまでが気を使う。海戦が起こる可能性もあるし、上陸戦が難しいのはこの時代も同じだ。

よほどの馬鹿じゃなければ、上陸場所で待ち構えているはずだ。

正直なところこの時代って、大規模な演習とかしないからね。実戦あるのみという感じだ。抜け駆けもよくあるし、連携が取れないことも珍しくないらしい。

大将が軍勢の配置や戦術を決めたところで細かいところは現場に任せざるを得ないから、戦上手な中隊長的な武士は優遇されるんだろうね。

一応エルたちと相談した策はあるけど、必要ない気もする。兵の数が違うからオーソドックスな攻め方でも十分だろう。

今回ウチは海での海戦と制海権維持と、情報収集や兵糧の輸送などの後方支援に回る。

船での役目があることもあるし、他がやる気がありすぎて出番なさげなんだよね。

最近臣従した伊勢守家も当然やる気満々だ。武功を立てて内乱を起こした汚名を返上したいらしい。

ウチはオレがまだ若いし、清洲の時に金色砲で武功を立てたからね。今回はやはり遠慮したほうが良さげだ。

「一向宗か。面倒なことになったな」

「願証寺では僧兵を出してでも服部友貞を捕らえろと、息巻いておる者もおるようですな」

翌日はやはり海が荒れている。信長さんと政秀さんは津島にあるウチの屋敷で新しい報告を聞いて少し渋い表情をした。

佐治水軍の海上封鎖は続いているけど、今度は外野であるはずの一向宗が騒ぎだしたんだ。

破門された者が勝手に一向宗と願証寺の名を使うのは何事だと、怒り心頭な人も多いらしい。

僧兵を出して服部友貞を討てという過激な意見と、織田に任せるべきだという穏和な意見で割れているとか。

「しばらく放っておいたほうが面白そうですけどね」

今は津島にて水軍以外は待機中で、信秀さんは大橋さんの屋敷に滞在していて、信長さんはウチに滞在している。信長さんの重臣、直臣の皆さんも一緒だ。

服部友貞と戦をするのはそう難しくはない。問題は願証寺の混乱をこちらがどう見てどう判断するかだろう。

「言いたいことはわかるが、なにもせぬまま見ておれば臆したと思われるぞ」

信長さん以下、重臣の皆さんの機嫌はあまり良くない。

一向宗の内輪揉めに巻き込まれたくないのはみんな同じだが、挙兵した以上は戦果を挙げねば収まらないという感じか。信長さんもここまで来て日和見は出来ないと覚悟を決めている。

「討ってしまっても構わぬでしょう。それより服部友貞の首なり身柄なりを願証寺に渡して、戦の後にいかがするのか話したほうが有益です。先に挙兵したのは我々なのですから」

オレは放っておいたほうが面白いと思うんだが、意外なことにエルは主戦派らしい。無駄に長々と対立するよりは片付けてしまったほうがいいということか。この時代の場合は、長いと何年でも対立したまま小競り合いや戦が続く。東の今川と北の斎藤。敵はまだまだ多いからね。織田家には。

「市江島を正式に織田領と認めさせ、そこからなにを得るかですな？」

「はい。表向きは願証寺を立てつつ、こちらは実利をいただくべきです。それに河内一帯の一向宗の影響力を落とすには、織田の力を見せねばなりません」

信長さんの重臣の皆さんは穏やかな人柄であるエルの好戦的な発言に驚いているが、政秀さんだけはその意図を見抜いて同調していた。

出来れば願証寺を分裂などさせて弱体化させたいが、服部友貞ではそこまで期待するのは無理がある。

「しかし、一向衆の一揆が相手となると少々厄介では？」

「服部友貞にそこまでの力はないと思います。願証寺のほうでもだいぶ動いているようですから」

そしてもうひとつの懸念を口にしたのは佐久間信盛さんだ。一揆が相手だと敵が死に物狂いになる可能性があることを危惧しているらしい。

ただ戦場は市江島だけだし、願証寺が服部家と敵対することを覚悟で服部友貞の破門を市江島の領民に伝えているからね。よほど領民に慕われた人ならばともかく、そうでないのならば影響は限定的だろう。

「そういえば服部友貞って、領民の評判どうなの？」

「良うありませぬ。冬の流行り病の時も織田領では治療をしておりましたが、服部友貞は祈祷をすると称して領民から税を集めただけでございましたので、不満が出ておりましたからな」

ふと気になって服部友貞の評判を資清さんに再確認するも、評判はやはり良くないのか。

「つまり己の名では戦えぬ故に、一向宗の名を使っておると？」

資清さんの報告に政秀さんの表情が険しい。神仏を利用するようなやり方が好ましくないんだろう。信心深いからね。政秀さんは。

「はっ。そのようでございまする」

市江島は津島に近い。隣というか近隣の織田領では手厚い治療をしたのに、服部領では祈祷をすると税を取って放置したんだ。そりゃあ領民も面白くないだろう。実際に死者も結構出たらしいしね。三河ほど酷くはないが、市江島や長島方面からも少し流民が来ていたはずだし、織田家の噂は知られているみたいだからね。

「やはり戦は明日か」

「海は封鎖出来ていますから、海が穏やかになれば」

信長さんは明日の戦に気を引き締めているようだ。肝心の海も明日には穏やかになる可能性が高いので大丈夫だろう。

海上封鎖は問題ない。ウチのガレオン船とキャラベル船も監視と洋上基地として使っているし、一部の伊勢志摩の水軍には怪しい船を知らせ次第報酬を出している。

この混乱でウチの荷を運ぶ仕事がなくなって困っているみたいだったから、情報提供の要請を出したら協力してくれた人たちもいるんだよね。

あとは忍び衆とオーバーテクノロジーで得た情報を少し混ぜると、市江島周辺の情報はすべて把握出来る。

ガレオン船には望月さんとセレスを常駐させて、情報の取りまとめを頼んでいるしね。

この時代では最高レベルの海上封鎖をしているだろう。

佐治水軍の出動が間に合わなくて兵糧を運ばれることもあるのだろうが、その辺りは今後の課題だろうね。

side：望月出雲守

「出雲守殿。船酔いはいかがですか？」

「お方様に薬を頂き、だいぶ楽になりました。面目次第もございませぬ」

南蛮船はまるで海上の城だ。各地から入る知らせを集めて指図し、簡単な煮炊きも出来るので水軍衆への食事も提供しておる。

難点は海に慣れぬ者は船の揺れに弱いことか。まさかわしまで船の揺れで気持ちが悪くなるとは。しかもセレス様にご心配をかけてしまうとは、情けない限りだ。

「いや、ご立派ですよ。初めての海でこの揺れは厳しいものです。私たちも何度も何度も船に乗り克服したのです。仕事をなされているだけでも、たいしたものですよ」

船にはセレス様とパメラ様が同行されておられて、ほかには船乗りと佐治水軍の佐治殿もおられる。

久遠家ではお方様がたや船乗りのほうが船に慣れておられるので仕方ないが、忍び衆の半分は船に酔ってしまった。これはなんとかせねばならん。

「そろそろ痺れをきらす頃ですね」

市江島を眺めながらセレス様が確信ありげに呟かれた。

「ですな。南蛮船は目立ちまする。しかも織田の旗を掲げておるのです。織田嫌いの服部友貞がいつまでも大人しくしてはおりますまい」

この場の大将である佐治殿が、そんなセレス様の呟きに頷かれた。我らは佐治水軍の助力のために南蛮船を出しておるのだ。

とはいえ忍び衆は久遠家配下であるし、伊勢志摩の水軍衆は佐治水軍との繋がりから知らせを寄越す。佐治殿もその辺りを理解してこちらに気を使っておる様子。

わしは残念ながら海での戦はよくわからぬ。セレス様と佐治殿が事実上決めておるが、意見の対立がないのは少し驚く。

セレス様が凄いのか佐治殿が凄いのか、わからぬがな。

「来るとすれば今夜でしょう。津島に兵が集まっていることも知られているはず。それに海は荒れていて月明かりも今日は期待出来ない」

「狙いはこの南蛮船ですな。されど南蛮船を囮にするようなことをしてよろしいので？」

「構いません。火矢程度では沈みませんので」

セレス様と佐治殿は、服部水軍の奇襲を予期して迎え撃つ策を考えておる様子。

南蛮船を囮にして佐治水軍の船で包囲して殲滅か。確かに服部友貞は南蛮船を酷く憎み罵っておるとの噂だ。

隙を見せれば南蛮船を狙うであろうな。この船は伊勢の海の者にとって恐怖の船だと聞く。これを沈めれば戦の流れすら変わるやもしれぬ。

まあ、沈められればの話だがな。


「はーい、皆さん。お昼ですよ～」

「おお、パメラ様。これはかたじけない」

「たくさん食べてくださいね」

船内に入るとパメラ様が昼飯を配っておられた。パメラ様は医師としての腕は確かなのだが、童のように振る舞うのは何故であろうか？　もう少し威厳がある態度をとるほうがよいと思うのだが。

それにしても相変わらず久遠家のお方様がたは御自身で食事の支度をなさる。

「じゃあ、ほかの船のみんなに届けてくるね！」

昼飯は握り飯と漬け物に味噌汁か。まっとうに考えたら戦場らしい豪華な飯になるのだが、久遠家だと普段が普段だからな。質素な食事になるのがなんともおかしな感じだ。

まあ船の上で鯛やら出されても、食べにくくて困るのだが。

side：佐治為景

「ほう。これは初めてですな」

「お寿司だよ～。なれ寿司をすぐに食べられるようにした料理なの」

「パメラ殿、かたじけない。おお、これは美味いな。我らは魚をよう食べるが、生の魚と白い飯をこのような形で合わせて食べるのは初めてだ。この酢が美味しゅうございますな」

外はすでに日が暮れておる。

波もだいぶ穏やかになってきた。やはり今夜にも来るだろうな。

久遠殿の南蛮船は居心地がいいので、ここで差配をしておるのだが、なにより飯が美味い。

皆もここしばらく海の上で大変であろうが、一切不満が出ぬわけは飯を久遠家が用意してくれておるからであろう。

同じ握り飯や味噌汁のはずが久遠家の飯は美味い。だが久遠家の者に聞くと、船上故に飯は普段より質素だと聞く。

普段はいったいなにを食べておるのだ？

今夜は戦があると見込んで豪華にしたらしいが。寿司か。なれ寿司なら食べたことがあるが、これは別物だな。

生魚など飽きておったが、これは美味い。それに食べやすいのがまたいい。

米には酢と砂糖で味付けしておる上に、魚に塗ってあるのは醤油か。同じ魚でもこうも味が変わるとはな。

それにしても久遠家には学ぶべきことが多い。

素破、久遠家では忍び衆か。彼らをあちこちに放ち様子を探らせておるばかりか、伊勢と志摩の水軍衆にも敵方の動きを探らせておるのだ。おかげで服部家に運び込む兵糧をほとんど奪ってしまった。

極め付けは、知らせに来た者に明から仕入れておる良銭を褒美として、その場で渡しておることか。あれで水軍衆の目の色が変わった。

これでは服部家がいくら騒いでも味方する水軍衆はおらぬであろう。

内心では服部家に味方したい者もおろう。上手くいけば伊勢の海の海運を握れるかもしれぬからな。されど久遠家の南蛮船と良銭の力を見せつけられてはなにも出来まい。

さて服部友貞は来るかな？

あの男。あまりものを深く考える男ではないので来ると思うが。

side：服部友貞

海が穏やかになってきたな。織田は明日にでも攻めて来るであろう。

「ふん。あれが南蛮船か。帆掛け船であろう？　止まればただの的ではないか」

「はっ。されど南蛮船には見知らぬ武器があるとか。伊勢の水軍衆も避けておりますれば……」

「まさかすべての者が一晩中起きてはおるまい。見張りくらいはおろうが、寝ている者が起きる前に乗り込んで奪うのだ。奪えぬ時は火をかけて沈めてしまえ」

「ははっ」

そろそろ丑三つ時になろうか。今から南蛮船を夜討ちしてやる。

あの忌々しい黒い南蛮船のせいで、すべてがおかしくなったのだ。あの船さえ沈めてしまえば願証寺も伊勢の水軍衆も目が覚めるであろう。

伊勢守家やほかの尾張の国人衆も、南蛮船さえなくなれば信秀如きには従わぬはずだ。

如何ほど自信があるのか知らぬが、一隻でわしの前におるのが運の尽きよ。

佐治水軍は兵糧を奪うのに夢中で、ここにはおらぬのだからな。兵糧を集めたからといってわしが籠城すると油断しておる愚か者めが！

今に見ておれ!!

side：セレス

「総員戦闘配置に付け」

動きましたね、服部水軍。夜の海とはいえここは彼らの縄張り。僅かな星明かりでも動けるのでしょう。

しかし、それはこちらも想定済みです。ガレオン船や地形に隠れるように待機していた佐治水軍の船がゆっくりと展開していきます。

「鉄砲隊。弩隊。準備完了しております」

「佐治水軍が配置に就いたのち、合図するまで撃ってはなりません」

「はっ！」

敵は関船一隻と小早が十数艘。服部友貞は水軍を総動員しましたか。

やはりたいしたことのない相手ですね。ここでこの船を沈めても織田はびくともしないことに気付かないとは。どのみち妥協すら出来ぬ者など不要です。退場していただきましょう。

「セレス様。佐治水軍包囲完了したようでございます」

「では始めましょうか。合図用意」

服部水軍もなかなかの練度のようです。惜しむらくは大将が愚かだったことでしょうか。

佐治殿は自身の船で服部水軍と戦うために出陣なされました。戦闘開始の合図を戦場が見渡せる私たちに任せて。

「……撃て！」

その瞬間、静まり返った深夜の海に大砲を使った空砲が響き渡りました。

弾は撃てません。包囲する佐治水軍に当たる危険性がありますから。しかし大砲を見たことのない彼ら服部水軍には、空砲で十分でしょう。

ふふふ。まるで開国を迫ったペリー提督になったようですね。

「敵船止まりました！　空砲により混乱しておる模様」

「鉄砲隊と弩隊は撃ち方始め。ただし、佐治水軍には絶対に当てぬように。帆走準備！」

「はっ！」

こちらも錨を巻き上げ、帆を張り、船を動かしましょう。同時に敵船の前方には火縄銃と弩で攻撃を仕掛けます。

服部水軍は空砲に驚き、船を止めて状況を確認しようとした様子。判断は悪くありませんね。

恨むなら無策な主を恨みなさい。

「かかれ!!」

罠だと理解したのか、服部水軍は蜘蛛の子を散らすようにガレオン船から逃げようとしますが、そこには佐治水軍がいます。

残念ですが海流も考慮した布陣なのですよ。

相手は弓のみですが、佐治水軍は弓・鉄砲・弩・焙烙玉と飛び道具の数も種類も上です。

雨が降った場合を想定して弩も用意しましたが、不要だったかもしれませんね。

船の数も武器の数も上で奇襲を逆手に取ったのです。勝って当たり前です。

「お味方勝利にございます！」

混乱して逃げ惑う相手など敵ではありません。士気も高くはなかった。

「敵味方を問わず海に落ちた者の救助と負傷者の治療をします」

「はい、はーい。任せて！　負傷者はこっちに集めて。武器は取り上げなきゃダメよ！」

味方の勝鬨の声がします。戦闘終了ですね。

船は多少壊れたものもあるようですが、敵味方問わずほとんど無事です。

敵将の服部友貞はいたのでしょうか？　いたら戦が終わってしまいますが。まあ仕方ありませんね。

負傷者と海に落ちた者を収容して敵兵は捕虜になります。治療の指揮はパメラに任せましょう。

今後のこともありますので、末端の水軍の兵は佐治水軍に組み込むためにも助けなくては。

side：久遠一馬

服部水軍は夜襲に失敗して壊滅した。

数艘の小早が逃げ切ったようだが残りは舟を拿捕していて、兵は海に飛び込み逃げ出した者以外は捕虜にしたらしい。どちらかと言えば負傷者の救助が大変だったとか。

「友貞めがおらなかったのが残念」

捕まえた捕虜の話だと、幸か不幸か服部友貞は夜襲の兵を直接指揮してはいなかったみたい。

ただ制海権は完全に握れたし、敵に戻った舟は小早が数艘。服部家は主力の武士や兵が大幅に減ったのは確かだろう。

おかげで佐治さんはご機嫌だ。

奪った兵糧や舟。そして海戦の完勝で一番手柄は固いだろうしね。水軍の面目躍如だ。

今日からは予定通り市江島への進軍だ。敵の水軍がほぼいない以上、奇襲とかあまり気にしなくていいからね。上陸が一気に楽になった。

当初の予定と変わり海戦はすでに終わったけど、信秀さんは予定通りに南蛮船に本陣を置くことにしたみたい。

理由は聞いていないけど、乗り心地がいいとか目立つからとか、案外その程度の理由だったりして。

先陣の大将は伊勢守家の織田信安さんだ。志願した結果だけど、ちょっと意外だね。

今は先陣の伊勢守家から上陸しているところだ。

「申し上げます！　市江島より離脱する舟から願証寺の僧と思わしき者らを捕らえました！」

「丁重に保護しろ。敵か味方かわからぬからな」

「はっ！」

南蛮船の本陣にて市江島に上陸する兵たちを見守っていると、少し意外な報告が舞い込んできた。

どうも漁民の舟に坊さんらしき人たちが乗って、市江島から離れようとしたのを佐治水軍が捕らえたようだ。

その報告に信秀さんの表情がニヤリと変わった。

恐らく服部友貞に味方した連中だろう。願証寺の坊さんは周辺の寺に服部友貞に加担しないように働きかけて、市江島から追い出されたからね。その後にも止めに入ったかもしれないが、このタイミングで逃げ出すように出てくるとは思えない。

「戦う前に逃げ出したのかな?」

「兵糧もない、舟もない、兵となる船乗りもおらぬ。これでは勝てるはずがないからな。わしでも降伏するわ」

まだ勝てば願証寺が動く可能性はあった。しかし水軍が壊滅しては勝ち目がなくなったと見たか。

信秀さんが服部友貞の立場ならお手上げだと少しおどけてみせると、重臣や近習の皆さんが一様に笑った。

それにしても敵前逃亡とは。まあ坊さんたちの領地でもないしね。負けて責任取らされる前に逃げ出してもおかしくはないか。

「抵抗がないとは。味気ないな」

「まったくですな。無抵抗のまま籠城する相手など赤子の手を捻るようなもの」

「油断めされるな。敵は一向衆の一揆を狙っておったのですぞ」

本陣は明るく会話も弾んでいる。このあとには重臣の皆さんも上陸する予定だから、みんな少し浮かれ過ぎている気もするけど。

戦にそこまで命が懸からない場合は、こんなもんなのかね？

「エル。どう思う？」

「敵はこちらが思う以上に混乱しているのでしょう。普通は負けても味方がほとんど戻らないということは、まずあり得ませんから」

陸戦と違い海戦は船を押さえたら終わりだからなぁ。佐治さんも敵を蹴散らすことより船を拿捕することを優先したらしいし。

そういえばエルとジュリアは、医師であるケティやパメラと一緒に衛生兵として来ている。治療に慣れているのはウチの人間くらいだからさ。

滝川家を筆頭に忍び衆の女衆も衛生兵として何人か連れてきたけど、安全を確認出来るまでは上陸はさせないで船で治療することになっている。

清洲の時もエルたちは戦に参加していたが、あの時よりは危険な戦ということもあり、さすがに織田家中からも反対意見が出たからね。地元の領民や傭兵ならばともかく、武士の奥方を戦場に連れていくのはいかがなものかってね。

ウチでも望月さんは危険だと心配していたけど。

あと、この時代の武士は験担ぎをするし、戦の前に女に触れるのは良くないと避けるらしい。それはウチの家臣も同じだ。オレはまったく気にしないけど。

立場上、エルたちと顔を会わせないわけにはいかない資清さんは、あまり気にしていないというか、清洲攻略戦の時にオレがまったく気にしなかったことで合わせてくれているようだ。

周りで一番気にしなくなったのは、やはり信長さんだろう。

オレが験担ぎをまったく気にしないことを初めは不思議そうに見ていたけど、大丈夫だと判断したらしく最近は以前よりさらに気にしなくなった。

今回も戦の前日に普通にオレやエルたちと一緒だったし、直臣の皆さんが困った顔をするのを見て楽しんでいたっぽい。

side：服部家家臣

「急げ！　食えるものはすべて城へ運べ！　残しても織田に奪われるだけだ！」

夜襲に出陣した水軍が、これほど大敗するとは……。

しかも、ただの大敗ではない。舟はほとんど奪われ兵も半分以上戻らぬ。これでは味方の士気ががた落ちではないか。

だから戦など止めておけば良かったものを。

願証寺が織田と戦う気がない以上、詫びを入れるしかなかったのだ。そんなことはわかっておったというのに……。

「おい、坊主どもはいかがした⁉」

「はっ、援軍を集めてくると城を出ました」

「まさか逃げ出したわけではあるまいな。散々殿を焚き付けておいて。探せ！　奴らには最後まで付き合ってもらう！」

殿が織田と戦を決断されたのは織田嫌いが原因だが、もうひとつ理由がある。

願証寺の下っぱ坊主どもが殿を焚き付けておったのだ。あのくそ坊主どもめ。

恐らくは背後に願証寺内の争いがあるのであろう。もしかすると桑名の商人どもも一枚噛んでおるかもしれぬ。

織田と久遠が気に入らぬ者はいずこにでもおるからな。

「いずこにもおりませぬ。近くの村で舟を借り上げて沖に出たようでございます」

「くっ、やはり逃げ出したか！」

民の集まりも悪い。水軍が戻らぬこともすでに領内で知らぬ者はおるまい。さらにくそ坊主どもまで逃げ出すとは！

死ねば極楽浄土だと？　なにかあれば仏罰だと極楽浄土に行けぬと脅して好き勝手しておる破戒坊主どもめが!!

それほど極楽浄土がいいのならば、己らが先に行けばいいのだ！

「殿。願証寺の坊主が逃げ出したようでございます」

「あやつらは援軍を呼びに行ったのだ」

「殿。逃げ出しただけでは？」

「無礼者め！　仏に仕える者を疑うのか!!」

「いえ、そういうわけでは……」

このままでは服部家は終わりだ。殿に目を覚ましていただくべく坊主どもが逃げ出したことを伝えるも、まだ殿はわかってくださらぬ。

そもそもあんな下っぱの破戒坊主が仏に仕える者なのか？　願証寺でさえ、もて余しておる厄介者であろう。

それに舟がないのにいかにして援軍を連れてくるのだ？　当家の水軍に大勝した佐治水軍と南蛮船に誰が敵対出来るというのだ？

祖父の代から仕えておる服部家のためを思えばこそ、某は殿に諫言しておるというのに。

「つまらぬことを申す暇があるのなら、兵と兵糧を集めてこい！」

「はっ……」

兵と兵糧を集めてこいと言うが、民の数少ない食い物を奪ってもそのあとはいかがするのだ。さらにだ。領内の寺は願証寺の命を受けておって戦には従わぬと楯突いておるのだ。

民とて愚かではない。勝てぬ戦に僅かな食い物を出して兵として戦うなどあり得ん。

……頃合いだな。

一向宗の教えを家臣にまで強要する殿には、少々うんざりしておったのだ。

幸い、殿は水軍の大敗に余裕がなく苛立ち当たり散らすのみ。

家族と郎党で織田に降ろう。なにをしても南無阿弥陀仏と唱えれば許されるのであろう？

ならば某は家族と家を守ることを選ぶ。

side：望月太郎左衛門

甲賀から尾張に来て初めての戦か。一族の命運を懸けて尾張へとやって来た、出雲守様のお考えは正しかった。殿は我らを人として扱い、子たちのことも気にかけていただいておる。

オレはそんな久遠家のご恩に報いるために、忍び衆を率いて市江島に潜り込んだ。

市江島は混乱しておる。服部党自慢の水軍が壊滅と聞けば、さすがに服部友貞には勝ちはないと理解したようだ。

領民は寺に逃げておるわ。市江島には一向宗の寺がいくつかあるが、こちらも海での大敗で友貞に助力しようとしていたところも変わりつつある。

もともと願証寺の下命もなく、友貞が独断で一向宗と織田の戦にしようとしておったのだ。何処まで従ったかは怪しいが。

「おい、太郎左衛門。追われておる者らがおるぞ」

「誰だ？　味方か？」

「いや、武士と女子供だ。追っ手は服部党の者だな」

我らの役目は市江島の領内にある一向宗の寺を見張ることだ。殿より頂いた遠眼鏡で寺を見張って、おかしな争いを見つけた。

服部党の兵に十数人の武士と女子供が追われておる。戦の前に……、まさか友貞を見限った者か？

「よし、助けるぞ」

「いいのか？　殿の命に背くことになるぞ？」

「私利私欲ではないのだ。責めはオレが負う」

上手くいけば荷ノ上城の様子もわかるやもしれぬ。それに追われておる者を助けるためならば重い罰は受けまい。

殿は素破の自害すら嘆いておられたからな。


「捕らえろ！　いや、殺せ！　裏切り者が‼」

「黙れ！　服部家を勝てぬ戦に駆り立てた愚か者になど付き合っておられるか！」

人目に付かぬように近づくと争う声が聞こえた。やはり友貞を見限った者たちか。

「よし。やるぞ」

追われておる者の中にも戦える者はおる。鉄砲で援護してやれば形勢は変わるはずだ。

こちらは三名しかおらぬが、この間合いならば外さん。鉄砲に早合を込めて狙いを定める。

引き金を引き鉄砲を放つと、玉薬の爆発する音が響く。これが鉄砲の欠点だな。しかし一撃目でふたりに命中した。

誰だ、外したのは？　帰ったら鍛練のやり直しだな。

「なっ⁉　なんだ、今の音は⁉」

「おい！　大丈夫か⁉　なにがあった⁉　なんなのだ‼」

ただ幸いなことに、服部党の者らはこちらの場所をまだ把握しておらぬ様子。さらに鉄砲に早合を込めつつ敵の様子を探る。

連中は鉄砲を見たことがないらしい。得体の知れぬ音と被害に慌てる姿が滑稽だ。

よし二撃目を撃つぞ！

「ヒィ!!」

「祟りだ！　逃げろ!!」

二撃目も三人でふたりに命中したが、致命傷なのは四人中ふたりだけか。それでも敵は見知らぬ鉄砲を祟りだと勘違いしたらしく逃げ出した。

「よし、引き上げるぞ」

「接触しなくていいのか？」

「あの様子なら大丈夫だろう」

追われておった者らも追っ手同様に怯えておったが、追っ手が逃げると彼らもまた動きだした。

行く先は織田方の先陣がおる方角だ。素直に降るのか隠れておるのか知らぬが、我らは姿を見せぬほうがいいだろう。

上手くいけば物見が見つけるはずだ。我らは役目に戻るとするか。

side：織田信安

「申し上げます！　周囲に敵の姿は見当たりません！」

「油断するな。敵は昨晩も奇襲をしたのだ」

「はっ！」

ここが市江島か。輪中だとは聞いておったが、思っておった以上に良うない土地だ。水害にも悩まされておると聞く。服部党を追い出しても誰も欲しくないであろうな。まあ、だからこそ伊勢守家が先陣を承ることを許されたのだが。

周囲に放った物見の知らせでは、敵はおらぬらしいがなにかの策か？

「近隣の村の者はいかがだ？」

「はっ！　村にはおりませぬ。逃げたのか隠れておるのか」

「探せ。一揆を起こされてはたまらん」

服部党には最早織田に逆らう力はないとは思うが、一向宗がくせ者だな。勝ち戦に浮かれて一揆にやられては末代までの恥だ。

「申し上げます！　服部党の者が降って参りました」

「なんと。伊勢守殿いかがしますか？」

「……会おう」

あまりに敵がおらぬことに不自然さを感じておるところに、まさか敵が降ってくるとは。

わしはあくまでも諸将を束ねる立場にすぎぬが、異論を唱える者もおらぬようなので会うことにする。

「では願証寺の僧は逃げ出したのだな?」

「はっ、水軍が壊滅しては服部家も終わりでございます。あの忌々しい破戒坊主どもめが殿を焚き付けねば……」

降って参った者はそれなりの身分のようだ。

荷ノ上城に兵糧が多くなく領内から慌てて強引に集めておることや、すでに一揆を起こすほどの力が服部友貞にないことも語った。

苦々しい表情で一向宗の僧を罵る様子に嘘はないとは思うが、素直に信じるのは危ういか。

「某の首にて一族郎党は助けていただきたい」

「このまま本陣の殿に同じことを申し述べよ。その方の言葉に嘘偽りがなければ命までは取るまい」

「畏まりました」

判断は義兄上に任すとして、状況がここまで変われば、新たなご下命を仰がねばならん。あとは一向宗の寺がいかに動くかだな。


「服部党は、まことに籠城以外に手がないようですな」

先陣が上陸し終わる頃には、物見と久遠家家臣の望月太郎左衛門という者からの知らせが届いた。久遠殿が素破を多く召し抱えたとの噂はまことであったらしい。

偽者のおそれはないはずだ。伊勢守家でも数が少ない高価な鉄砲を持ち、久遠殿の旗印の書かれた絹の布を持っておったからな。疑いようもないわ。

「敵が来ぬ以上は本隊を待つべきでしょうな」

先陣を任された者たちは、その報告に皆が残念そうにしておる。

最初から籠城されたのでは、先陣だけで攻めるわけにはいかぬからな。

敵地とはいえ服部党の領内も荒らすなと命じられておる。実際には荒らすほどのものが周囲の村にはないと物見の報告にあったが。

村の者は一向宗の寺に逃げており、食べ物なども持てる分はすべて持っていったようだ。残りは服部友貞めが、目に付くものすべてを城に持っていったらしい。

まさかこの季節に刈田をするわけにもいくまい。したところでなにも採れぬのだからな。

懸念だった一揆はない。市江島の一向宗の寺からは織田に従うとの使者が早々に参った。

ただ食べ物が少なく困っておると、こちらにたかってくる始末だ。

義兄上には知らせを出したがいかがするのやら。

side：久遠一馬

「さあ、どうぞ」

そろそろ本隊は荷ノ上城に着いたかな？

荷ノ上城も数日とかからず落ちるだろう。野戦はないのでケティ率いる衛生兵を本隊と共に荷ノ上城に同行させたが、オレは荷駄隊というこの時代の輸送隊と佐治さんの兵などと共に領民の慰撫を始めていた。

「焦土作戦か。思ったより無能じゃなかったのかもね」

戦があると弱者にしわ寄せがいくのはいつの時代でも同じだ。米と麦や蕎麦に粟や稗を混ぜた雑炊を市江島の領民に振る舞う。

この時代は負けた領民は悲惨だ。乱取りにて捕らわれて奴隷として売られるか連れ去られることも多い。

村によっては協力する代わりに乱取りを止めてもらうこともあるみたいで、一向宗の寺の坊さんと村の代表が挨拶に来たので彼らに手伝わせて炊き出しをしている。

戦の勝敗が決まった以上は統治の準備を始めないと。

「焦土とはいかなる意味だ？」

「ええっと、なにも残さずにすべてを持ち去ることですよ。事実我々は与えることはしても、なにも得られていません」

それと嫡男である信長さん。なぜか本隊に同行せずにオレたちと共に炊き出しをしている。行っても見ているだけならば不要だと、こっちに参加したらしい。信長さんが大将となった領内の慰撫隊だね。

あとは佐治さんも城攻めだと活躍の場がないからと、こちらに協力してくれている。すでに手柄は十分だから遠慮したんだろう。

「駄目ですね。昨年から不作続きで寺にも食料が多くありません。すぐに漁業を再開させて追加で食べ物を運ばねば、秋の収穫の前に飢える者が出るか流民になります」

エルとジュリアは護衛の兵を連れて周囲の村と一向宗の寺の視察に行っていたけど、思った以上に食べ物が足りないらしい。エルの話では今回の戦の前から食べ物が足りず飢えていたのだとか。

服部友貞は飢えて一揆が起きるのを期待していたのかも。

「エル。そなたに任せる。誰がここを治めるか知らぬが、一向衆の目前だ。飢えさせるな」

「はい。畏まりました」

信長さんはエルに任せるという合理的な決断を迷うことなく平然としていて、手伝っている地元の人たちを驚かせている。

女性の立場が低い時代だしね。

というか服部友貞。領内の一向宗の寺からも食料を徴発しようとして失敗したらしい。一揆に協力しないのならば敵に内通したと決めつけて、強引に奪おうとして追い返されたんだとか。坊さんたちが怒っているよ。

その決断力と行動力をいいことに生かせば良かったのに。

side：ケティ

荷ノ上城を目の前に、軍議が開かれる。ウチからは八郎殿が代理として出ていて、私も衛生兵の将としてここにいる。

「降伏はせぬようだな」

大殿はわざわざ降伏の使者を出したみたい。でも無駄だと思う。勝手に一向宗の名を騙った彼はどのみち死罪以外はないはず。

「殿！　あのような城など、すぐに落としてしまいましょうぞ！」

「そう急くな。服部友貞は生け捕りにしたい」

みんな血気盛んだ。ウチが一気に出世したから刺激されたんだろう。大殿はそんな家臣たちを落ち着かせるように穏やかに話している。

こういう姿を見ていると戦上手と言われたわけがわかる。

「息さえしておれば、薬師殿がなんとかしてくれよう」

「ガハハッ、違いない」

この状況ではたとえ服部友貞サイドに私たちがいても、正攻法では勝てない。あとはいかにして逃げるか。武闘派の人たちは殺さなければいいのだと笑っているが、やり過ぎないでほしい。無論冗談なのは理解している。

「任せて、危ないところから命を繋いだら私の手柄になる」

「それはそうだな。薬師殿にも手柄の機会を残すとしよう」

「ワハハハッ」

みんなにウケた。手柄が欲しいわけではない。ただこうして同じ目標に向かうことが私たちには必要。遠慮することも必要だけど、あからさまに手柄を譲るというのはよくない面もある。

「よし、日暮れ前に終わらせるぞ」

「ははっ！」

士気も戦力も十分。あとは敵が死を覚悟した死兵とならなければ問題ない。大殿は抱え大筒で城門と敵の戦意を砕くみたい。

みんな怪我などしないで戻ってきてほしい。生きてこそ人は未来があるのだから。

side：久遠一馬

「申し上げます！　お味方、敵将服部友貞を捕らえました！　大勝利でございます！」

本隊から勝利の知らせが届いたのは、日が暮れた頃だった。

信秀さん。籠城させなかったんだね。

数日どころか一晩もかからずに落とすとは。荷ノ上城もたいした城じゃないのは確かだけど、武闘派の皆さんがやる気満々だったからかな。

服部友貞は重傷を負ったようだが、生かしたまま捕らえられてケティが治療したらしい。捕らえたのは森可成さんだって言うんだから、よく生きていたなって思うよ。

どうも初めから、服部友貞は生け捕りにしろ、と信秀さんは命じていたらしい。

「服部友貞は生け捕りか。首よりは価値があるか」

信長さんは生け捕りにした服部友貞が、いくらになるんだと言いたげだ。

「願証寺としても、処罰する対象が生きていたほうがいいでしょうしね。対価は首よりは頂けますよ。それに一向衆内部の織田に敵対した人たちの処罰もしてもらわないと駄目ですし」

領民慰撫隊のみんなも味方の大勝利に喜んでいるし、地元の領民までもが喜んでいる人たちが多い。無理やり食料を奪われたからだろうね。

服部友貞には悪いが彼に名誉ある死なんて与える気はない。せいぜい一向衆の足を引っ張って、内部の反織田を炙り出してほしいものだ。

対価はなんになるかな？　土地は難しいか？　市江島以外にも尾張に近い土地は欲しいが、下手に土地を要求すれば野心があると疑われる。

いっそのこと蟹江の港町建設に協力させるくらいでいいかもしれないな。織田領内にこれ以上一向衆は増えてほしくないしね。


翌日。凱旋する本隊を見送りつつ、信長さんとオレたちは市江島の後始末のために残っていた。

荷ノ上城は堀に囲まれた平城だった。結構広いけど城門は抱え大筒で破壊されたようで穴だらけの無惨な姿だ。

先ほど聞いた話だが、一部の将兵は城門が破壊された時点で降伏したりして混乱したらしい。

「やはり鉄砲の備えのない城は使えぬな」

信長さんは荒れている荷ノ上城を見て、使えないとため息を漏らした。

「まあ、そうですね。とはいえ鉄砲を揃えるのも備えをするのも銭が必要ですからね。服部家程度だとこんなもんでしょう」

荷ノ上城は一部破壊されたが焼かれたわけではないので、信長さんとオレたちは荷ノ上城に入り後始末をしている。

服部友貞が伊勢の商人を騙して得た兵糧は、領内の村の代表者を呼んで均等に分けてやった。

一部は領内の村から奪ったものらしく、奪われた量と違うと不満が出るかもしれないけど、何処からどれだけ徴発したかわからないいんだから仕方ない。

服部友貞とその一族に加えて先に捕らえた怪しい坊さんたちは、まとめて願証寺に送り届けるみたい。尾張に連れ帰っても邪魔だしね。願証寺に送られると知ると暴れたらしいけど知らないよ。

織田と一向衆の戦にしようと勝手なことをした連中は、織田にとっても願証寺にとっても迷惑でしかない。


「殿。桑名の使者を名乗る者が目通りを願いやって来ましたが、いかが致しまするか？」

「うーん。若様、会います？」

「要らん」

「では清洲に出向くように伝えてください」

領内はあまり荒らされていないからね。清洲の時よりは後始末が幾分楽になる。

ただ忙しい時に限って余計な人たちがやって来た。桑名を自治している人たちだ。四人衆とか三十六家氏人による自治と歴史では言われていたが、要は商人による自治都市になる。

多分服部水軍壊滅の知らせを聞いて、慌てて使者を寄越したんだろうね。

来るのが遅い。大湊は戦の前に使者が何人も来たのに。面倒だし信秀さんの許可が要る案件だから向こうに回そう。

せいぜい絞られるといいよ。

大湊は伊勢神宮との関係もあるし、規模も大きいからあまり無茶は出来ないと思う。でも桑名は願証寺の影響が強いからね。

願証寺に圧力をかける意味でも厳しく対処するだろう。まあ地理的にも尾張に近い桑名は、ウチの商品で賑わう津島に対するやっかみが多分にあったんだろうけど。

自治都市ということで各地の産物が集まる場所らしいけど、どう考えても尾張から見ると邪魔なんだよね。せっかくウチからの利益を桑名にも融通していたのに、敵に回りそうな動きをしたし。

桑名の経済力を落とせば願証寺の力も落ちるだろう。

史実のような泥沼の一向一揆はなるべく起こさせるつもりはないけど、どのみち一向宗には身の丈に合った宗教になってもらわないと駄目だ。

今なら桑名を弱体化させる手が打てる。

side：願証寺の僧

「見事ですな」

「さすがは尾張の虎。今や仏とも言われる男です。隙がありませんな」

市江島が落ちた。清洲に続き僅か一日だというのだから驚きだ。

しかも服部友貞と加担した僧を生かしたまま捕らえて、即送ってきたことにはさらに驚かされた。

難癖をつける隙すら与えぬということか。まあ今の織田に難癖をつける気はないが。

「上人。いかが致しましょう」

「厳しく詮議をしなさい」

願証寺の中には服部友貞に同情する者もおろう。されどこれほど完敗してしまえば誰も庇えぬ。

先に服部を追い詰めたのは織田なのだが、武士のやることにいちいち反発しておってはきりがない。服部友貞のうつけが一揆だと騒がねば、まだ庇えたのかもしれぬがな。

加賀では一揆を起こして国を乗っ取ったが、実情は武士と変わらぬ。力で押さえつけて寺領を広げようとするのみ。

しかも仏の道とは関わりなく勝手にそれをするのだから、同じ一向宗の我らですらいかがなものかと思うほどだ。

尾張の織田と北伊勢の六角。この両家が我らを疑って手を結べば、如何になるかわからんことに服部友貞は何故気付かぬのか理解に苦しむ。

織田の軍勢は尾張に戻り、これ以上は戦をする気がないようだ。されど敵将をこちらに無条件で寄越したのは、願証寺内の反織田を黙らせろと言っておるようなものだろう。

やらねば我らも反織田とみなされ、尾張からの荷が来なくなる。

ほかでは造れぬ金色酒を筆頭に砂糖や鮭や昆布など、どれも引く手数多のものばかり。絹と木綿の布すら良質なものはすべて尾張物だ。尾張に行く船の税などで我らが潤っておるのも事実。

なにか条件を初めに付けてくれれば話す余地もあるが、無条件で寄越されては話しも出来ぬ。

誠意を尽くした織田を我らが軽く扱ったなどとなれば、服部友貞の二の舞ではないか。

まあ悪く考え過ぎることでもないが。織田はまだ一向宗を敵視しておらぬ。加賀のような泥沼は御免だ。

「上人。ひとつ懸念が。桑名が随分と服部友貞に加担したことを織田は重く見るでしょう。悪いことに大湊は戦の前に謝罪の使者を出しましたが、桑名は戦の後に出したようでございます」

「放っておきなさい。桑名のことは桑名が解決すること」

願証寺としては愚か者の始末をすれば、織田も煩くは言うまい。商いの邪魔さえしなければな。

懸念は桑名だ。なにを血迷ったのか、随分と服部友貞に加担して後払いで兵糧を送った。

それほど戦に介入したければ、形だけでも織田にも声を掛けて、双方に兵糧を売ろうとしたとすれば、まだ言い訳にもなったであろうに。

仲介するにしても時期を見ねばならぬな。我らに織田の怒りが向くのだけは避けねばならん。

「織田への詫びはいかが致しましょう?」

「織田の意向を聞かねばなるまい」

さて、織田は願証寺に如何ほどの詫びを求めるのやら。千貫は払わねばならぬか？

結局、織田は伊勢の銭と兵糧で戦をして、さらに儲けるのやもしれぬ。信秀は今ごろ高笑いでもしておるであろうな。

side：久遠一馬

伊勢との取り引きは願証寺を最優先で全面的に再開する予定で準備をしている。これは信秀さんの命令で、願証寺と現時点で争う気がない証しになるだろう。

「へぇ。宇治の抹茶か。さすがは大湊の商人。ウチで扱っていないものを用意するね」

「殿。我々にも届いたのですが……」

「貰っておいていいよ。ただ、誰からなにを貰ったか目録だけはあとで出して。返礼品を贈るから」

さすがは堺や博多に並ぶと言われる大湊の商人だ。ウチの家臣一同にも戦勝祝いの品が届いたらしい。多分織田家の家中にも贈っているんだろうな。

ウチの家臣の中には戸惑っている人も多い。

大半が農家や土豪だったからね。戦から帰ったら大湊の商人から戦勝祝いの品物が届くなんて、あり得なかったらしい。

前にウチで結婚式を挙げた金さんにも木綿の上物の反物が届いたらしく、お嫁さんが資清さんの奥さんに慌てて報告したみたい。

いきなり知らない人から贈り物が届いて、喜ぶ前に怖かったんだそうな。

「やはり大湊の商人とは早期に和睦すべきでございますな」

「そうだね。大湊は敵に回したくはないし、商いを再開しないと誰も得しないからね」

大湊の商人の力は依然として強大だ。今の尾張とウチなら戦えるんだろうけど、戦ってもお互いに得しないいんだよね。

天下の大湊の商人が正式に謝罪して、戦勝祝いの品をこの短期間に用意して配った。矢銭も近々持参すると明言したらしいし。

成果としては十分だろう。伊勢湾における織田とウチの力は示した。これでこちらが大湊に対しても有利に動ける。

それにしても侮れないね。場所的にも尾張と共存可能なのを理解しているんだろうけどさ。


「市江島は若様の直轄領ですか」

市江島の戦の論功行賞は終わった。ウチは船を出したので相応の褒美を貰った。

あと佐治さんや森可成さんなどの武功を挙げた人には、景気よく褒美にと銭や茶器や硝子の盃を配っていた。

最近の尾張だと銭で買えるものも増えてきているしね。使い道はいろいろとある。

茶器と硝子の盃はウチが頼まれて納めた品だ。茶器は津島では高値で取り引きされているし、硝子の盃はまだ非売品だから当然価値は高い。

「あそこは場所が場所だけに下手な者にはやれぬ。しかも貧しいのだ。愚か者には治められぬ」

懸案だった市江島は信長さんに与えられた。実は佐治さんに与えるか悩んだらしいけど、要所だから弾正忠家で管理するみたいだね。

信秀さんの様子を見ていると、ウチでなんとかしろってことだろう。

「水軍は佐治殿の傘下にして、そのまま市江島に置きましょう。あとは湊を少し拡張しますか。農業より漁業に力を入れましょう」

「あの城は使えぬぞ。いかがするのだ」

そして市江島の今後のことについて、信長さんと話す。服部水軍を佐治水軍に組み込むことと、湊の拡張をすることをエルが進言すると、信長さんは服部家の元居城の荷ノ上城について口にした。

「あそこに銭をかけて籠城に備えるよりは、水軍を増やして海で守るべきですよ。輪中の市江島で籠城するくらいなら、一旦放棄して津島か蟹江に下がったほうがいいですから」

城はね。難しいところだ。対一向一揆を想定するのならば相応の城が必要だけど。エルたちとも相談して、平時に制海権が維持出来る規模でいいと考えている。

まあ余裕が出来たら大規模改修してもいいけど、城の改修も維持もタダではないからね。

防衛戦略は陸の城ではなく制海権の掌握と維持に変更したいので、あまり市江島にそぐわない規模の城を建てても意味がない。

籠城なんて信秀さんは好まないから理解してくれるはずだ。

ぶっちゃけ見せ掛けだけでもいいんだよね。荷ノ上城は。

市江島はいずれ埋め立てしてしまいたいが、この時代だと手間とお金がかかりすぎる。

知多半島と同じように漁業中心にして、細々と治水や埋め立てをするしかないだろう。


市江島の戦い。

天文十七年六月、河内にある市江島の荷ノ上城の城主である服部友貞が、久遠家の荷を運ぶ津島の商人の船を沈めたことを発端とする戦になる。

尾張上四郡守護代であった、義理の弟でもある織田信安を臣従させた織田信秀は、尾張のほぼ全土を手中に収めていたが、その段階になっても明確に臣従していなかったのは友貞であった。

友貞の領有していた市江島は、尾張の河内または伊勢の長島と言われる尾張と伊勢の中間の場所にあった。

そのため友貞は、長島を中心に一帯の輪中を勢力圏としていた一向宗の願証寺に従っていたようだが、久遠家と願証寺の関係が良好になる中で孤立していたようである。

久遠家は伊勢や志摩の沿岸を通らないことで、伊勢志摩の水軍衆に通行料を払わなかったとの記録もあり、友貞に対しても同様の措置を取っていた可能性を指摘されている。

織田家と敵対していたことから、友貞は久遠家主導の商いからも外されていたようで、これが戦の原因だと思われる。

この戦が友貞の狙いか偶発的な戦かは定かではないが、友貞は織田の謝罪要求を拒否したと『織田統一記』にはある。

それを受けて信秀は戦をすることを決めたようで、佐治水軍と久遠家の南蛮船が服部水軍と戦った海戦から戦は始まった。

両者は市江島を水軍により封鎖して、友貞に加担した伊勢商人の舟を捕らえるなど功績を挙げており、友貞が夜に奇襲することを予測して返り討ちにした。

これにより服部水軍は壊滅している。

久遠家の船が日本本土の戦に最初に使われたのは、この戦だと『織田統一記』や『久遠家記』にはあり、指揮をしていたのは氷雨の方こと久遠セレスであった。

同船には衛生兵を指揮した光の方こと久遠パメラも乗船していたようで、当時の久遠家の海戦の様子が『久遠家記』に書かれている。

その後、制海権を得た織田勢は五千の軍で市江島に上陸し、友貞の荷ノ上城を一日もかからずに落として友貞を生きたまま捕らえている。

市江島はそのまま織田領となり、友貞はすぐに願証寺に送られて処刑された。

この戦で信秀は織田一族の悲願であったとされる尾張統一を成し遂げている。

皇歴二七〇〇年・新説大日本史

第七章　戦後統治

side：桑名の商人

「桑名は伊勢であろう。その方らが誰の味方をしようがわしが口を出す立場にはない。従って詫びなど不要だ。早々に帰るがいい」

まさかこれほど早く服部友貞を下すとはな。

あまりに早い決着に慌てて桑名の町から謝罪に来た我らに、織田弾正忠様は怒りもなにもなく淡々とされておる。

水軍の壊滅から荷ノ上城の陥落まで早すぎた。

大湊の商人が勝敗の決まる前に謝罪したことも、我らを追い詰める結果になった。

「なにとぞ商いの再開を……」

「その方らが誰と商いをしようがわしは知らん。同時にわしが誰と商いをしてもその方らには関わりはなかろう？　互いに好きにやれば良いではないか」

織田弾正忠様は桑名との取り引きは不要だと、言葉にこそ出さぬが言っておられる。

謝罪が遅れた以上は、我らは大湊商人を超える詫びをせねば納得されまい。

市江島を手中に収めて蟹江には新たな湊を造るという。桑名など必要なくなるということか。

久遠という南蛮船を持つ商人が津島に来て以降、品物の流れが変わってしまった。

周辺の荷は桑名に集まり桑名で取り引きをするはずが、まずは津島に集まり津島で余った荷が桑名に集まる。

それもこれもすべては久遠のせいだ。奴の荷はほかでは手に入らぬ品ばかり。今は津島が多くの荷を受け入れる規模ではないので桑名はやっていけておる。

されどそこで蟹江に大きな湊を造るという話が聞かれた。そんなことをされては我らが困るのは明らかだ。

ちょうどよいところで服部友貞が挙兵すると聞き、騙されたフリをして助力した者が意外に多かったことが事態を深刻にした。

中には伊勢の水軍衆にまで根回しをして服部友貞に勝たせようとした者もおるが、奴らは逆に織田に味方し兵糧を運ぶ船を教えておったというではないか。

当然根回しをしておったのは織田も同じ。特に久遠は随分と銭をばらまいて伊勢の水軍衆を味方にしてしまった。

まさか桑名の商人が銭の戦で負けるとはな。

「それでは我らが立ち行かなくなりまする」

「大袈裟な。天下の伊勢の商人が、たかが尾張と商いをせぬくらいで障りなどあるまい」

「如何ほど矢銭をお支払い致せば、水に流していただけるのでしょうか?」

「何度も言わせるな。わしは伊勢に口を出す立場にはない。話しは終わりだ。下がれ」

取り付く島もないな。願証寺に対しては随分と気を使っておるのに、我らは別ということか。

誰かに仲介を頼むしかないか。だが誰にする？

願証寺は動けまい。北畠家か六角家か。それとも公方様か？

ああ、その前に久遠のもとにも行かねばなるまいな。

だが奴は一度気に入らぬと判断したら、二度と商いをしないと聞く。取り引きのある津島の商人から根回しをせねばならぬか。

如何ほどかかるのだ？　頭が痛くなるわ。

side：願証寺の僧

「願証寺も此度は災難であったな。首は不要だ。そちらで晒すなり供養するなり好きにするがよい」

「はっ。ありがとうございまする」

服部友貞と奴に味方した愚か者の処罰は打ち首に決まった。

しかし首を刎ねる前に念のため織田弾正忠殿に伺いを立てに来たが、首すら不要だとは。最早服部友貞など眼中にないということか。

「此度の不手際のお詫びに矢銭を用意致しまする」

「矢銭も不要だ。それより以前に使いを出した、寺領の領民を田仕事のない時期に借り受けることを真剣に考えてくれぬか？」

「まことに矢銭は不要なのでございましょうか？」

「不要だ。互いにこれ以上揉めても得るものは少ない。それより南蛮船の入れる港がなくて困っておるのだ。多少だが礼金も出すし借り受けた者にも銭を出す」

「はっ。そういうことならばお任せを」

謝罪の矢銭をまさか不要だと言われるとは思わなんだ。

五百貫は必要かと準備をさせておるのに、それよりも民を貸せと言われるとはな。

「存じておるであろうが、織田は三河で今川と接しておる。一向衆とは良き付き合いをしたいのだ。中立であるならばそれでよい」

「はっ、上人には確かに伝えまする」

そうか。三河か。松平と今川に一向衆が加担せぬか気にかけておるのか。

三河の本證寺も、今の織田に敵対などするまいがな。余計な敵を増やしたくないのは我らと同じか。

「一馬に話して取り引きはすぐに再開させる。これにて一連の件は終いにしようぞ」

桑名の件は口にされなかった。聞けば大湊とは取り引きを再開するらしいが、桑名は冷たくあしらわれたとか。

我らと桑名は別ということか。まあいい。今は願証寺と織田が和睦出来るのならばそれでいい。

side：久遠一馬

服部友貞とその一族。そして織田で捕まえた坊さんたちは、揃って首を刎ねられたらしい。

あと協力したと見られる数人の坊さんが願証寺から追放されたようだ。

「厳しいね」

「破門されたにもかかわらず、願証寺の名を騙って戦をしましたからな。しかも商人をも騙したことになっております。首を刎ねねば収まらぬのでございましょう」

忍び衆の報告をする資清さんの話しを、信長さんと一緒に那古野の屋敷の縁側で聞いているが、身内の坊さんの首を刎ねたのには少し驚いた。完全に罪人扱いじゃないか。

「願証寺はこれで終いか」

「ですね。あまり追い詰めても面倒なだけですから」

信長さんは少し不満そうだが、織田は船を沈めた服部友貞を追放して市江島を得たし、願証寺は破門した罪人を始末して一件落着だね。

矢銭の要求も理屈としては出来なくはないが、やり過ぎると願証寺に不満が溜まるだろう。どうせ願証寺からは商いで銭を得られるんだ。さっさと取り引きを再開したほうがいい。

この件は信秀さんと何度も相談したが、六角家や北畠家の手前もあるからね。一向衆を刺激したくはない。

「大湊では服部に加担した商人には、莫大な借財が課されたようでございます」

「借財って払えるの？　提供した兵糧も船も失ったのに」

「厳しいかと。とはいえ後始末に大湊も相当銭を使いましたからな。商人が何人か消えても仕方ないかと」

それと早い段階で謝罪に動いた大湊だけど、資清さんいわくウチと取り引きのある商人たちが敵対した商人たちを追い詰めたみたいだ。

かなり贈り物をばらまいていたけど、ドジを踏んだ商人から回収したのか。侮れないな。

「残るは桑名か」

「桑名はしばらく放置して様子見ですね。一向衆に配慮しつつ、力は削いでいく予定になります」

桑名の扱いはエルと相談した。エルは桑名を東海道の宿場町程度にしてしまいたいらしい。

服部友貞の一件で残る問題である桑名の商人たちだが、こちらは願証寺に甘くした分だけ厳しくする予定なんだよね。

間接的には願証寺の力を削げるし、蟹江の港が出来たら嫌でも対立するからね。今のうちに弱体化させないと。

津島や蟹江に近いから、協力的なら一緒に繁栄出来るんだろうけどさ。

なまじ自治なんてやっているとまとまりに欠けるし、一向衆に近過ぎるのも問題だ。

それに今回のことで桑名が危険なのもはっきりしたからね。

もっといえば伊勢湾における交易の主導権を、今回の戦と桑名への扱いで明確に得られる。

武士の戦も商人の戦も勝ったからね。

市江島の代官は当面は森可成さんになった。ちょうどよく武功を挙げたし、若いから経験を積ませたいと政秀さんが推挙したらしい。城主じゃないのは所領を与えたわけではないからだ。

水軍は佐治さんに指揮権を一本化した。信秀さんからはウチで運用するかと内々に話はもらったんだけどね。ウチも忙しいし運用する効率も悪いから水軍は佐治さんに任せたい。

服部家の元家臣は織田に降伏した人もいたけど、信秀さんの直臣に取り立てる代わりに俸禄を与えて領地は召し上げている。

一般的な武家だと降伏した人を使うほうが手っ取り早いので残すことが多いが、服部家のやり方とか変えたいし、土地と武士も少しずつ切り離していかないと。

「湊はもう少し広げられればいいのですが」

「そうですね。漁業も拡大したいので広げるつもりですよ」

今日は可成さんと佐治さんと一緒に市江島を回り、問題点を洗い出している。

佐治さんは湊が狭く使いにくいことに表情が渋い。

領民の現状は悪くはない。どうやら領民も最低限の食料は事前に隠していたらしく、荷ノ上城の兵糧を分けたら秋まではなんとか飢えない程度にやっていけるらしい。

服部友貞が年貢として集めた分もばらまいたからね。

「どうぞ。食べ頃ですよ」

昼食は地元の人が差し入れしてくれた海産物だ。魚にアサリとハマグリもあった。アサリは魚と一緒に味噌汁に、ハマグリはそのまま焼いたものになる。

「エル殿。かたじけない」

「やはりこの醤油というものは海産物に合いますな」

元の世界ではハマグリと言えば桑名が有名だけど、産地は実は富田だなんて話を聞いたことがある。ただ当然ながらこの辺りでも採れるみたいだ。

可成さんは自ら取り分けるエルに真面目な様子でお礼を言っているが、佐治さんは焼きハマグリを食べて思わず笑みを浮かべた。

元の世界でいうところの佃煮を作ってもらうために、佐治さんには市販していない醤油を特別に売っているんだけど、自分たちでも料理に使っているみたいなんだよね。佐治水軍では醤油が人気らしい。水軍衆だから海産物は自分で採れるしね。

そういえば佃煮は、塩煮とか醤油煮とか、佐治さんの城がある大野城の大野煮とかいろいろ言われていて、津島や熱田でボチボチ売れているらしい。

史実で佃煮を作ったみなさん、ごめんなさい。

まあそれはともかくとして、ふっくら焼き上がったハマグリは絶品だね。

旨味のエキスと割醤油の味は格別だ。でもハマグリって旬は夏じゃないよね？

産卵期の禁漁とか、小さいものを採らないこととか教えないとな。この時代は、漁業に限らず山の木とかもそうだけど、根こそぎだからなぁ。

「ここの問題は一向衆なんですよね。穏便に影響力を排除していかないと」

「そのようなことが出来ますので？」

懸念は一向衆だ。代官になる可成さんは、影響力を排除していくと教えるとびっくりしている。

「あるのかないのかわからない極楽浄土より現世に希望を持てれば、そうそう死に急ぐ真似などしませんよ」

ああ、刺身も美味しいな。可成さんには、いろいろと具体的な方法を教えとかないとね。

一向衆と協力することが必要な土地だけど、気を許してもいけない土地だ。政秀さんが可成さんを推挙したのも、若い可成さんのほうがオレたちと上手くやれると考えたからだろうし。

「当分ないとは思いますが、もし一向衆が蜂起したら佐治水軍にて津島に退いてください。殿と若様の許可は得ていますので」

「しかし、それではここを奪われまするぞ」

「いいんですよ。こんな小さな輪中なんか奪われても。水軍衆さえ健在ならば輪中ごと包囲出来ますから。それに、汚名を返上する機会はあります。無駄に犠牲を出さないことが最良ですから」

可成さんの場合は、最初から逃げろと言っておかないと。市江島なんぞで失っていい人じゃない。

一向一揆を察知出来ないことはないと思うし、制海権さえあれば荷ノ上城でも十分だろうけど。

史実みたいに籠城で可成さんを失うわけにはいかない。

side：滝川資清

「さすがは望月一族。見事な判断でしたな。殿も高く評価されておられる」

戦も終わり後始末に忙しい。忍び衆への評価と褒美も当然せねばならぬからな。

此度は戦ということで褒美もいつもより多い。

それと役目にはなかったが、服部家を離反した者を救った望月一族の太郎左衛門には別途褒美が与えられる。

「はっ、ありがとうございます」

「皆の者も太郎左衛門を見習え。役目を捨てて手柄を狙うは論外だが、殿のお心を汲み、出来る範囲でならば構わぬ」

忍び衆の中には勝手な行動は処罰されると、必要以上に臆する者がおる。

確かに野盗のような真似は困るが、殿が大事にされておられる信義に外れぬ行動ならばよいのだ。生きて知らせを持ち帰ることを第一に、余裕があれば手柄を狙うのは構わん。

皆の者もじきに慣れるとは思うが。


此度の戦も大殿は刈田や乱取りを禁じられ、雑兵には代わりの褒美にと多少の銭を与えられた。飯も本来ならば三日分を己で用意するところを、織田家が初日から用意したことで評判は上々だ。

もっとも忍び衆には雑兵とは桁が違う、武将並みの褒美があったがな。

結果として早々に終わった戦にもかかわらず、織田家も久遠家もかなり銭を使ったはずだ。されど兵糧は服部友貞から奪ったものがあり、銭は大湊からも矢銭を得ておる。

銭の出入りは激しいが、これが殿やお方様がたが考えておられる新しい戦だ。

家臣はもとより雑兵にいたるまで飯と褒美を出すことで、敵地で暴れる者や勝手をする者をなくすおつもりだ。

すべては敵地を奪ったあとを考えてのことだろう。

結果は清洲で明らかだ。城を奪い領地を手に入れても、他家ならば本領のように治めるまでには何年もかかる。織田とて三河を治めることが出来てまだ日が浅い。

殿のやり方ならば一年とかからず、領地を治めることが出来るはずだ。

足りぬ銭は商いで稼ぎ賄う。そんなことは他家では出来ぬのであろうな。

懸念はこれが他国との戦に通用するかだな。今までは同じ尾張の戦だっただけに通用したが……。

side：今川義元

「また一日で落ちたか」

「はっ。されど城と言うても所詮は土豪の城。たいした防備はありますまい。当然の結果かと。それよりも気になるのは、水軍を壊滅させたことでしょう」

織田はとうとう尾張を制したか。

服部とやらのうつけは如何ようでも良いが、噂の南蛮船と佐治水軍が厄介よのう。

伊勢の海は当面は織田で揺るがぬな。

「一向宗の願証寺とは早々に和睦で矛を収めた様子。それと、織田と美濃の斎藤が和睦に動いておるかもしれませぬ」

「雪斎、まことか⁉」

「確証はありませぬが、美濃ではそのような噂があるとか。美濃の守護が昨年亡くなりましたが、斎藤利政に殺されたのかもしれませぬ。織田が抱える土岐頼芸を守護にすることで和睦するつもりだと考えれば筋が通ります」

織田が三河に本腰を入れて攻め寄せてくるということか？　いかがする？

「武田は信濃で一進一退。北条は織田と取り引きが増えておろう。斎藤は和睦。これでは今川が孤立するのではないのか？」

「北条には中立でいてもらうようにすべきでしょう。斎藤は和睦するとはいえ蝮のこと。織田も心から信を置けますまい。さらに三河でございますが、松平で試すべきかもしれませぬ」

クッ。昨年から後手に回るばかりよのう。

じゃがこちらは大きな失策はしておらぬわ。織田が早いのじゃ。戦も領地を広げるのも、広げた領地を治めるのもな。

「松平か……」

「それとも織田と和睦を考えまするか？　西三河か三河全土を渡せばあるいは……」

和睦か。確かにそろそろ考える時なのかもしれぬの。

じゃが織田と斯波とは因縁があるわ。下手に和睦などすれば家中が騒がしゅうなるのは明らか。

役に立たぬくせに織田を三河から追い出す援軍ばかり求める松平には、愛想が尽きておるのも確かじゃが。

松平を織田にぶつけるのは構わんが。

ともかくいつ織田が来てもいいように、備えはせねばならぬな。

side：久遠一馬

工業村に反射炉の二号機が完成間近だ。計算上は高炉一基に対して反射炉が二十基は必要らしい。ただ反射炉一基でも日に二百キロ前後の精錬された鉄が出来ているから、尾張で使うには十分な量はある。

反射炉の建設は急いだわけじゃないけど、日本国内の鉄の需要が思った以上にあるんだよね。西は畿内から東は北条家までもが鉄を欲しがる。西日本を中心にたたら製鉄は盛んみたいだけど需要を満たしていないらしい。

現状では鉄鉱石やコークスを運んできた大型南蛮船に精錬前の鉄を帰りの荷として積んで、尾張から運び出し、小笠原諸島の硫黄島宇宙港に置いている工作艦にて精錬して、明との交易に使ったり、熱田に再度運び北条に売ったりしている。

ほかにも工業村にはトリップハンマーという水車動力を用いた自動ハンマーが完成したので、鉄を加工するスピードなんかが上がっているみたい。

「うん。美味しいね」

「ええ。よく頑張りましたね」

工業村の視察に来たついでに、今日は中にある料理屋に寄った。メニューはざる蕎麦だ。エルや護衛のみんなとズルズルと蕎麦を啜る。思っていた以上の味と出来に、教えたエルも満足げだ。

「ありがとうございます」

工業村の内部も住人や店が増えて、遊女屋も開店したし料理屋も出来た。料理屋のほうは忍び衆の年配夫婦らが少し前からやっている。この蕎麦はそんな料理屋の夫婦が打ってくれたものだ。

滝川家の郎党である八五郎さんが清洲に店を出して以降、同じように料理屋などで働きたい人を募集したら志願した夫婦だ。

旦那のさぶさんと奥さんのとめさんは、家族と一緒に甲賀から移住してきた。息子さんは忍び衆として元気に働いていて、この夫婦、最初は人質扱いだったんだけどね。

ウチや滝川家で下働きをしていたんだけど、自分たちでも良ければやりたいって志願してきたから任せた。

「どう？　なにか懸念はありそう？」

さぶさんたちには、工業村内部の人たちの愚痴や不満を集める仕事を頼んでいる。

工業村の人には遠慮なく要望とか意見は上げてほしいって頼んでいるし、目安箱も設置したけど、あんまり細かい意見がオレのところまで来ないんだよね。識字率も低いし。遠慮もする。

「特には。ただ村の中に寺社がないことを、少し気にする者がおるくらいでございましょうか」

「寺社はやっぱり欲しいのか」

「当たり前にあるものでございますので」

最近尾張でちょっと流行りだした、ざる蕎麦を食べながら話しを聞くけど、やはりというか、工業村内部に寺社がないことに不便を感じているのか。

宗教は出来れば入れたくはなかったんだよね。仕方ないからエルたちと相談するか。

「売れ筋は、蕎麦やうどんはいいとして、焼き煮干しもか」

「酒のつまみによう売れておるのでございます。安いこともありまして」

ここの店も上手いこと多少の黒字になるようにして営業しているみたい。

蕎麦やうどんは原材料が安いんだよね。職人の皆さんには結構な高給を出しているけど、早い安い美味いって、どっかの牛丼みたいなメニューが人気らしい。

それとすっかり尾張名物になりつつあるのが煮干しを焼いたもの。あちこちで庶民のおやつや酒の肴に人気なんだよなぁ。

もともとは出汁用の煮干しだったのに、そのまま焼いて売っているところが結構ある。

「ああ。テングサもあるから、そろそろトコロテンも出すといいよ。甘いやつと酢醤油の二種類で出してみて」

「はっ。畏まりました」

季節は夏だ。知多半島からはテングサとか届いているから、トコロテンも売ってもらおう。

山の村が出来たら冬場には寒天も作ってもらいたいし、市江島でもテングサを集めるように頼んでいる。売れるものはなんでも売らないとね。


市江島の戦いのあと織田信秀は、関係者に対して真逆ともいえる対応を取っている。一向宗の願証寺には寛大な態度で謝罪の言葉のみで許しているが、一方で桑名は謝罪も許さないという厳しい態度で事実上の絶縁であった。

桑名にはこの一件の前までは織田家としても配慮をしていたようで、久遠家の荷も扱っていたようであるが、この件で服部友貞に加担したことで信秀の逆鱗に触れたと伝わる。

同じく服部友貞に加担した大湊に関しては、戦の勝敗が決まる前に謝罪したことで許されたようである。

ただこの一件には、伊勢湾の交易に関する主導権争いが背後にあると推測されている。

久遠家は早くから佐治水軍との親交を深めることで、伊勢湾の交易の主導権を握っていたと思われるが、もともとあの地域で商いの中核都市として栄えていた桑名とすれば面白いはずもなく、反織田または反久遠という立場だったと一部の資料にある。

また信秀は願証寺を警戒していたとの見方もあり、願証寺と近い立場の桑名を潰す気だったのだという説もあるが確証はない。

皇歴二七〇〇年・新説大日本史

第八章　海水浴

side：久遠一馬

最後に本物の海で海水浴に行ったのはいつだったろうか。元の世界で学生時代に友人と行ったのが最後だったかな。宇宙要塞にも人工の海はあるし、仮想空間の海は何度も行ったが。

戦国時代には海水浴なんてイベントも風習も、当然ながらあるはずがない。そもそも余暇を過ごす余裕がある人なんてほとんどいないからね。

今日はパメラとケティがみんなで行こうと言っていた海水浴に来ている。

メンバーは手の空いているウチの家臣一同と彼らの家族に、忍び衆とその家族や孤児院の子供たちもいる。加えて信長さんとお供の皆さんも来たので、大名行列みたいな人数になっちゃったな。

目的は海水浴と言いたいところだけど、海水浴なんて文化はないから理解が出来ないだろうと、泳ぐ練習である水練と、潮湯治という海に入ることで体調をよくする治療という名目で来ている。

もちろん、実情は海水浴のつもりだけど。

人前で肌を晒すことに抵抗がある女性なんかは見物をしていればいい。海を見てのんびりするだけでもいいものだからね。

実のところ上流階級は知らないけど、この時代は貞操観念が元の世界とまったく違うし、巫女や尼ですら売春していて恥じることはない時代なんだ。

そもそもこの時代は胸を見せることを恥ずかしがらない。エルいわく、キリスト教文化が広まるまでは胸に対する羞恥心がなかったとか。

胸に対する関心が薄いことは、ほかならぬエルが一番喜んでいるのかもしれない。ゲーム時代は乳神様と二つ名が付いたりして、胸ばっかり注目されるのを嫌がっていたからね。

「お前たちも入るのか？」

「もちろん泳ぐわよ」

女性の水着はこの時代の人たちの分も用意した。主にビキニタイプとワンピースタイプの水着だ。あと水着の上から着る浴衣タイプの薄い着物も用意したけど。

男性は時代的に褌だけど、オレは抵抗があったので元の世界にあった海パンにした。女性は下着そのものが存在しない。ただエルたちは日頃から下着を着ているからね。久遠家の侍女のみんなは知っているはず。

細かく説明をしないから南蛮の服だと考えていそうだけど。

水着も下着と同じに見えるんだろうな。一応透けないように色つきだけど。

ジュリアが真っ先にビキニ姿で海に行くと、信長さんを筆頭にみんなビックリしている。多分ビキニにビックリしているんだと思うが。

隠すことに驚いたのか、見知らぬ水着に驚いたのかはわからない。

「よし。水練を始めるぞ！」

まあ、それはいいんだ。オレたちのやることは自分たちの風習と違うと、信長さんたちは知ってくれているからさ。

ただ海水浴の説明をするのが大変だから水練と言ったせいで、信長さんは若い衆を連れて真剣な様子で水練に行っちゃった。

素直に遊びに来たと言うべきだったか。

「今日は貝殻集めなくていいから。子供たちは遊ばせて」

「よろしいのでございますか？」

「うん、お願い」

しかも子供たちと海に入らない女性陣なんかは、以前のバーベキューの際に集めたように、チョーク用の貝を集め始めちゃうし。みんな真面目過ぎる。

仕方ないので素直に遊ぶように言うと、子供たちは海に入ったり砂浜で遊びだした。

不思議と子供たちが遊ぶ姿は元の世界と大差ないね。波打ち際で水を掛け合ったり砂で山を作ったり。

「違うよ。こうするんだ」

「ほう。初めて見る泳ぎ方だな。南蛮流か？」

「いや、これはウチの泳ぎだよ」

あの、ジュリアさん。クロールとか平泳ぎを久遠家の泳ぎにしないでほしい。

いつの間にか信長さんたちに教え始めているし。信長さんは新し物好きだからね。波のない場所で単純に泳ぐのならクロールが一番速いし、海なんかだと平泳ぎが最適だし無駄にはならないか。

もしかして日本の古流泳法のひとつに、クロールとか平泳ぎが久遠流で残るのか？

まあ、いいか。泳ぎ方のひとつやふたつ歴史に残ってもたいした影響はないだろう。

ほかにはウチの家臣や忍び衆のみんなが基本的な水練を習っているし、女性陣も若い人やエルたちの侍女のみんなは海に入っているね。

忍び衆は船と海が不慣れだって、この前の戦のあとに望月さんが反省していたからだろうか。南蛮船を持つウチに仕えているのに海に不慣れでは恥だと、船に乗る訓練と水練をやるって気合い入っていたからね。

女性陣はワンピースタイプの水着で、ケティに泳ぎ方を習っている。そこまで頑張らなくていいんだけどね。もっと楽しんでほしい。

久遠家では女性も船に乗るから、水練が必要だと考えていそうだ。

「殿。もしかして遊びに来たかったので？」

「うん。そうなんだよね」

「それならそうと、おっしゃっていただければ……」

「いや、遊びに行くって言うより、水練と潮湯治のほうが名目としてはいいかなと」

「それはそうでございますが」

オレの困ったような表情に気付いた資清さんは、どうやら海水浴の本来の目的に気付いたらしい。凄いね。オレの性格と考えていることを読むなんて。

「殿はあまり遊びに行かれませぬからな。素直に遊びに行くとおっしゃってもよろしいかと」

「そうなんだ」

資清さんの提案で午後は自由時間にすることにした。

水練するのもゆっくりするのも自由ということにすれば、みんな好きに過ごすだろうって。

ちなみにオレは戦国時代だと、遊びに行かない真面目な男にされている。

遊女屋とかお酒飲みに行かないからなぁ。それに外に女性をつくらないのも真面目だと思われている原因らしい。

信長さんに誘われたら鷹狩りとか遠乗りは行くけど。それくらいかね？

遊女屋とか一度くらいは行ってみたい気もするけど、エルたちの反応が怖いしね。それに外にお酒を飲みに行くのは変だよね。売っているのはウチの酒を薄めたものがほとんどで、当然ウチのほうが美味しいし。そもそも酒自体そんなに飲まないからな。

「本領の島では海で遊ばれるので？」

「まあね。大きくない島だから、海くらいしか遊ぶところがなかったんだよ。泳いだり潜って魚や貝を採ったりはするかな」

波の音と海から吹いてくる風が心地いい。

ロボとブランカが砂浜を子供たちと駆けていて、最近子供たちの遊び道具になっているフライングディスクを追い掛けている。

砂浜に敷いたござに座り海を眺めていると、資清さんが島の話を聞いてきた。

甲賀出身の資清さんには未知の世界なのかもしれない。

side：エル

まさか戦国時代で海水浴に来ることになるなんて思いませんでした。

無論、海水浴自体は初めてではありません。ギャラクシー・オブ・プラネットの頃もみんなで海水浴をすることはありました。宇宙要塞シルバーンには人工の海もありますので、そこで海水浴をしたこともあります。

「上手くいかないなぁ」

「そうですね。でもこれはこれでいいと思います」

司令はゆっくりと遊ぶのではなく、訓練に熱心な家臣たちを見て少し困った顔をしていますが、それでも楽しそうに私には見えます。

若様たちもおりますが、家中でこうして皆が集まってなにかをするだけで楽しいのかと思えます。

不謹慎ですが、私は困った顔の司令に笑ってしまいました。

久遠家では家臣や奉公人が日々増えております。彼らには家族もあり一族を背負う者もいます。

思えば司令は仮想空間で私たちアンドロイドなどを使うことはあっても、これほど多くの人を使うという経験がないのでしょう。

彼らを召し抱えて雇う責任を感じて、出来る範囲で責任を果たそうとしている。そういうところは尊敬出来ますね。

「ひとつひとつ積み重ねていけばいいだけですよ。今までと変わりません」

私と司令は仮想空間にて、共にひとつひとつ積み重ねてきました。クエストやイベントをこなして、艦艇を強化し揃えて仲間のアンドロイドを創って。

その結果が百二十人の最高ランクのアンドロイドである私たちと、宇宙要塞シルバーンや数多の艦艇なのですから。

「そのつもりなんだけどね。みんなにも今を楽しむことを少し知ってほしい。一緒に思い出をつくるからこそ、絆が生まれると思うんだ」

「楽しそうじゃありませんか。貝拾いも水練も」

悩めることも幸せなんですよ。司令。生きているからこそ悩むことが出来る。

仮想空間に生まれた私には、それがよくわかります。私は司令とアンドロイドのみんなと、この時代で得た家臣や仲間たちと共に悩めることに幸せを感じています。

ほかでもない貴方と共に生きられることですから。

side：パメラ

「沖に出たら駄目だからね！　流れが速いんだよ！」

今日は砂浜を貸し切りだ！　端には漁師さんの小舟はあるけどね。

子供たちと一緒に海に入る。海沿いの村に生まれない限りは、海で泳ぐ経験なんてない子がほとんどなの。尾張は川が多いから川では泳ぐけどね。

「うわぁ。貝殻いっぱいある」

私はどういうわけか子供たちに懐かれる。同じ子供だと思われてないよね？

一緒に泳ぎ砂浜を走り回ると、子供たちが打ち上げられていた貝殻を見つけた。

今日はお休みだから好きなように遊んでいいって言ったのに、子供たちは一斉に集まって競うように拾い始めちゃった。

「今日は好きなことしていいんだよ？」

「はい！」

「おいらが一番多く拾って、お褒めの言葉をいただくんだ！」

「負けないよ！　私が一番お役に立つの！」

そっか。貝殻拾いも子供たちにとっては遊びなんだね。みんな自分が一番になろうと真剣だ。そんなことをしなくても、みんな褒めてあげるのに。

「私も混ぜて～」

「はい！」

うん。私も一緒に拾っちゃおう。みんなとこうして貝を拾うのもなんか楽しい。一緒に遊び、一緒に学び、立派な大人になってね。

side：メルティ

海から吹いてくる風が気持ちいい。目の前の光景は私たちが知る海水浴とはちょっと違う。真剣に泳ぎの練習をする人たちや、相撲を取っている人たちもいる。

でもみんなイキイキとしているわ。思うままに海で過ごしてくれればいい。私はそんな人たちの姿を絵として残すことにする。

映像でもなく記憶でもない、絵画という形で後世に今ある現実を残すことも悪くない。

「いらっしゃい。近くで見ていいわよ」

ウチで持ち込んだ鉛筆でさらさらと描いていると、数人の小さな子たちが背後で遠慮がちに覗いているわ。

絵を描くということは一部の裕福な人にしか出来ない。子供たちにとっては未知のものだものね。

「うわぁ。すごい」

嬉しそうに瞳を輝かせて見入る子供たちに、私も嬉しくなる。身分が低い子供たちは描くことは当然ながら、絵を見る機会さえなくて当然。僧侶が宗教画で説法をすることがあるかどうか。

紙芝居が人気になったのは、そんなこの時代の事情がある。

「紙芝居みたい！」

「あれも私が描いたのよ」

「……絵師の方様？」

ひとりの子が私の絵を見て紙芝居を思い出してくれた。嬉しくて思わず私が描いたことを教えると瞳を大きくして驚いてしまったわ。

「そうよ。今度学校で絵を描くことを教えるわ。興味があればいらっしゃい」

「はい！」

私は直感的に感じた。この子たちは絵が好きなんだと。孤児院の子供ね。この時代の美術は庶民とは縁遠いもの。でも私は庶民でも楽しめるようにしたい。

side：リンメイ

みんながそれぞれに海を楽しむ姿はいいネ。ただ、砂浜に座りじっとしている年配の人たちがワタシは気になった。

「これは唐の方様。いかがされました？」

「楽しめているのかと気になったネ」

熱中症対策として設置した天幕の下で海を眺める年配の人たち。楽しめていないのかと様子を見にくると、笑顔で声を掛けられた。

「楽しめております。孫や若い者たちを見ているだけで楽しゅうございます」

「海をこの目で見られただけで幸せでございます」

ぽつぽつと年配者のペースに合わせて話しをするのもいいものネ。波の音と人々の賑やかな声を聴きながら、彼らの昔話に付き合う。

去年のこの頃は田んぼで草取りをしていたと語り、今年の田んぼはいかがなったのだろうと、甲賀を思う姿はなんとも言えないものがあるネ。先祖代々の田んぼを捨てて来てくれた。その感謝は忘れてはならないことよ。

「御本領はこの遥か先なのでございましょう？　遠いところから参られましたな」

その上、同じく故郷を離れたワタシたちのことまで気遣ってくれる。本当にいい人たちネ。

「爺様！　みてみて！」

「それは綺麗な貝じゃの」

「みんなで拾ったんだよ。私たちもお家のお役に立てるんだから！」

笑顔で駆け寄る子供たちに年配者のみんなも楽しそう。そんな姿に本当に良かったと思うネ。

ワタシたちでも救えない人のほうが多い。

それでもワタシたちを信じてくれる人たちくらいは、飢えることなく共に生きていけるようにしてあげたいネ。

side：アーシャ

「天竺の方様！　なぜ海の水は塩の味がするのでございますか？」

ゆっくりと寛ぐリゾートのような海もいいけど、こうして賑やかな海もいい。

砂浜で子供たちが危険な目に遭わないようにと見ていると、先日学校で教えた子供たちが疑問を持って私のところにやって来た。

「なぜかしらね。昔からなのよ。この海の水からお塩が出来るの。みんなで考えてみようか？」

学校を始めると聞いた時、私は教師に志願した。この時代の人たちと一緒に学び成長したいと思って。

「うーん。誰かがお塩を流した？」

「えー、そんなもったいないことしないよ！」

子供たちには、疑問に思ったことはみんなで一緒に考えるようにと教えているわ。知識や技術はひとりひとりの些細な疑問から生まれることもある。

一方的に知識を詰め込むだけではダメ。この子供たちが自ら疑問に取り組み、答えを探して見つけてほしい。

「私たちはね。こうしてみんなで考えて生きてきたのよ。これからはみんなも一緒に考えてくれると嬉しいわ」

「はい！」

「お役に立てるように励みます！」

先人の築き上げた知識はなによりの財産だけど、固定観念は子供たちの自由な発想を阻害してしまうこともある。

疑問は口に出して聞いてみる。わからなかったらみんなで考えてみるということを、第一に教えているわ。

「海の水は何故塩辛いか。難しきことをお考えになる」

数人の子供たちと一緒に考えていると、沢彦宗恩和尚様に微笑《ほほえ》ましげに声を掛けられました。

「難しいから考える。それが私たちの学問です」

「なるほど、久遠家の知恵の源ですな。確かに教え導くだけが師ではない。拙僧もこの歳で学ぶことが多ございます」

共に学校で教師となって以降、和尚様とはよく話してお互いの考えを理解しようとしているわ。

和尚様もそれを望んだの。なかなか出来ることじゃないわよね。

side：久遠一馬

その後も砂浜でのんびりしているとお昼になる。

お昼は焼きそばと浜焼きだ。エルと尾張に滞在しているアンドロイドのみんなや、海に入らなかった年配者のみんなが作ってくれた。

「瓜か？」

「いえ、西瓜という南蛮の食べ物です。まあ、瓜の仲間ですが」

そして海といえばスイカだ。牧場で収穫した初物を信秀さんと守護の義統さんにいくつか献上して、あとはみんなで食べようと持ってきた。

史実におけるスイカの日本伝来ははっきりしていない。今より古い時代に大陸から伝わったとも言われるが、正確な記録があるのは南蛮人が戦国時代に伝えたというもの。

とりあえず尾張とか近隣にはなかった。

「おお！」

「また中身が赤いな」

食後に海水で冷やしたスイカを切ると、真っ赤な果肉に驚きの声が上がる。ただ嫌悪する声は聞かれない。

ウチのみんなは唐辛子とかトマトをすでに食べているからね。慣れているんだろう。

「甘いな」

「本当ですね。瓜より甘い。こりゃいいや」

最近だと南蛮渡来というだけで、ブランドというか貴重なものだという価値観が尾張にはあるんだよね。ゲテモノ扱いする人や、縁起が悪いとか南蛮を馬鹿にする人も当然いるんだろうけど。

とはいえ、夏に海でスイカを食べるのはやっぱりいいね。

本当はスイカ割りもしたかったんだけど、あれリアルにやるとぐちゃぐちゃになったりして無駄になるからなぁ。

あとは花火があれば完璧だ。花火もないんだよね。この時代。みんなに見せたいなぁ。

ん？　ないならやっちゃえばいいか？　花火。

いまさら細かいこと気にしても仕方ないし。


天文十七年夏。織田信長と久遠一馬が家臣を連れて海に行ったことが、『織田統一記』や『久遠家記』に記されている。

海と共に生きていた一馬たちは、男女共に海で水練をするのが習わしだったようで、尾張で召し抱えた家臣たちを連れて海で水練を行っていたようである。

加えて古より海に入るのは潮湯治という温泉のような治療法だったこともあり、夏には家臣や一族で海に入ることが度々あったようだ。

なお現代では当たり前に教えている久遠式泳法も、この時に伝えられたようである。

海では西瓜を食べたとの記載もあり、水練以外にも子供たちが砂浜で遊んだようで、水練と余暇を兼ねた海水浴に来ていたものだと思われる。

ちなみに日本の海水浴の歴史はこの時から始まったのだと言われていて、織田家から庶民に至るまで海に泳ぎに行く習慣につながったと言われている。

皇歴二七〇〇年・新説大日本史

終章　初夏の夜

side：久遠一馬

今夜は雲ひとつない星空だ。虫たちの合唱が夏の星空を彩っていると言えば、少し気取っていると思われるのだろうか。

星と月の光で明るい夜に人工的な明かりは不要だ。元の世界では月の光で勉強をしたという人がいたと本で読んだが、事実だったんだろうなとふと感じる。

一家団欒の夜、今夜は津島からリンメイと牧場からリリーも来ていて賑やかだ。

「へぇ。ロボとブランカか」

「いい寝顔でしょう？　つい、描きたくなっちゃったのよね」

そんな明るい夜に触発されたわけではないのだろうが、ふとキャンバスを手に取ったメルティは、布団の上で仲良く寄り添うように眠るロボとブランカの絵を描き始めている。

ロボはウチに来た頃と比べると大きくなったなと思う。ブランカは最初こそ警戒心剥き出しだったが、今ではウチに慣れてロボと一緒に屋敷や庭を元気に走り回っている。

仲良くなって本当に良かった。二匹も立派なウチの家族だからね。

「月見酒ってのもいいねぇ」

「本当ですね。大地や空があるせいか、宇宙で見る月や星と違って見えます」

縁側ではジュリアとセレスが、星空を眺めながら金色酒を飲んでいる。硝子の盃に注がれた金色酒が、月と星の明かりで微かに揺れる様子が影となり見えた。

四季を楽しむ、風流だなと思う。戦闘型アンドロイドであるふたりは、この時代に来てからは家臣や信長さんの悪友に戦い方や戦術を教えながらも、日々の暮らしを楽しんでいる。

「みんなね。早く大人になって久遠家のために働きたいっていうの。頼もしいわ」

「孤児院の子たちはやる気があるわ。教え甲斐がある。みんな貪欲よ」

リリーとアーシャのふたりは、子供たちの話題で盛り上がっていた。アーシャは学校の授業を始めているが、合間に孤児院でも子供たちに教えてくれている。

悪ガキとかいて大変そうなイメージがあるが、みんないい子だっていうんだから驚きだ。オレとしてはもっと悪ガキがいるくらいでもいいと思うんだけどね。

具体的にはリリーと家臣や世話をしてくれている年配者のみんなが、子供たちのことを考えて教育してくれているので任せている。

オレもちょくちょく牧場に行って、子供たちと一緒に畑仕事をしたり遊んだりするが、助けて良かったなって会うたびに思う。

「美味」

「美味しいね！」

「特製中華風焼きおにぎりネ」

ケティとパメラのふたりは、リンメイが夜食にと作った焼きおにぎりを食べている。夕食の余ったご飯が台所にあったので作ったらしい。

「本当だ、美味しい」

オレもついひとつ貰って食べるが、焼きおにぎりの香ばしさにごま油の風味がして美味しい。

「酒にも良く合うわ」

ケティとパメラが美味しそうに食べるもんだから、すぐに焼きおにぎりはなくなる。ジュリアとセレスもお酒のつまみにしちゃったし。

「あっ、エルの分がないネ」

「ごめん」

この時代はご飯を食べるのが夕方なんで早いんだよね。みんなお腹が空いていたのかな。ケティなんてひとりで三個も食べたようで、出遅れたエルの分がなくなっていた。

「オレの食べかけで申し訳ないけど、あげるよ。美味しいから食べてみて」

「ありがとうございます」

さすがに可哀想なので分けてあげる。まだ半分くらい残っていたからね。

手渡すとちょっと嬉しそうに食べるエルの姿にホッとする。エルもお腹が空いていたのかな？

「これは一本取られたわね」

うん？　エルがおにぎりを食べる姿を見たメルティは、クスクスと笑いながら一本取られたと言いだした。どういう意味だ？

「油断も隙もない」

「アンタが三つも食べたからでしょうが」

ケティはメルティの言葉に不覚だと感じたような顔をしたが、ジュリアに笑われている。

「まさか……」

「フフフ、偶然ですよ。偶然」

みんなの視線がエルに集まる中、オレも気付いた。分けて貰える前提でわざと出遅れた？

まさかと思いつつ視線を向けるも、エルは偶然とも狙ったとも受け取れる笑みを浮かべて手渡したおにぎりを完食している。

そんなエルの姿にオレは思わず笑ってしまった。みんなも釣られるように笑っている。

些細なことだ。でも些細なことでこうして一緒に笑えることがなにより嬉しい。

「また、みんなで海に行きたいね。山もいい。次はなにをしようか」

戦国時代を変えたい。戦のない平和な国に。織田家や久遠家に仕えてくれているみんなと一緒に。

でもエルたちと一緒に、こうして同じ時を過ごして思い出もいっぱいつくりたい。

きっと、それが今日より素晴らしい明日に繋がるはずだから。


『月夜の眠り』

絵師の方こと久遠メルティが描いた、日本西洋絵画における初期の傑作のひとつである。

月明かりの差し込む布団の上で、仲良く寄り添うように眠る二匹の柴犬が描かれた絵となる。

二匹はロボとブランカ。当時飼っていた久遠家の愛犬である。

まだ幼さの残る容姿から成犬になる前と思われ、久遠家の日常のひと幕をそのまま描いた絵画として、美術的な価値ばかりか歴史的な価値も計り知れない。

共に描かれている布団から、すでにこの時には夜着ではなく布団があったと証明する一枚でもある。

この絵は現在も久遠家所有の一枚であり、久遠メルティ記念美術館にて定期的に展示されている。

皇歴二七〇〇年・新説大日本史

特別ページ
キャラクターガイド

『戦国時代に宇宙要塞でやって来ました。3』に登場する主なキャラクターを、モフ氏のデザイン画とともに御紹介いたします！

Illustration モフ

アーシャ

エキゾチックな雰囲気の技能型アンドロイド。原子力工学や核融合関連が専門。一馬が開校した学校の責任者となる。設定年齢は20歳。

Illustration モフ

滝川資清

滝川一益の父。久遠家の家臣の
まとめ役を務める。通称・八郎。

お清
滝川資清の娘。侍女として久遠家で働いている。

望月千代女

久遠家に仕官を願い出た望月出雲守の娘。人質のつもりで一馬と対面するが…？

あとがき

第二巻からおおよそ一年。随分とお待ちいただいたようで申し訳ありません。

当初、出版社様から提示された発売予定の目安は今年の春頃でした。それが私事ですが、冬場に怪我をして骨折してしまい、人生で初めての入院と手術を経験したことや、その後の回復の遅れもあって三巻の作業が大幅に遅れました。

今年に入ると新型コロナウイルスの流行もあり、得難い経験をした一年だったと思います。

さて、第三巻ですが、今回もｗｅｂ版を加筆修正しましたが、いかがだったでしょうか？

書籍も三巻となりましたが、毎回悩み試行錯誤しながら仕上げております。

拙作は歴史に対して可能な限り真面目に取り組んでおり、そこに一馬たちの日常生活など、歴史物としてはあまり書かれないところも力を入れております。

人と人との関わり、異なる価値観の人同士が交流して変わっていく姿など、書けていればいいのですが。

今回は滝川資清、お清、千代女、アーシャと四人がイラストになりました。今後とも活躍をする人たちなので本当に嬉しく、イラストを描いてくれたモフ様には感謝しております。

最後に新型コロナウイルスなど不透明な世の中になりましたが、拙作がひと時の楽しみにでもなってくれると嬉しいです。

横蛍

戦国時代に宇宙要塞でやって来ました。 3

2020年9月4日 初版発行

【著　　者】横蛍

【イラスト】モフ
【編集】株式会社 桜雲社／新紀元社編集部／弦巻由美子
【デザイン・DTP】株式会社明昌堂

【発行者】福本皇祐
【発行所】株式会社新紀元社
〒101-0054　東京都千代田区神田錦町1-7　錦町一丁目ビル2F
TEL 03-3219-0921 ／ FAX 03-3219-0922
http://www.shinkigensha.co.jp/
郵便振替　00110-4-27618

【印刷・製本】株式会社リーブルテック

ISBN978-4-7753-1821-8

※本書は、「小説家になろう」（http://syosetu.com/）に掲載されていたものを、改稿のうえ書籍化したものです。